世界文學
經典名作

紅杏出牆

〔原書名：泰蕾絲・拉甘〕

THÉRÈSE RAQUIN
ÉMILE ZOLA

左拉 著

前言

《紅杏出牆》原書名是「泰蕾絲．拉甘」，它是法國文學史上最輝煌的經典名作之一！這部作品是左拉貫徹他本人創建的自然主義文學理論的代表作，是他從浪漫主義走向自然主義文學的一個里程碑。左拉認為「泰蕾絲」是他「最優秀」的作品！

本書曾兩度搬上銀幕，第一次是由一九五九年同時獲得坎城影展與奧斯卡金像獎的最佳女主角西蒙仙諾主演（一九五三年製作的），她也是法國第一位奧斯卡的影后；第二次則是在二〇一三年由《復仇者聯盟2》的緋紅女巫伊莉莎白．歐森主演的（片名：祕密情事）。

《紅杏出牆》這部作品不過十幾萬字，人物就這麼幾個，故事簡簡單單。然而，它在法國文學史上卻赫赫有名！因為她是左拉從浪漫主義走向自然主義文學的一個新紀元。

關於自然主義文學理論，介紹文章很多，大致可歸納為三點：

一、認為人的思想、行為是由其生物本能決定的；

二、用科學實驗的方法來解剖作品中人物的內心世界；

三、不強調人物的典型意義，重視表面細節的精確。

一八六八年，當這部作品在法國問世時，卻慘遭厄運。輿論界嘩然，許多人憤怒地指責它爲淫穢小說，連一些知名作家也在說三道四。爲此，左拉在該書第二版發行時特地作序辯駁。他的序文情並茂，有據有實，說服力強，不啻爲一篇自然主義的宣言。後來，左拉的《第二版序言》作爲一篇著名的論文，成爲法國文學寶庫的一顆燦爛的明珠。

爲了使讀者對左拉的自然主義文藝理論有個較全面的認識，因此將這篇序文也一併譯出，放在卷首。自然主義作爲文學的一個流派，至少是有其認識價値的。因此，譯介本書及其二版序文便不是沒有意義的了。

第二版序言——左拉

我曾天真地認爲，這部小說可以免去序言了。

我生性直言不諱，即使對我寫的東西裡最微小的細節也從不放過，我希望自己能被正確理解和評論，無需事先作出什麼解釋。看來我似乎錯了。

評論界以粗暴和氣憤的語氣迎接了這本書。某些正人君子在同樣一本正經的報紙上裝腔作勢，表示厭惡，彷彿要用火鉗把它扔進火裡去似的。有些文學小冊子，每天晚上傳播別人的隱私和風流豔事，居然也捂住鼻子，大喊齷齪和聞到腐臭味了。我絲毫也不抱怨這種歡迎的態度，相反，我確信我的同行的神經竟像少女那麼過敏而竊自暗喜。顯然，我的作品該由我的批評家評議，他們可以覺得它噁心，而我是無可奈何的。

我所抱怨的，是那些讀了《泰蕾絲·拉甘》而臉紅的靦腆的記者之中，似乎沒有一個人理解這部小說。倘若他們早先理解了，也許他們的臉會紅得更厲害，但是，如果我這時能看見他們反感得合情合理的話，至少，我的內心還能得到滿足。一些正直的作家也在吵吵嚷嚷，侈談道德淪喪；但當我確信，他們本人也不知道自己爲何而大喊大叫時，世上就沒有比聽見他們的喧囂聲更令人氣憤的了。

因此，我得親自把我的作品呈交給我的批評家。我呈交時只是附帶幾句話，這僅僅是爲了避免往後招來什麼誤解。

在《泰蕾絲．拉甘》裡，我想研究人的內在素質，而不是外部性格特徵。這就是本書的全部含義。我選擇的一些人物都是完完全全受他們的神經和血型支配的，他們沒有自由意志，他們生活中的每一個行爲都是由他們軀體的生理本能帶動的。泰蕾絲和勞倫特是衣冠禽獸，如此而已。我想方設法步步深入，觀察這兩個野蠻人情慾的潛在作用，本能的衝動，以及每一次精神危機之後出現的大腦機能的失調。

我書中的這兩個主人公的愛情只是生理的需要；他們犯下的謀殺罪行是通姦的結果，他們接受這樣一個後果，就如狼殺戮綿羊那樣心安理得；最後，我不得不說，他們的所謂的悔疚，實際上只是一次器官紊亂的結果，一次瀕於崩潰的神經系統的反叛。他們一點靈魂也沒有，對此，我感到非常滿意，既然我願意是這樣的——

我希望，人們一開始得明白，首先，我有一個科學的目標。當我的兩個主人公——泰蕾絲和勞倫特被塑造成功後，我樂於自己提出一些問題並加以解答。這樣，我就試著能對這兩個氣質不同的人物之間的離奇結合作出解釋，我表現出一個衝動型的男子在與一個神經質女子打交道時所產生的深深的困惑。請讀者細心地讀這部小說吧，你們將會看見每一章都對心理上的奇異現象作了研究。

總之，我只有一個願望：假設存在著一個堅強的男人和一個貪慾的女人，在他們身上尋找其獸性，甚至只看其獸性的一面，把他們投入到劇烈的戲劇衝突之中，並且小心翼翼地記錄下他倆的感覺和行爲。我只是在兩個活人身上做了外科醫生在屍體上進行的解剖工作。

你們也該承認，當我做完了這麼一項工作，全身還沈浸在追求眞實所帶來的巨大的享受之中時，衆人卻紛紛指責我寫此書的唯一目的是描繪一幅幅淫穢的畫面，我聽了心裡是多麼不好受啊。有些畫家畫裸體人像，本人毫無慾念，一旦某位批評家聲稱這些作品中活生生的肉體沾污了他們的心靈時，這些畫家驚訝不已。我的情形與他們相彷。每當我在寫《泰蕾絲・拉甘》時，我就忘記了周圍一切，我整個身心都在描摹生活中種種準確而微小的細節，全神貫注地去分析人的機械本能，這時，我向你們擔保，對我而言，泰蕾絲和勞倫特殘忍的愛情沒有什麼傷風敗俗的，沒有什麼能誘發我產生邪惡的情慾。

假設一個畫家面前橫臥著一個裸女，他只是想著如何把這個女人的形體和色彩眞實地移植到他的畫布上，這時，在畫家的眼中，人的七情六慾消失了，我與他一樣，我的主人公的人情味也不復存在了。因此，當我聽說有人把我的作品看成是污泥、穢血、垃圾和罪惡的淵藪時，我眞是驚詫莫名了，我能說得清嗎？我熟暗批評界的這套玩意兒，我本人就玩過；然而，我得承認，從四面八方來的攻擊，卻多少有點兒使我不知所措了。

怎麼了！即使不說捍衛它的話，居然沒有一個同事能講解這本書！

大家異口同聲地說：「《泰蕾絲．拉甘》的作者是一個可鄙的歇斯底里狂，他以描繪色情爲樂趣。」在這部大合唱中，我期待著有一個人回答說：「啊！不，這位作者只是一個心理分析專家，他在腐敗的社會裡是可以忘掉自我的，不過，他只是像醫生在梯形教室上課時忘掉自我那樣忘掉自身的存在。」但我卻失望了。

請你們注意，我毫不爲這部作品乞求輿論界的同情，照他們的說法，這部作品與他們精細的感官相悖。我也從未有過這樣的奢望。我驚訝的，僅僅是我的同事把我說成是一個文學敗類，他們見多識廣，本該看上十頁書便明白小說家的意圖何在；現在，我只是卑謙地哀求他們在將來實事求是地看待我，並且實事求是地與我討論我這個人。

其實，正確理解《泰蕾絲．拉甘》要立足於客觀和分析的立場上，並且向我指出我眞正的錯誤所在，這本是一件易事，無需撿起一把泥土，並以道德的名義把它扔在我臉上。這僅僅需要在評論上有一點智慧和一些總體的思考。對待科學，斥之以不道德，是毫無意義的。

我不知道我的作品是否不道德，但我承認，我可從未關心過把它寫得乾淨些或骯髒些。我所知道的，就是我從未想過把正人君子們在本書裡發現的亂七八糟的東西寫進去；就是我每寫一個場面，甚至是最狂熱的一些場面時，也只是帶著科學家的好奇心理去寫的，就是我不認爲我的批評家會在本書裡找到一頁眞正的不堪入目的內容。我沒有爲那些印數動輒上萬的粉紅色小冊子和描繪一些艷聞秘事的讀者準備什麼，那些對《泰蕾絲．拉甘》所反映的眞實感到噁心的報紙卻熱衷於推薦這一類書。

一些咒語，許多糊塗聲音，這就是我到目前爲止讀到的關於我的作品的全部內容。在這裡，我說出這句話是心平氣和的，就如同一個朋友某一天私下問我，對批評界對我所持的態度有什麼想法時，我也會這樣對他說的。

我曾向一位才華出衆的作家抱怨同情我的人太少了，他對我說了這麼一句意味深長的話：「您有一個很大的缺點，以致以後沒人會理睬您，您沒有用幾分鐘時間與一個傻瓜交談而不讓他明白他確是一個傻瓜的本領。」此話大概有其道理；我指責批評界不聰明時，我感到犯了錯誤，可我不能克制住不對他們的狹隘偏見、盲目的斷語和混亂的思維表示蔑視。當然啦，我指的是一般的評論家，他們以所有愚蠢的文學偏見評論作品，不能站在廣義的人性高度上評論，而這正是理解一部人道作品所應該持有的觀點。

我從沒見過如此拙劣的表現。小小的批評界藉著《泰蕾絲．拉甘》面世的機會對我揮舞的幾拳，如同以往一樣落了空。他們主要打得不在實處，他們爲一個濃妝艷抹的女戲子的蹦蹦跳跳喝采，然後卻衝著一次心理研究大嚷不道德；他們什麼都不懂，什麼也不想懂，只要他們傻頭傻腦地驚呆了，自發地要打人，他們總是會只管往前打去的。無緣無故地挨人打是令人沮喪的。現在，亂拳像瓦塊似地紛紛朝我頭上落下，我還不知其原因；有時，我悔不當初該眞的寫一些色情的東西，這樣，我覺得，我挨一頓揍，罪有應得，也許心裡還好受些。

當今，只有兩、三個人才能讀懂、評論我的這本書。我心甘情願聆聽他們的教誨，我相信，他們在未洞悉我的意圖，正確評價我努力的結果之前是不會信口開河的。他們懂得自愛，不會大發文學上的道德和貞操的空洞濫調；在這藝術自由的時代，他們會承認我有自由選擇題材的權利，他們只是要求我寫出有良知的作品，並且知道，愚昧只能對文學的尊嚴有害。

可以肯定地說，我在《泰蕾絲．拉甘》中所孜孜以求的科學實驗不會使他們措手不及；他們從中可以發現現代的方法和通常探查的手段，本世紀正醉心於此以便洞察未來。不論他們的結論如何，他們會接受我的出發點，並且接受對人的氣質以及對在環境和條件的壓力下，人的官能深刻變化的研究。這樣，我便遇見了真正的評論家，遇見了一些誠心誠意地追求眞理、不耍孩子氣、不會故作羞態、看見赤裸裸、活生生的解剖切片也想不到表現出噁心的樣子的人。眞誠的研究像火一樣淨化一切。

眼前，我正饒有興味地想像法庭是什麼樣子，當然啦，在法庭面前，我的作品是微不足道的；但我將爲它召喚來全部嚴肅的批評，我倒眞希望這部作品從法庭上下來時被塗滿了黑杠子（指被刪除文字的黑線）。不過，這樣的話，我至少可以深深地慶幸自己所做的受到的評論，而不是自己沒有做的被橫加指點。

現在，我彷佛聽見更新了科學、歷史和文學的偉大、系統、自然主義的批評界的判決了：

「《泰蕾絲．拉甘》對一個極爲特殊的現象作出了研究；誠然，現代生活的戲劇沒那麼恐懼和瘋狂，而是更輕鬆些。這樣的狀況是本書的次要方面。作者想把自己觀察到的細節點滴不漏地表現出來，這就使全書顯得更加緊張和驚心動魄；另一方面，這部作品沒有具備心理分析小說所要求的明快的風格。總之，作家如果要現在寫出一部好作品，他就必須以更廣闊的視野觀察社會，描繪它的各種變化著的側面，尤其要運用一種清晰而自然的語言。」

我本想用三言兩語回報那些由於天眞和不眞誠而引起的令人難以容忍的攻擊，而我現在覺得，我該先與我自己交談，當我長時間握筆沈思時，我常是這樣的。

我不再寫下去了，因爲我知道讀者不喜歡我這樣做。倘若我有決心和閒暇寫一篇宣言的話，也許我會捍衛一位記者在提到《泰蕾絲．拉甘》時所宣稱的「腐朽的文學」。再說，這又有什麼意義呢？我有幸成爲自然主義作家群中的一員，他們有足夠的勇氣和幹勁寫出一些優秀的作品，作品本身就具有說服力。某些評論過於偏頗，才會逼使小說家去寫序文。既然我喜歡明瞭透徹，不愼寫了一篇序言，我現在請求那些聰明的人原諒我，他們要看清事物的本質，本來無需別人在大白天給他們點燃一盞明燈的。

第一章

在蓋內戈街的盡頭，倘若您是從碼頭上來，您就會見到新橋長廊。這是一條狹長而晦暗的走廊，從瑪扎里納街一直延伸到塞納河街。這條長廊至多有三十步長、兩步來寬；地面上鋪著淡黃色磨損、破裂的石板，時時散發著刺鼻難聞的潮濕味；尖頂玻璃天棚蓋住了長廊，上面積滿了污垢，顯得黑乎乎的。

在夏日的晴天，當驕陽灼燒著街道時，透過骯髒的玻璃天棚，一道蒼白的光在長廊上無力地蔓延開來。若是遇上冬季的壞天氣，在霧濛濛的清晨，從玻璃天棚投到粘濕的石板上的，就只是一片猥瑣而邋遢的夜色了。

左首，一些陰暗、低矮、像是被壓垮了的店鋪半埋在地下，從地下室裡不時冒出一陣陣逼人的寒氣。這兒開著舊書店、玩具店和紙板店。陳列的商品都蒙上了一層塵埃，在昏暗中毫無生氣地躺著。由一塊塊小方玻璃組成的櫥窗，折射出淺綠色的光，離奇古怪地照在這些商品上。再往裡看，在貨架後面，黑沉沉的店鋪卻像一個個陰森、淒涼的洞穴，裡面蠕動著奇形怪狀的東西。

在右首，沿著整條長廊，砌著一排牆。對面的小店主，把狹長的貨架靠牆放著，一些叫不出名目的商品，一些早在二十年前就無人問津的老古董，一順溜地擺在貨架細長的木板上，木板都漆上了非常難看的棕色。一位專賣假首飾的女店主占有了一個貨架，貨架上有一只桃心木製成的盒子，盒子上鋪著一層藍色的絲絨，店主人精心地在裡面擺上了一些只值十五個蘇（法國輔幣名，相當於二分之一法郎）的戒指。在玻璃天棚的上面，烏黑的牆繼續上砌，牆面馬馬虎虎地抹上了一道泥灰，像是染上了痳風似的，疤痕累累。

新橋長廊可不是散步的勝地。人們取道這裡，只是爲了免走彎路、節省幾分鐘而已。路過這兒的都是一些忙忙碌碌的人，他們唯一關心的就是快點幾抄近趕路。在這些人中，我們可以看到繫著圍裙的小伙計、帶著活兒的女工、腋下夾著大小包盒的男男女女，還有一些老頭兒，他們在從玻璃頂棚外投進來的黯淡暮色中移動著緩慢的步伐，以及一群群幼小的孩子，他們放學來到這裡奔跑喧鬧，木屐在石板上敲得震天響。

從早到晚，石板路上響著清脆、急促、凌亂的腳步聲，令人心煩意亂；沒有人說話，也沒有誰停留下來，每個人都在忙著自己的事情，低著頭，急匆匆趕路，對店鋪不掃一眼。偶爾，如有過路行人在店鋪主的貨架前站定，這些小老板便會神色不安地望著他們。

傍晚，三盞煤氣燈透過方形、笨重的燈罩，照耀著長廊。這些煤氣燈嘴掛在玻璃燈罩裡，在上面投下了淡淡的黃褐色光斑，又在周圍灑下一圈圈暈白的光芒，搖搖曳曳，彷彿隨時都要熄滅似的。長廊確實像是一個凶多吉少的危險之地，巨大的陰影鋪蓋在石板上，街頭吹來了濕潤的風，它就像是三盞吊喪的燈隱隱約約照著的一條地下通道。有煤氣燈給他們的櫥窗送來一些暗淡的光做爲照明，這些店鋪主也就心滿意足了。

鋪子裡，他們僅僅點亮了一盞帶著燈罩的燈，把它放在櫃台的一角，這樣，過路人就能分辨出這些在白天都顯得陰森森的洞穴裡擺設的東西。在一順排黑洞洞的鋪面上，有一家紙板店的櫥窗在閃爍，兩盞頁片形的燈放射出黃橙橙的火焰穿破了黑暗。此外，在另一頭，一支蠟燭插在葉片狀的玻璃罩裡，以它星星點點的燭光照亮了一只假首飾盒。店鋪的女主人在櫃台的裡端打瞌睡，雙手插在她的披肩裡。

幾年前，在這家店鋪的對面，也有一家小店，鋪子裡暗綠護牆板的所有縫隙裡散發著濕氣味兒。在又長又窄的一塊木板招牌上，黑色的字母拼成了一行字：

婦女服飾用品商店

而在一扇玻璃門上用紅色的字母，寫著一位婦人的名字：

泰蕾絲・拉甘

在門的兩邊，玻璃櫥窗向後深深地凹進去，櫥窗內襯著藍色的紙。

就是大白天，在半明半暗的朦朧的光線下，行人也僅能看清陳列的商品而已。

一邊，擺著一些零星的織物，如筒狀的褶子羅紗無沿帽，兩三個法郎就能買一頂；平紋細布的衣袖和衣領；還有一些手工針織品、長短襪和背帶。每件東西都已泛黃，並且皺巴巴的、孤零零地掛在鐵桿上。這樣，看起來櫥窗裡好像塞滿了白花花的破布碎片，在透明的夜色中顯得十分淒涼。有幾頂嶄新的帽子現著耀眼的白色，在櫥窗板上的藍紙映襯下，顯得非常突兀。一根金屬杆掛著有色的襪子，彷彿在平紋細布的灰白色和淺色的基調上，加上了幾點暗淡色彩。

在另一邊，在一面更爲狹小的櫥窗裡，分層陳列著一團團綠色毛線、縫在白卡紙上的黑鈕子、各種尺寸和顏色的盒子、帶淡藍色圓襯墊的綴著鋼珠的線網、一束束毛線針、針織樣品，一卷卷飾帶。總之，是一大堆黯然失色的物品，它們躺在這兒大概已有五、六年了吧。塵土和潮濕已經腐蝕了這個貨架，而放在這貨架上的所有物品也都慢慢失去了光澤，變成了污穢的灰色。

夏天，將近中午時，烈日以其赤橙的火焰灼燒著廣場和街道，在另一扇櫥窗裡的帽子後面，路人可以看清一位神色莊重，臉色蒼白的少婦的側面。在陰暗的店鋪裡，大致顯露出了她的身影。她額頭低而乾癟，連著一根尖細的鼻梁，嘴唇就是淡紅色的薄薄兩片，下巴短而剛勁有力，由一條精巧而豐腴的曲線和頭頸相連。身體爲陰影遮沒，只有臉部顯現出來，臉色蒼白無光，一隻睜得大大的黑眼珠子嵌在裡面，彷彿不堪忍受深褐色厚密的頭髮重壓似的。在兩頂無沿女帽之間，她能安靜地坐上幾個小時，一動不動。潮濕的金屬架已在這兩頂帽子上留下了斑斑鏽跡。

晚上，掌燈時分，可以看清店鋪裡的模樣。這家鋪子門面寬，但並不太深，在一端有一張小小的櫃台；在另一端，一架螺旋形樓梯通向二樓。四周貼著牆排列著玻璃櫥窗、貨架、一排排未加工的紙板。四張椅子和一張桌子算是全部家具了，整個房間顯得很空，冷冰冰的。打成包的商品緊緊地擠在角落裡，包裝紙雖是五顏六色很花俏，但堆放得倒很整齊。

通常，在櫃台後面坐著兩個女人：一個就是側影端莊的少婦；另一個是老太太，她在瞌睡時都帶著笑容。後者大約有六十歲上下，燈光下，她那張平靜而肥厚的臉也變白了。一隻碩大的虎斑貓蹲在櫃台一角，望著她打瞌睡。在櫃台下面，一個男人坐在一張椅子上，三十歲左右，他不是在讀書便是與少婦低聲交談。這個人長得十分瘦弱，舉止有氣無力，他的淺黃色頭髮毫無光澤，鬍鬚稀少，臉上佈滿了紅斑斑，他的模樣有點像被寵慣了的病態的孩子。

十點鐘不到一點兒，老太太醒了，於是他們關上店鋪門，全家上樓就寢。虎斑貓鼻子裡發出呼嚕呼嚕的聲音，跟在牠的主人後面，每上一級樓梯，就把頭向欄杆磨蹭一下。

二層樓的居室共三間，樓梯直通餐室兼會客室。餐室的左首是一個壁龕，壁龕裡有一只陶瓷火爐，對面，擺了一張餐櫥；沿著牆壁擺了一排椅子，一張沒有鋪台的圓餐桌位於餐室中央。在裡端的一層玻璃後面，就是一間黑漆漆的廚房。在餐室的兩側，各有一間臥室。

老太太抱吻了兒子和媳婦後，回到自己房裡。貓就在廚房的一張椅子上睡下。這對夫婦進了自己的臥房。這間臥房另有一扇門通長廊的那道樓梯，中間經過一條狹長、陰暗的小小通道。

丈夫老是在發燒，渾身打顫，先上床睡了。少婦打開窗戶，把外邊的百葉窗關上。她在那站了幾分鐘，對面是一面粗粗塗著泥灰的高大、黝黑的牆壁，它高出長廊並繼續在升高。她的目光在這面高牆上茫然地掃了一眼，接著帶著倨傲而冷漠的心情，也默默地上了床。

第二章

拉甘太太原來是凡爾農（塞納河岸的一個區政府所在地，在愛弗爾縣境內。）的一家婦女服飾用品店的店主。二十五年來，她就生活在這個小城鎮的店鋪裡。在她的丈夫去世幾年之後，她把她的家產賣了。她的私蓄加上這筆錢，她手頭有了四萬法郎款子，她把這筆錢存進銀行，每年能得到兩千法郎利息。居家過活靠這筆收入已綽綽有餘了。她過著深居簡出的生活，對人世間的歡樂和劫難全然不知，她爲自己安排了一種與世無爭、安然自得的生活。

她用四百法郎租了一座房子，這座房子的花園一直延伸到塞納河畔。這是一處與世隔絕的、僻靜的住所，有點兒像修道院的樣子。這座房子建造在一片開闊的草地中央，有一條狹窄的小徑出入；住所的窗戶朝著塞納河和對岸荒涼的小山。這位安分守己的老太太已年過半百，她把自己關進這孤單單的房子裡，守著她的兒子卡米耶和她的姪女泰蕾絲，享受著隱居的安適和樂趣。

那時，卡米耶已有二十歲了。他的母親還像對一個小孩那樣寵愛著他。卡米耶自幼病魔纏身，他母親百般地疼惜關懷他，才從死神那兒把他奪回來。孩子一次又一次接連發燒，一切能想像到的病，他都遍嘗了。拉甘太太在這十五年中進行了不懈的努力，與這些接二連三要奪走她的兒子的病魔抗爭。她以耐心、精心的照料和慈愛心腸，一一戰勝了它們。

卡米耶長大了。從死亡中被拯救了出來，但反覆的衝擊使他的肉體受盡折磨，多災多難的他，成長受到了阻礙，因此他長得仍很矮小，非常虛弱。他細瘦的四肢動作遲緩，有氣無力。就因爲他身體單薄、弱不經風，他的母親就格外愛護他。她以自豪和柔情看著他那蒼白、可憐的小臉龐，心想，她已經不止十次救了他的命。

這個孩子難得不生病時，就到凡爾農的一所商業學校裡就讀。他在這所學校學習拼寫和算數。他的知識僅限四則運算（即基本加減乘除）和一點膚淺的語法知識。後來，他又上了書寫和簿記課。每當有人勸拉甘夫人把她的兒子送去上公立中學時，她就會嚇得渾身打顫，她心裡明白，卡米耶一旦遠離她，他就活不成了。她說，書本會殺死他。因此，卡米耶始終沒有什麼知識，而他的無知似乎又使他多了一個短處。

十八歲那年，仍在遊手好閒的他，對母親的疼愛膩煩透了，便走進一家布店去當伙計，每月掙上六十個法郎。他生性好動，因此特別忍受不了閒散的生活。現在，他埋首在這機械的工作中，整天彎著腰察看發票，耐心地計算著每個數字，做那數目可觀的加法，內心卻感到平靜多了，身體也反倒好些了。晚上，他精疲力盡，腦子空空的，在精神麻木之中，他感受到無窮的快意。爲了進布店幹活，他不得不和他母親大鬧一場，因爲後者本想永遠把他留在自己的身邊，把他服侍得好好的，使他免受生活的磨難。

年輕人以一家之主的身分說話了，他要求工作就如其他孩子索要玩具一樣，這是本能和天性的需要，並非出於盡責之心。母親對他的一片赤誠、慈愛之情，反而培養了他極端的自私心理。一旦拉甘太太的溫情和愛撫使他膩煩了，他就一頭軋進那累人的工作裡，可以不再與那些藥罐、藥水打交道，感到非常自在。再加上一到傍晚，他從辦公室回到家，就和表妹泰蕾絲到塞納河畔散步，顯得十分悠哉。

泰蕾絲轉眼快滿十八歲了　十六年前的一天，當拉甘太太還在婦女用品店做買賣時，她的兄弟德岡上尉，從阿爾及利亞回來，懷裡抱著一個小丫頭來找她。

「你就是這個孩子的姑媽，」他微笑著對她說，「她的母親死了……我不知拿她怎麼辦，把她交給你吧。」

老板娘抱起了孩子，對她笑著，吻著她粉紅色的雙頰。德岡在凡爾農耽擱了一個禮拜，他的姊姊對他給的這個女孩的情況也沒多問。她只是大體上得知，可愛的小女孩出生在奧蘭（北非阿爾及利亞著名的沿海城市），她的母親是一個當地女子，相貌出眾。上尉在臨行前一刻，交給他姊姊一張身分證書，證明泰蕾絲是他的，並用他的姓。他出發了，人們再也沒有見過他，幾年後，他在非洲被人殺死了。

泰蕾絲與卡米耶同睡一張床，她在她的姑媽慈母般撫育下長大了。她的身體棒級了，可也像一個體弱多病的孩子那樣被人照料著，吃著她表哥服用的補藥，住在這小病人居住的溫暖的臥室裡。有時，她蹲在火爐前，一待就是幾個小時，一面看著前面的爐火，一面沉思，連眼皮也不眨一下。她被強制過著療養的生活，使她變得十分內向，她平時說話輕聲輕氣，走路無聲無息，坐在椅子上一動也不動，默不作聲，眼睛睜得大大的，但不東張西望。然而，當她一舉手一抬足時，人們就會發現她動作敏捷而輕柔，肌肉結實且有力。總之，在她那馴服的肉體裡，蘊藏著一種力量，一股激情。

一天，她的表兄一陣虛脫昏倒了，她一下子就把他提起來帶走，她發揮了力量，臉上也煥發出熾烈的光芒。禁閉式的生活，強加給她的死氣沉沉的起居作息，並未削弱那精悍而健壯的體質，只是使她的臉色變得有點兒白裡帶黃而已，因此，在暗處，她幾乎顯得有些醜了。有時，她逕自走到窗前，望著自家對面，被太陽鍍了一層金黃色的那一排房子。

當拉甘太太賣掉了她的家產，到河邊的一幢小房子裡隱居後，泰蕾絲內心充滿了喜悅。她的姑媽反覆對她說：「別出聲，安靜點兒。」因此，她小心翼翼地把她熱情亢奮的本性深藏起來，不使外露。她能掩飾內心強烈的衝動，保持表面上的平靜，有著超人的克制力。她總認爲自己是在表兄的臥室裡，守著一個瀕臨死亡的孩子，因此她行動輕緩、沉默不語、心平氣和，說起話來像老婦人那樣結結巴巴的。

可是，一旦她看見花園和泛著白光的河流，以及綿延起伏、一直伸展到地平線的蒼翠的山崗時，她便情不自禁地要奔跑，要叫喊；這時，她覺得自己的心在胸膛裡劇烈地跳動，可是，她的臉上卻毫無表情。而當她的姑媽問她是否喜愛這處新居時，她只是笑而不答。

這樣，對她來說，生活變得比較美好了。表面上，她像往常一樣，舉止輕柔，表情沉靜而淡漠，她依然是一個在病榻上長大的孩子，可是，她的內心生活卻是熾熱而衝動的。每當她一個人待在草地上、河岸邊時，她就像一頭小野獸那樣，把肚子貼在地面上，把烏黑的眼珠圓睜著，彎起身子，準備一躍而起。她能這樣一待就是幾個小時，什麼也不想，一任烈日噬咬著她，把手指插進泥土裡使她感到一陣陣快意。此時，她想入非非：她以挑戰的神態望著咆哮的河流，幻想著河水就要向她撲來，襲擊她了。於是，她挺起身子，準備自衛，惱怒地盤算著，想知道她如何能戰勝波濤。

晚上，泰蕾絲已平息下來，默默地在她的姑媽身旁做針線。在從燈罩裡漫溢出來的柔和的光芒下，她的臉彷彿在打盹。卡米耶埋在安樂椅裡，意志消沉，想著他的帳目。只有一句輕聲細語的話，才時而打破這個昏昏欲睡的家庭的寧靜。

拉甘太太帶著善良而寬慰的心情瞧著她的兩個孩子；她決定讓他倆成親。她總把自己的兒子當成垂危的人看待，每當她不由自主地想到，自己總有一天會死去，把他孤零零地留在世上受罪，心裡就會顫抖。這時，她就指望著泰蕾絲，她心想，小姑娘留在卡米耶身邊將會是一個細心周到的保護人。他的姪女總是從從容容，忠心耿耿，讓她完全放心。泰蕾絲是如何幹活的，她全看在眼裡。她希望把她嫁給自己的兒子，做他的保護神。這門親事是一個最終的解決辦法，並且籌劃已久，不可更改了。

孩子們早就知道他們總有一天會結成夫妻的，這個結局在他們看來是天經地義、不言而喻的，他倆就帶著這樣的想法長大了。在家裡，當議論到這門親事時，就像說一件必然會發生的事情那樣平平常常。拉甘太太早已說過了：「等泰蕾絲滿二十一歲就辦婚事。」於是，他們就耐心等著，既不著急，也不害羞。

卡米耶長期患病，得了貧血症，他體驗不到年輕人衝動的情慾。在他的表妹面前，他仍然是一個小孩子。他抱吻她時，就像抱吻自己的母親，是習慣的禮節，所以心情十分平靜、坦然。他把她當成了一個要好的伴兒，在他煩悶時可以打打岔兒，到時候還能替他煎煎藥。當他與她玩耍時，或是把她抱在懷裡時，他覺得在抱著一個男孩子，他的肉體絲毫沒有異樣的感覺。在這樣的場合裡，他從未想過去親吻泰蕾絲熱呼呼的雙唇，而泰蕾絲卻笑著掙脫，她神經質地笑著。

姑娘也一樣，她對他似乎也是冷冷的無動於衷。有時，她的那對大眼睛認眞而安詳地看他幾分鐘。這時，只有她那兩片嘴唇有一些微小的變化。她意志堅強，感情始終是溫和而親切的，休息從她的臉上看出什麼破綻。當她聽到別人議論她的婚事時，她神情嚴肅，對拉甘太太的話，只是用點頭表示贊同，而卡米耶卻在一旁酣然入睡了。

夏日的傍晚，這兩個年輕人常跑到河邊去玩。卡米耶討厭他的母親對他沒完沒了的關心，他也有反抗精神，他想奔跑，自討苦吃，躲開她的溫存愛撫，這只能使他鬱鬱不樂。這時，他就把泰蕾絲帶上，挑逗她打打鬧鬧，讓她在草地上打滾。一天，他推搡著他的表妹，把她推倒在地，小姑娘一個翻身站了起來，動作敏捷像一頭野獸，她的臉興奮異常，兩眼紅紅的，她張開雙臂撲向她的表哥，卡米耶不打自倒，他害怕了。

時光匆匆如流水。終於，大喜的日子到了。拉甘太太把泰蕾絲拉到一邊，向她交待了她的親生父母，並同講述了她的身世。姑娘靜靜地聽著，而後擁抱了姑媽，一句話也沒說。

晚上，泰蕾絲沒有走進樓梯左側自己的閨房，而是走到右側她表哥的臥室裡。這就是她這一天生活中唯一的變化而已。次日，當這對新婚伉儷下樓時，卡米耶仍然滿臉病容，萎靡不振，他不快不慢地還是只顧著自己；而泰蕾絲也依然是舉止從容，不動聲色，她克制著自己，臉上毫無表情，卻讓人感到有些不安。

第三章

婚後一星期，卡米耶向他的母親明確宣布，他打算離開凡爾農，到巴黎去謀生。拉甘太太嚷了起來，說她早已把生活安排得妥妥貼貼，她可不願意節外生枝。這一次，她的兒子發作了，他威脅說，倘若她不滿足他的願望，他會病倒的。

「以往我從來沒有違背你的旨意，」他對她說，「我娶了我的表妹，你給我什麼藥、我就吃什麼藥。今天，我有一個想法，這是最起碼的了，你至少也得聽我一次……我們決定月底就動身。」

拉甘太太當夜就失眠了。卡米耶的決定攪亂了她原有的生活，她絞盡腦汁想重新設計一種生活。漸漸地她恢復了平靜。她想，這對年輕的夫婦總要有孩子的，到時，她那點兒家當就不夠了。應該再掙些錢，做做生意，爲泰蕾絲找個實惠的生計。次日，她心理上已作好了走的準備，她也設想了一個新生活的計畫。

用早餐時，她又是高高興興的了。

「我們就這麼辦吧，」她對她的兩個孩子說，「明天我就去巴黎，我去盤一家小鋪來，泰蕾絲和我重操舊業，賣個針線什麼的。我們就有事可做了。你呢，卡米耶，你愛幹什麼就幹什麼，你去曬太陽或是找一個工作做都行。」

「我找工作去。」年輕人答道。

實際上，驅使卡米耶動身的唯一動機是他那不著邊際的抱負。他想在一個大的行政機關裡任職；每當他暗自想到穿著西裝背心，露出絲光綢袖子，耳邊夾著筆，在寬敞的辦公室裡辦公時，高興得臉都發紅了。

他們沒有徵求泰蕾絲的意見。她一向是唯唯諾諾的，久而久之，她的姑媽和丈夫遇事也就不再和她商量了。他們去哪兒她就去哪兒，他們幹什麼她就幹什麼，毫無怨言，從沒牢騷，甚至都裝出她不知道自己挪動了地方。

拉甘太太來到巴黎，逕直走到新橋長廊。凡爾農的一位老姑娘把自己的一位親戚介紹給她，這位親戚在長廊開了一家婦女服飾用品店，她正打算把店賣掉。拉甘太太覺得店鋪小了點兒，光線也太暗，然而，當她穿越巴黎時，熙熙攘攘的馬路，富麗堂皇的商店櫥窗把她嚇壞了，還是這條狹窄的長廊，這些寒酸的門面，能使她想起往日她自己開的那家店鋪，那是多麼悠閒自在啊！在這兒安家，她覺得同在外省過日子一樣，呼吸也舒暢些。她想，她那兩位可愛的孩子生活在這個偏僻的角落也會感到幸福的。

店鋪裡的設施及貨品標價低廉，最終使她下定了決心，人家以兩千法郎把一切都賣給她了。

底層店堂和二層住家的租金只要一千二百法郎。拉甘太太有將近四千法郎的進帳，她盤算著，她即使買下了動產，付清了第一年的租錢，也無傷她私蓄的元氣。她想，卡米耶的薪水和買賣賺的錢足夠應付日常開支，這樣，她就無需動用她的年息，她可以利上滾利，斂聚家財，日後供她孫輩享用。

她喜氣洋洋地回到凡爾農，她說，在巴黎市中心，她找到了一塊寶地，一個誘人的窩。她晚上沒事就嘮叨著那個鋪子。幾天後，長廊這個潮濕、陰暗的店鋪在她嘴裡漸漸變成了天堂。在她的印象裡，她覺得這個鋪子寬敞、舒適、安靜，具有許許多多無可比擬的優點。

「啊！我的好泰蕾絲，」她說，「你會看見，我們住在那個地方有多幸福！樓上有三間漂亮的臥室……長廊裡盡是行人，我們把櫥窗佈置得漂漂亮亮的……去吧，我們不會寂寞的。」

她滔滔不絕地說下去，做老板娘的那副勁頭又在她身上重現了。她事先已經交待過泰蕾絲，做小本生意應如何進貨、如何出售，又是如何撈油水的。這個小家庭終於離開了塞納河岸的住宅，當晚，他們就在新橋長廊安了新家。

當泰蕾絲走進那個將要伴她終生的店鋪時，她彷彿覺得陷進了一個地溝的肥土之中。她感到一陣噁心，恐懼得直發抖。她看看潮濕骯髒的長廊，在店堂裡走了走，上了二層樓，在每個房間裡轉了圈。這些空空蕩蕩，連一件家具也沒有的房子，顯出一副衰敗、破爛的景象，眞讓人看了寒心。少婦一動也不動，一句話也沒說，她好像被凍僵了。她的姑媽和丈夫已經下樓了，她就坐在一只箱子上，雙手僵硬，喉嚨裡抽噎著，只是沒哭出聲來。

拉甘太太面對現實，有點不知所措，自己做了那麼些美夢，現在眞是羞愧難當。她還是竭力爲自己租下的房子辯解。每有一處缺點暴露時，她總有辦法搪塞過去，她對房間幽暗的解釋是天氣不好，並且肯定地說，只須打掃一下就成了。

「嗯！」卡米耶回答道，「這一切都滿好的……況且，我們晚上才上樓。我嘛，我在晚上五、六點鐘之前是不會回家的……你們兩個嘛，你們時時在一起，也不會感到煩悶的。」

倘若這個年輕人不是把希望寄托在他那溫暖舒適的辦公室的話，他一輩子也不會同意住進這麼一個破窑子裡來。他心想，白天他在機關裡是暖和的，至於晚上嘛，他早早鑽進被窩就得了。

整整一個禮拜，店鋪和住室仍然是亂糟糟的。打第一天起，泰蕾絲就坐在櫃台後面，不願再離開一步。拉甘太太對她那懶散的態度十分驚訝，她原先以爲，這個少婦會千方百計美化自己的房間，在窗台上放些花，要找一些新的糊牆紙、窗帘和地毯的。

而當她提出要整理、裝飾一下時，她的姪女卻平靜地答道：

「有什麼意思？這樣不是挺好嗎？我們又不需要花花俏俏的。」

結果還是拉甘太太收拾了房間，把店鋪整修了一番。泰蕾絲見她沒完沒了地在自己眼前晃動，終於不耐煩了，她請了一個女傭，才迫使她的姑媽在她的身旁坐了下來。

卡米耶悠了整整一個月也沒能謀到一個職位。他盡可能不待在店鋪裡，成天在外面遊蕩。他煩惱至極，有時居然說要回到凡爾農去。後來，他總算到奧爾良❶的鐵路辦事處上班去了，每月掙一百法郎。他終於實現了他的夢想。

早上，他八點鐘就出門了。他沿著蓋內戈街往下走，直到碼頭，這時，他就把手插在口袋裡，沿著塞納河，從法蘭西學院（建於十七世紀，在塞納河的左岸）一直踱到動物園。這樣長的一段路程，他每天要走兩個來回，從不感到膩煩。他望著河水流淌，有時停下來看著木筏順流而下，腦子裡什麼也不去想。時而，他又會在巴黎聖母院前站定，仰望著聖母院四周圍了一圈的腳手架，那時這個教堂正在整修，連他自己也不清楚為什麼他會對這一根根巨大的木構架這麼感興趣。接著，一路上，他還會對葡萄酒港口掃上一眼，計算一下從車站駛來了多少輛公共馬車。

傍晚，他的頭昏沉沉的，滿腦子裝著在辦公室裡聽到的荒誕不經的故事。他穿過動物園，如果他不急於趕路，還要去看看熊。他在欄杆前俯下身子，目光追隨著搖擺著身子、笨頭笨腦、走來走去的老熊，一看就是半個小時。他喜歡這些笨重的野獸，他的嘴張得大大的，眼睛睜得圓圓的，呆呆地望著牠們，看見牠們搖晃著身體，他感到一種愚鈍的快意。他終於決定回家了，於是挪動了腳步，可是一路上的那些行人，車輛和商店又會使他留連忘返呢。

---

❶ 奧爾良是洛瓦河河岸上的一個城市，靠近巴黎。一四二九年五月八日，聖女貞德曾把它從英國人手中解放出來。

他回到家就吃飯，飯後就讀書。他已把布封❷的許多作品都買來了，這些作品儘管枯燥無味，每天晚上，他還是規定自己必須讀完二、三十頁。他還以十個生丁一分冊的價格，把梯耶爾❸著的《督政府的第一帝國史》和拉馬丁❹著的《吉倫特派興衰史》買了幾冊來讀，要不就讀一些科普讀物。他自認爲在自學進修哩。有時，他還硬要自己的妻子聽他念幾頁，念一些小故事。他看見泰蕾絲居然可以整個晚上若有所思似地一聲不響，卻不想找一本書來翻翻，感到不可理解。他打心底裡認定，他的妻子是一個智力平平的庸人。

泰蕾絲總是不耐煩地把書推得遠遠的。她寧願無所事事地呆著，眼神凝滯、神志恍惚，像丟了魂似的。同時，她始終顯得十分溫良順從，她的全部心願就是把自己變成被動的、討人喜歡的、有著崇高自我犧牲精神的工具。

店鋪的生意還可以，拉拉扯扯，每個月的贏利都差不多。顧客主要是附近的女工，每隔一會兒，就有一個姑娘走進店堂，買上一樣值幾個蘇的東西。泰蕾絲嘴角上勉強帶著笑招呼顧客，老

---

❷法國十八世紀的博物學家和作家，著作甚豐。

❸梯耶爾（一七九七～一八七七），法國政治家，是鎮壓巴黎公社的劊子手。

❹拉馬丁（一七九〇～一八六九），法國詩人、作家、政治家，他寫的這部著作曾在當時引起巨大反響。

是千篇一律地說那幾句話。拉甘太太就比她靈活，嘴巴也甜，說實在的，能吸引、挽留住顧客的倒還是她。

日子就這樣一天天平靜地過去了，轉眼就是三年。

卡米耶是沒有一天不去上班的，他的母親和妻子也很少走出店門。環境陰暗、潮濕，氣氛沉寂、壓抑，令人窒息，泰蕾絲生活在其中，每天晚上，她帶著淒涼的心情入夢，到清晨又開始了平平淡淡的一天，她清楚地覺得自己一輩子就是這樣過下去了。

第四章

每個禮拜有一天，即禮拜四的晚上，是拉甘太太一家接待客人的日子。這一天，他們在餐室點了一盞大油燈，在火上煮了一壺水準備沏茶。這可是家裡的一件大事，這天晚上和哪一天都不同，按照市民家庭的習俗，這可算是狂歡之夜了，大家要十一點鐘才上床。

拉甘太太在巴黎遇見了她的一位老朋友，名叫米歇爾，他原來在凡爾農的警察分局當了二十來年的警長，與這位婦女，服飾用品店的老板娘同住在一幢房子裡。當年，他們相處得甚歡，後來，老寡婦把店鋪的家當賣了，搬到河邊去住後，他們就不大見面了。幾個月以後，米歇爾也從外省遷居到巴黎，住在塞納河街，安安穩穩地靠他每年一千五百法郎的退休金過日子。有一天下雨，他在新橋長廊與他的老朋友邂逅相遇，當晚，他就在拉甘家吃了飯。

這樣，禮拜四就成了接待客人的日子。退休的警長按時赴約，每周一次。後來，他把他的兒子奧利維埃也帶來了，他是一個高大的小伙子，三十歲，長得瘦精精的，娶了一個老婆，卻非常矮小，又體弱多病，幹什麼都是慢吞吞地。奧利維埃在警察局謀了一個職位，薪俸三千法郎，卡米耶嫉妒得不得了，他是警察局治安辦公室的主要辦事員。從第一天起，泰蕾絲就憎惡這個身體硬朗、神情冷漠的小伙子，後者卻以爲，他那乾瘦的高個子和他那半條命的又矮又小的老婆，能光臨開在長廊的這家鋪子，就算是抬舉他們了。

卡米耶也請來了另一位客人，他是奧爾良鐵路辦事處的老職員，名叫格里維，有二十年的工齡。他是辦事員的領頭，每年掙兩千一百法郎，就是他給卡米耶辦公室的職員分配工作的。卡米耶對他相當尊重，他心裡打著如意算盤：格里維總有一天要死的，十幾年後，很可能由他替代格里維。格里維欣然接受了拉甘太太的邀請，他每個禮拜也是準時到達，從不爽約。半年後，在他看來，周四的拜訪成了一樁義務，他去新橋長廊，就像每天早上去上班一樣，純粹是本能驅使，習慣成了自然。

從此以後，聚會就變得非常具有吸引力了。七點鐘，拉甘太太點燃了爐火，把燈放在桌子當中，旁邊放上一副骨牌，再把放在碗櫥裡的茶具擦洗一遍。八點整，老米歇爾和格里維，一個從塞納河街來，另一個從瑪扎里納街來，他倆先在店堂前面碰頭，然後一塊兒走進去，接著，大家一齊上了樓。所有的人都圍著桌子坐定，等候奧利維埃•米歇爾和他的妻子，他們總是遲一些才到。人到齊後，拉甘太太斟茶，卡米耶把骨牌從盒子裡傾倒在漆布上，每一個人都專心致志地玩起牌來。此時，除了骨牌的碰撞聲，沒有其它聲響。每打完一局，牌友總要爭論上兩、三分鐘，爾後又安靜下來，只有清脆的擊牌聲不時打破這沉寂的氣氛。

泰蕾絲玩牌時心不在焉，使卡米耶大爲不滿。她把弗朗索瓦——就是拉甘太太從凡爾農帶來的那隻大虎斑貓——抱在身上，一隻手撫弄著貓，用另一隻手拿骨牌。每禮拜四的聚會對她簡直是一種酷刑，她時常抱怨身體不適，頭疼得厲害，這樣可不再打牌，悠閒地呆坐著，讓腦子處在半休息狀態。她把一隻胳膊支在桌子上，用手撐住下巴，透過黃色的、霧濛濛的燈光，望著她姑媽和丈夫邀請來的客人。

所有這些人都使她惱火，她懷著深深的厭惡和無聲的憤怒把目光從這一個人轉移到另一個人。老米歇爾臉色蒼白，上面生了一點點紅斑，這是一張帶著稚氣的、死板模樣的老頭兒臉；格里維的臉形狹長，兩隻骨碌的圓眼睛、兩片薄薄的嘴唇像長在傻子的臉上；奧利維埃的臉頰，顴骨隆起，那一顆僵硬而平庸的腦袋，端正地長在他那滑稽的身體上；至於奧利維埃的妻子蘇姍娜，她的臉一絲血色也沒有，目光無神，雙唇發白，臉上皮膚都鬆弛下來了。

泰蕾絲和這些粗俗的、陰森可怕的人關在一間屋子裡，她沒發現任何一個有生氣的人。有時，她產生幻覺，以爲自己藏匿在一個墓穴的底部，周圍是一具具會做機械動作的屍體，有人把繩子一扯，他們就搖頭、揮臂、踢腿。餐室凝重的氣氛使她透不過氣，那令人不安的寂靜，油燈淡黃色的光芒滲入她的心靈，使她感到莫名的恐怖，產生一種無可言狀的焦慮。

樓下的店門上，裝了一隻小鈴，刺耳的鈴聲一響，就是有顧客來叩門了。泰蕾絲豎起耳朵，只要鈴聲一響，她就飛快地奔下樓，慶幸自己離開了餐室，鬆了一口氣。她不慌不忙地與顧客做著生意，等顧客走了，她就坐在櫃台後面，盡可能地拖延時間，就怕再登上樓。眼前沒有格里維和奧利維埃，她眞是愉快極了。她的雙手滾燙，店堂裡濕潤的空氣使腦子清醒一些了。於是，她又像通常那樣，陷入深深的沉思中。

不過，她總不能這樣一直待著，卡米耶見她離席過久會生氣的。他不理解，禮拜四的晚上，怎麼會有人竟以爲店堂比餐室可愛。

於是，他就會在樓道的欄杆上傾下身子，用目光尋找他的妻子。

「哎呀！」他嚷嚷道，「你在幹什麼呀？怎麼還不上來？格里維交上好運了，他剛才又贏了一把。」

少婦懶洋洋地站起來，又上了樓，在老米歇爾對面的位置坐下。老米歇爾似笑非笑地抿著兩片嘴唇，眞叫人噁心。一直到十一點，她就這樣有氣無力地癱坐在她的椅子裡，望著抱在懷裡的虎斑貓弗朗索瓦，免得再看見在她眼前做著鬼臉的那一張張沒有靈魂的玩偶。

第五章

有一個禮拜四，卡米耶從辦公室回家，親親熱熱地把身邊的一個人推進店堂裡。來者是一個身材高大，肩膀寬寬的小伙子。

「媽媽，」他推著小伙子向拉甘太太問道，「你認識這位先生嗎？」

上了年紀的老板娘瞧了瞧高大的小伙子，努力回憶著，怎麼也記不起來了。泰蕾絲神情淡漠地看著這個場面。

「怎麼啦！」卡米耶接著說，「勞倫特，小勞倫特，就是那個在尤福斯附近有一塊上好的小麥地的勞倫特老爹的兒子，你不認識了？你記不起來了嗎？我和他一同上學，他的叔叔是我們的鄰居。早上，他從他叔叔家出來，約我一塊兒去學校，你還老給他果醬麵包吃呢。」

陡然，拉甘太太想起了小勞倫特，她驚異他現在居然長得這麼高了。她已有二十年沒有看見他了。於是，她便向他談起了一大堆往事，說了好些做長輩的疼愛用語，以讓他忘掉她剛才認客時的窘態。勞倫特坐下來，他平靜地微笑著，答話時嗓音響亮，用從容穩重的目光在屋內環視了一遍。

「你們沒想到吧，」卡米耶說，「這個開朗的小伙子也在奧爾良鐵路上做事，有一年半了，我們直到今天下午才碰上，才認出來哩。這個機關眞是太大、太重要啦！」

年紀輕輕的卡米耶，瞪著雙眼，噘起了嘴，強調了這麼一句話。在一部巨大的機器裡，他不過是一顆小小的螺絲釘，還洋洋自得呢！他搖晃著腦袋繼續說道：

「啊！可他呀，他身體棒，他讀上去了，已經掙一千五百法郎了……他的父親把他送進了中學，後來他又學法律，學會繪畫，是嗎，勞倫特？你和我們一起吃飯吧。」

「非常樂意。」勞倫特爽快地回答說。

他脫下帽子，在店堂裡坐定了。拉甘太太跑進廚房燒菜去了。泰蕾絲一直沒吭聲，只是注視著新來的客人。她從未看見過一個像樣的男人。勞倫特長得高大強壯，臉上氣色很好，使她覺得新奇。她多少帶著欣賞的眼光，端詳著他那低低的、壓著一層濃密黑髮的額頭，他那飽滿的雙頰、鮮紅的嘴唇，以及他那勻稱、俊美的臉龐。她又把目光落在他的脖子上，他的頭頸粗壯結實，顯得強勁有力。接著，她又忘情地凝視著他放在雙膝上的一雙大手，手指顯得節勁有力，握緊成拳的手掌想必是巨大的，必要時能扼死一頭牛。

勞倫特是眞正的農家子弟，舉止有點兒笨拙，後背隆起，動作緩慢而準確，神情坦然而執拗。他的外衣裹著他滾圓發達的肌肉，可以感覺到他那強壯結實的身體。

泰蕾絲驚奇地打量著他，目光從他的兩個拳頭移到他的臉，當她的眼光停留在他公牛似的頸脖上時，不由得一陣顫慄。

卡米耶擺出了布封的書，還有那本十生丁一分冊的書，向他的朋友表示他也在學習。接著，他像是回答一個他內心早已醞釀著的問題似的，對勞倫特說：

「你大概認識我的妻子吧，你不記得這個小表妹了嗎？她和我們在凡爾農一塊玩的呀！」

「我一眼就認出尊夫人來了，」勞倫特兩眼盯著泰蕾絲的臉答道。

這直勾勾的眼神彷彿穿進了少婦的心，她感到有些不自在。她不自然地笑了笑，與勞倫特和她的丈夫交談了幾句，就急急忙忙地找她的姑媽去了。她心裡不好受。

大家上座用餐了。上了湯後，卡米耶覺得該關心一下他的朋友了。

「令尊近況如何？」他向勞倫特問道。

「我可不知道，」勞倫特答道，「我們鬧翻了，我們互不通信已有五年之久了。」

「哦！」小職員驚呼了一聲，對這樣一件不可思議的事感到非常吃驚。

「是的，老頭子腦袋瓜太倔了……因爲他和鄰居爭吵不休，他就把我送進學校，希望我以後成爲一名律師，好幫他打官司……嗯！勞倫特老爹的想法可是非常實際的，在他異想天開時，還想撈個實在好處呢！」

「那末你不想當律師嗎？」卡米耶問道，他愈來愈驚奇了。

「天哪，不想當，」他的朋友笑著說，「整整兩年，我表面上在聽課，爲的是領取我父親支付給我的每年一千二百法郎的膳宿費。我和我學校的同班同學住在一起，他是一位畫家，因此我也開始學起畫畫來。我喜歡畫畫，這門手藝很有趣，而且也不累。我們整天抽煙、閒聊……」

拉甘一家人睜大了眼睛聽著。

「不幸，」勞倫特接著說道，「好景不長。爸爸知道了我在對他扯謊，每月扣掉了我一百法郎，還建議我回去和他種地。於是，我就試著畫一些宗教題材的油畫，畫賣不出去……我明白，我將要餓死，讓藝術見鬼去吧，我到處去找工作做……爸爸總要死的，我就等著這一天到來，可以不勞而獲了。」

勞倫特平平和和地說著。他用幾句話就概括地把過去的經歷道出來了。實際上，這個身材高大、體強力壯的人什麼也不想幹，他恨不得整天吃喝玩樂，逍遙自在才好。他的願望就是無需挪動身子，不用花費力氣，不必去冒風險，就能吃飽睡足，恣意縱樂。

律師這個職業讓他恐懼，而想到用鎬子去刨地，他就渾身發抖。他曾投身到藝術中去，希望在藝術裡找到一樣懶漢可做的手藝，在他看來，揮動畫筆是輕而易舉的，何況，他又以爲這就是成功的捷徑。他幻想過一種廉價的享樂生活，成天混在女人堆裡，處處有沙發可躺，大魚大肉有得吃，好酒壞酒有得飲，喝它個爛醉方休。只要勞倫特老爹還在寄錢，他這個夢就可以一直做下去的。

然而，年輕人已到而立之年了，當他意識到貧窮即在眼前時，他就認眞思索起來。他覺得自己最擔心的是缺吃少穿，即便是爲了藝術至高無上的光榮，如果讓他一天不吃麵包，他也不幹。正如他所說，自他發現繪畫永遠也滿足不了他那貪得無厭的欲望的那一天起，他就讓繪畫見鬼去了。他的首批習作連及格水平都夠不上，他用農家的目光，猥瑣、遲鈍地看著大自然，他的畫布上重彩豔抹，構圖不當，畫畫水平，眞是無從評說起。

不過，他這個藝術家，好在並不自恃，當他決定扔掉畫筆時，也就沒有多少傷感了。他眞正難以忘懷的是他學校同學的那間畫室，在四、五年間，他在這間寬敞的畫室裡竭盡風流之能事。他對那些來做模特兒、憑他這點經濟能力就能隨意玩弄的女人，仍然十分留戀。這形形色色的粗野的淫樂，更加激發了他的肉慾。

不過，他現在改行當職員了，倒也自由自在。他是個粗人，感到生活滿不錯了，他喜歡日復一日地例行那幾件公事，既不累，也不用煩神。僅僅只有兩件事使他不滿意：他缺少女人，而在館子裡吃十八蘇一餐的伙食，也遠不能滿足他貪婪的食慾。

卡米耶像個傻瓜似的，驚奇地看著他，聽他在講。這個孱弱的年輕人，身體單薄無力，從未有過情欲的衝動，怎麼也想像不出，他的朋友對他說的畫室的場面是什麼樣子。他想像著那些赤身裸體的模特兒女人。

「這麼說來，」他對他的朋友說，「這麼說來，還眞有女人在你面前把內衣脫掉嗎？」

「當然啦，」勞倫特微笑著，邊看著泰蕾絲邊回答說。她的臉已經變色了。

「您那時的感覺大概很異常吧，」卡米耶帶著童稚的笑接著問道，「……我嘛，我會難爲情的……第一次，你大概嚇得傻乎乎的吧。」

勞倫特伸出了他的一隻大手，仔細地察看著他的手掌心。他的手指在輕微地顫掉，紅光在他的臉上泛起。

「第一次嘛，」他彷彿在自言自語地說，「我想，我覺這很自然……很有趣嘛，藝術這玩意兒，不過，掙不了錢……我曾經有過一個模特兒，她長著一頭棕紅色的頭髮非常可愛：肉是緊緊的閃閃發亮，胸部很美，臀部很大……」

勞倫特抬起頭，看見泰蕾絲默不作聲，一動不動地待在他面前。少婦目光炯炯地看著他。她那對烏點的眼珠子，就像是兩個無底的洞；從她那半張開的嘴唇間，可看見嘴裡粉紅色的光澤。她的精神好像崩潰了，心在收縮。她靜靜地聽著。

勞倫特的目光從泰蕾絲移到了卡米耶身上。過去的畫家收斂了笑容。他揮了一下手——放肆地、大幅度地揮了一下，結束了談話，這些，少婦都看在眼裡了。在吃甜食時，拉甘太太下樓去招呼一位女顧客了。

桌布掀去之後，勞倫特思索了幾分鐘，突然對卡米耶說：

「你知道，我得爲你畫一張肖像畫。」

拉甘太太和她的兒子欣然接受了這個主意。泰蕾絲仍然不發一言。

「現在是夏天，」勞倫特接著說，「我們下午四點就下班了，我可以來，在傍晚前，爲你畫兩個小時，一個星期就完成了。」

「一言爲定，」卡米耶回答說，興奮得臉上泛紅，「你就和我們一起用晚餐吧……我去剪個髮，穿上黑禮服。」

鐘敲響了八點。格里維和米歇爾走了進來。奧利維埃和蘇姍娜隨後也到了。

卡米耶把他的朋友向他們一一作了介紹。格里維抿緊了嘴唇，他對勞倫特感到厭惡，覺得他的薪俸增加得太快了。此外，介入一個不速之客，總有點兒不太順心：拉甘家的客人對待這個陌生人的態度免不了有些冷淡。

勞倫特爲人舉止裝得像個懂事的孩子。他明白自己的處境，他想一下子就能討人喜歡、受到歡迎。他用講故事和爽朗的笑聲使在場的人高興，並贏得了格里維的好感。

這晚，泰蕾絲沒有藉口下樓去。她在平時坐的椅子上一直坐到十一點，玩牌、聊天，避免與勞倫特的目光接觸，而勞倫特也沒去注意她。這個小伙子朝氣蓬勃、嗓音宏亮、笑聲爽朗，具有強烈的感染力，這一切都使少婦心神不定，使她處於恍恍惚惚的精神狀態之中。

第六章

從這天起，勞倫特幾乎每天晚上都要到拉甘家來。他在葡萄酒港對面的聖維克多街上租了一間帶家具的小房間下榻，每月付十八法郎。這是一個小閣樓，剛夠六個平方公尺，屋頂上開了個天窗，窗口微開著，窗外便是天空。勞倫特總是很遲回到這間陋室。在碰見卡米耶之前，他既然沒有錢在咖啡館的座位上消磨時間，就只得在他晚上就餐的小飯館裡鬼混，他要上一杯三蘇的摻燒酒的咖啡，不停地抽著煙斗。隨後，他緩步走上聖維克多街，天氣溫和時，他順路沿著幾個碼頭蹓躂蹓躂，在凳子上坐坐。

現在，新橋長廊上的這家鋪子變成他可愛、溫暖、安逸的休憩之地了，在那兒他可以高談闊論，並受到熱情接待。這樣，他省去了在小飯館買摻燒酒咖啡所花的三個蘇，貪婪地喝著拉甘太太奉上的香茗。直到晚上十點，他還賴在那兒，腦袋瓜昏沉沉，肚子裡塡得滿滿的，以爲這是待在自己的家裡。他一直要等到幫助卡米耶關上店門後才告辭。

一天傍晚，他帶來了畫架和顏料盒。次日，他該爲卡米耶畫畫了。拉甘家買了一塊畫布，周詳地作了準備。最後，藝術家開始繪畫了，地點就設在這對夫婦的臥室裡，照他的說法，這間房間的光線充足些。

畫頭部就得花三個晚上。他聚精會神地在畫布上移動炭筆，一點一點地，塗得很淡。他的草圖死板、乾枯，粗略一看，有點兒像早期藝術家的初稿。他描摹卡米耶的臉部，如同一個學生用顫抖的手，笨拙而又刻皮地在描摹一個裸體模特兒，因而面容總是愁眉不展的。到了第四天，他便在他的調色板上放了星星點點的顏料，開始用畫筆繪畫了。他在畫布上點了一些污濁的小點子，畫了一些短小而緊密的暈線，彷彿是用鉛筆塗抹的。

每次畫到最後，拉甘太太和卡米耶都看得出神。勞倫特說，還得等些時候畫像就更逼眞了。

從開始畫畫起，泰蕾絲就沒離開過這間改成畫室的臥房。她常常讓她的姑媽一個人坐在櫃台後面，稍有藉口，她便登上樓，專心致志地看著勞倫特作畫。

她還是像往日那麼自矜，神情多少有些緊張，不過，臉色顯得更蒼白些，比平時更少說話了。她坐著，目光隨著畫筆在動。其實，她對畫畫本身並不十分感興趣，她彷彿是被一種力量吸引到這個座位上來的，而且一坐下又好似被釘住了。勞倫特有時轉過頭來對她笑笑，問她是否喜歡這張畫。她勉強應答幾句，渾身哆嗦，接著便又心醉神迷地呆看著。

晚上，勞倫特在聖維克多街上往回走時，都要苦苦地思索一番，他內心盤算著，他應不應該成爲泰蕾絲的情人。

他心裡想：「只要我願意，這個小女人就會做我的情婦。她老是在我的背後觀察我、打量我、逼視我……她在顫抖，她的表情古怪，雖然她不聲不響，內心卻是激動的。可以斷言，她需要一個情人，她的眼神已表露無遺了……應該說，卡米耶是一個可憐蟲啊！」

勞倫特想到了他的朋友單薄的身子，蒼白的臉，禁不住暗自高興。接著，他又想：

「她在這個店鋪裡無聊極了……我嘛，我之所以去，是因爲我無處可去罷了。否則，我才不會常在新橋長廊露面哩。那兒又潮濕又冷落。一個女人在這種地方過日子是會憋死的……她喜歡我，這點我敢肯定，那麼我又何苦讓位給別人呢！」

他得意非凡，不再往下想了，出神地望著塞納河的河水滾滾而去。

「我的老天，聽天由命吧，」他大聲說，「有機會我就擁抱她……我敢說，她會立即倒入我的懷抱的。」

他又重新上路，卻又猶豫不決起來。

「歸根究底，她長得醜了些，」他想道，「她的鼻子太大，嘴太大。此外，我一點也不愛她，還有可能出醜。這件事倒眞要好好考慮一下。」

勞倫特是謹愼的人，整整一個禮拜，這些想法一直在他的頭腦裡打轉，定不下來。他做算著與泰蕾絲搭上線後可能帶來的所有的麻煩。他僅僅決定當他確有興趣這樣做時，再見機行事。

在他看來，泰蕾絲眞是夠醜的，他不愛她；不過，無論如何，她也不會讓他損失什麼。廉價買得的女人肯定都不怎麼漂亮、不怎麼可愛的罷。從經濟上著想，他已經傾向於去勾引朋友的妻子了。再說，有好長時間，他沒有滿足一下自己的情慾了，由於錢包乾癟，他只得任慾火中燒。如今，能使他多少解解渴的機會來了，他決不想再放棄。總而言之，考慮再三，搭上這麼一個女人不會有什麼惡果的，泰蕾絲爲自身著想，也會隱瞞一切，因此，只要他願意，他就可以隨時拋棄她；就算卡米耶察覺這一切，發火了，倘若他要使壞，他可以一拳送掉他的小命。從各個方面看來，勞倫特都認爲此事輕而易舉，可以一試。

從這時起，他的心就平靜下來了，就等伺機下手。只要機會來了，他決心行動果斷、徹底。他已能想像出日後幽會時的溫柔勁兒了。拉甘的一家人都會爲他的享受提供方便：泰蕾絲將會滿足他的情慾；拉甘太太會像母親一樣愛撫他；卡米耶晚上在店堂裡和他閒聊，使他消愁解悶。

肖像快畫好了，機會還沒有來。泰蕾絲總是坐在原處，精神仰鬱，煩躁不安。可是，卡米耶從不離開臥室，而勞倫特也很沮喪，他竟不能使他走開一小時。再也拖不下去了，第二天就應該宣布大功告成了。拉甘太太通知說，大家共進晚餐，慶賀畫家的傑作問世。

次日，當勞倫特在畫布上塗上了最後一筆時，全家的人都集中過來，異口同聲說像極了。事實上，這幅畫糟透了，灰暗的底色，上面抹著大塊大塊的紫斑，勞倫特即使用最鮮豔的顏料，畫上去也是邋裡邋遢的。他不知不覺地誇張了他模特兒蒼白的臉，因而，卡米耶的臉倒像是一個溺死者發青的面孔，這副尷尬的臉相上的每根線條都在抽搐，這就使他更像個溺死的人了。不過，卡米耶卻是十分興奮，他說，在畫面上，他的神態相當高雅。

等他對他的肖像畫欣賞夠了，他宣稱，他要去拿兩瓶香檳酒。拉甘太太已下樓去店堂了。剩下藝術家和泰蕾絲單獨在一起。

少婦蹲著，目光茫然地看著前面。她在哆嗦，彷彿在等待著什麼。勞倫特猶豫著，看著他的畫布，玩弄著手上的畫筆。時光在流逝，卡米耶隨時會返回，也許，這樣的機會不再有了。驀地，畫家轉過身來與泰蕾絲四目相注。他們相視了數秒鐘……

接著，勞倫特猛地蹲下去，把少婦緊抱在懷裡。他把她的頭往後仰，使勁地把嘴壓在她的兩片嘴唇上。她激動、用力地反抗一下，突然，她癱軟地滑倒在方磚的地面下。他倆都沒吭聲。整個行爲是猛烈的，但又是無聲無息的。

第七章

一開始，這對情人就感到他們的結合是必要的、天經地義的、理所當然的。他們初次約會就以「你」字相稱，無所顧忌地擁抱，臉也不紅，彷彿他們的默契已有數年之久了。他們在新的境況下，生活如魚得水，心安理得，毫不知恥。

他們不斷地約會。既然泰蕾絲出不去，那麼就決定勞倫特上門來。

少婦以清晰而自信的口吻把她早已想好的辦法說給他聽。幽會地點就在他們夫婦的臥房裡。情夫從通向長廊的那條小過道來，泰蕾絲替他把直通臥室小梯的那道門打開。這時，卡米耶還在辦公室裡，拉甘太太則羈留在下面的店堂裡。這是大膽的、有成功把握的行動。

勞倫特同意了。他雖說謹慎，但仍然有些唐突、膽大妄爲，這是一個有拳頭做後盾的人的大膽。他的情婦嚴肅而鎮靜的神情，鼓勵著他常來享受她不顧一切奉獻給他的愛情。他隨便找個托詞，從他的上司那兒請到兩小時的假，然後便奔到新橋長廊來了。

他一進入長廊，就已經情慾難熬。賣假首飾的老板娘正巧坐在過道門的對面。一定得等到她忙著，一個女工進去買一只戒指或是一副銅製的耳環才行。這時，他便箭步如飛地走進過道，靠著泛潮、黏乎乎的牆，登上窄小而陰暗的樓梯。他的雙腳踏在樓梯的石級上，每登上一級，他的心就有灼傷的感覺。門悄悄地打開了。在白色的燈光下，他看見泰蕾絲身穿著緊身衣，下身穿著短裙，頭髮在後腦勺上緊緊地盤成一個髻，鮮艷光彩地等在門口。她關上了門，勾住了他的頭頸。一陣清香從她的白色內衣，從她那沐浴過的芬芳的玉體裡飄逸出來。

勞倫特大吃一驚，覺得他的情婦美極了，他似乎從來沒有看見過這個女人。泰蕾絲輕靈而壯實，把他抱得緊緊的，頭往後仰著，在她的臉上放射出熾烈的光芒，蕩漾著熱情的微笑。情婦的這張臉彷彿是換過了，她神態顛狂而又情意綿綿，她的嘴唇濕濡濡的，眼睛亮爍爍的，眞可謂容光煥發了。少婦激動不已，全身都在抽搐，雖說是美，但美得有點兒離奇。她的臉彷彿透著亮光，而烈火正是從她的肉體裡冒了出來。她周身血液在沸騰，神經高度緊張，散發出熾熱、刺激、撩人的氣息。

一次熱吻之後，她就媚態百出了。她那不知滿足的肉體瘋狂地浸溺在淫樂之中。她彷彿從睡夢中驚醒，情慾點燃了她的生命之火。她從卡米耶軟弱的胳膊裡解脫了，投入了勞倫特強壯有力的懷抱，挨近這個健壯的男子，她內心就感到了強烈的震動，使她蟄伏在肉體裡的靈魂蘇醒了。她本是衝動型的女子，這時，她的一切本能都以其前所未有的猛烈程度一齊爆發出來。她的母親的血，這種灼燒著她血管的非洲血液開始奔騰了，在她那苗條，幾乎還是處女的身體裡洶湧著。她恬不知恥、主動把自己袒露出來，並奉獻給他。她心蕩神迷，從頭到腳長時間地顫動著。

勞倫特這輩子也沒有結交過這樣的女人。他感到很突然，有些不自在。以往，他的一些情婦從來沒有如此衝動地接待過他，他對冷冷的、可有可無的接吻，倦怠的、玩膩了的愛情已習慣了。泰蕾絲的嗚咽與發作幾乎使他害怕，同時，又使他感到新鮮，更挑逗起了他的情慾。

每當他與少婦告別後，他像喝醉酒似地蹣跚而去。翌日，當他又漸漸趨於平靜時，他就問自己是否該返回這個情婦的身旁，後者接二連三的狂吻使他頭暈目眩。起初，他斷然決定，還是留在家裡吧，過後，他又怯懦了。他曾想把一切都忘了，不願再看見泰蕾絲對他赤裸裸地、溫柔又衝動地狂亂，但她卻永遠張開雙臂等著他，從未有過半點動搖。這種情景又使他情慾衝動，難忍難熬。

他還是退卻了，又確定了約會日期，來到了新橋長廊。

自這一天起，泰蕾絲走進了他的生活。他雖不是欣然接受，但他已容忍了她。他有時也害怕，也提心吊膽！總之，這種關係震撼著他，他感到一種說不出來的滋味，然而，他的恐懼，他的不適都沒能戰勝他的慾望。幽會一個接著一個，而且有增無減。

泰蕾絲沒有這些顧慮。她無保留地豁出去了，隨心所欲，縱情歡樂。泰蕾絲的身世不同尋常，她屈從過，現在，她挺立起來了，她明白了她嚮往的是什麼，於是便把自己的整個身心都暴露無遺了。

有時，她把胳膊勾住勞倫特的頸子，在他的胸前摩擦著，氣喘吁吁地對他說：

「啊！你知道，我吃了多少苦啊！我是在一個病人的陳腐、陰濕的臥室裡長大的。我與卡米耶同睡一床，半夜，從他身上發出的氣味讓我噁心，我就慢慢把身子挪開。他很壞，而且固執，我不想吃他的藥，他就也不吃。爲了讓我姑媽高興，我不得不把所有的湯藥都喝下去。我眞不明白自己怎麼就沒死……我相貌醜陋正是他們造成的，我的好心的朋友，他們奪去了我的一切，而你是不可能像我愛你那樣愛我的。」

她哭了，擁抱著勞倫特，隨後，便又咬牙切齒地繼續說道：

「我並不希望他們不幸。他們把我帶大，收養了我，使我免於災難……可是，我寧願他們別管我也不要收留我。我渴望曠野的空氣，在我很小的時候，我就嚮往赤著腳穿街走巷，像吉普賽女人那樣，以乞討爲生。有人告訴我，我的母親是非洲一個部落首領的女兒，我常常想到她。我心裡明白，我繼承了她的血液和本性，我眞希望永遠不離開她，撲在她的背上，穿越沙漠……啊！我的青春是如何度過的啊！」

「現在，每當我想起了我在卡米耶喘著粗氣的臥室裡熬過的漫長歲月時，我仍感到噁心和憤憤不平。我蹲在爐火前，呆痴痴地看著煎的藥在開滾，我感到我的四肢都麻木了。但是我不能動，倘若我發出聲響，我的姑媽就會責備我的……後來，我們遷居到河邊的小屋子裡，我覺得快樂極了，不過，我已經變呆了，我只會走走路，倘若我要跑，就會摔跤。再往後的往後，他們就要把我活生生地埋進這個又小又醜的店鋪裡了。」

泰蕾絲深深地吸了口氣，她雙臂緊緊地摟抱著她的情人，她在報復了，而她那個小巧的鼻孔在神經質地微微翕動著。

「你真不會相信，」她接著說，「他們是如何使我變壞的啊！他們把我造就成一個虛僞、撒謊的女人……他們用小市民式的溫存體貼把我悶死了，我自已也說不清，在我的血管裡怎麼還會有血的……我整日垂下眼睛，我像他們一樣，有著一張憂鬱、愚蠢的臉，和他們一樣，過著半死不活的日子。你看見我時，我外表就像一個呆子，是嗎？那時，我不苟言笑，提不起精神來，同傻子沒有區別。我對什麼都不抱希望，我只想有朝一日投進塞納河，了此一生……

「然而，在絕望之前，有多少個晚上，我氣得夜不成眠啊！在凡爾農時，我在自己冷冰冰的臥室裡，使勁咬著枕頭，以免叫出聲來，我咬自己把自己看成是膽小鬼。我的熱血在沸騰，有可能我會把自己的身體撕成碎塊的。也有兩次我想逃跑，一直迎著太陽往前走，可我缺乏勇氣。他們對我無微不至的照顧，雖然讓我噁心，但也把我變成了一頭馴服的牲口。因此，我學會了撒謊，我無時無刻不在騙人。我雖心想著打人，可我表面上卻非常溫順，非常平靜。」

少婦住口不說下去了，在勞倫特的頸脖上擦了擦她那濕潤的嘴唇。

沈默片刻後，她又補充說道：

「我不知道爲什麼我會同意嫁給卡米耶。我沒有反對，是因爲我聽天由命，對一切抱無所謂的態度。我可憐這個孩子。在我與他一塊兒玩耍時，我感到我的手指陷進他的四肢裡就像插入黏土裡似的。我嫁給他是因爲我姑媽把他交給我了，是因爲我考慮他不會使我有所拘束……可是，我在我的丈夫身上又看到了那個疾病纏身的小男孩的影子，我與他共床睡了六年哪。他還是那麼虛弱，哼哼唧唧的，他的身上仍然發出一種陳腐的氣味。以前，他還是孩子時，這種氣味曾使我多麼厭惡啊……我向你嘮嘮叨叨說了這些，希望你不必嫉妒……唉，我又噁心得說不出話來了，我想起我喝的那些湯藥……我悄悄地挪開了身子……還有我度過的那些夜晚……而你，你……」

說著，泰蕾絲又挺直了起來，向後仰去，讓勞倫特厚厚的雙手捏著自己的手指，看著他那副寬寬的肩膀、粗壯的頸項……

「你嘛，我愛你，自卡米耶把你帶到店堂裡那天起，我就愛上你了……你也許看不起我，因爲我第一次就委身於你了……說眞的，我也不知道這是怎麼回事。我很自豪，我太激動了。那一天，你在這間房間裡擁抱我，把我翻倒在地時，我本想打你的……我也弄不明白，我是怎麼愛上你了，或者說，我又怎麼會恨上你的。看到你，我就激動，就難受，每當你在這裡時，我的神經緊張得快綳斷了，我的頭腦空空的，我氣得快發狂了。」

「啊！我受了多大的罪啊！而我偏要自找苦吃，我等著你來，我圍著你的椅子轉，想再次感受到你的氣息，想把我的長裙沿著你的衣服下擺再拖一遭。我似乎感覺到，當你在我面前走過時，你的血液掀起了陣陣熱浪向我撲來。我內心雖有抵抗，但吸引我，使我留在你身邊的，乃是在你四周彌散開來的熾熱的氣息……」

「你還記得吧，當你在這兒畫畫時，總有一股什麼超人的力量把我吸到你的身旁，我貪婪地、愉快地呼吸著你周圍的空氣。我心裡明白，我似乎在企望你的親吻，我這麼沒出息，自己也覺得羞恥，我感到，倘若你碰我一下，我就會倒下來的。但是，怯懦還是占了上風，我冷得直打哆嗦，等著你來擁抱我……」

說到這裡，泰蕾絲不再說下去了，她心潮起伏，因報了仇而洋洋得意。她把如醉如痴的勞倫特緊緊壓在自己的胸口，於是便在這寒酸而陰冷的臥室裡，演出了一幕幕熱戀的場面，其放浪之態，眞是難以言狀。而每一次幽會都把他們的愛情掀動得更加狂熱！

少婦似乎以大膽妄為和厚顏無恥為樂事。她沒有片刻猶豫，毫不懼怕。她與另一個男人通姦表現得既坦然又堅決，好像她存心想鋌而走險，以冒險來滿足她的虛榮心似的。每當她估計她的情人該來了，爲謹愼起見，她提前對她的姑媽說，她要上樓休息去。而一旦她進房之後，她又是走動，又是說話，幹什麼都無所顧慮，從不想到輕手輕腳的，最初幾次勞倫特還有時害怕呢。

「我的天哪！」他輕聲對泰蕾絲說，「輕點，拉甘太太會上來看的。」

「啊哈！」她笑著回答道：「你老是膽戰心驚的……她釘死在櫃台上啦，你想，她上來幹什麼呢？她都怕死了，就怕別人偷她的東西……再說，管她呢，她願意就讓她上來吧。你躲起來就是了……我才不在乎她哩！反正我愛你。」

這些話對勞倫特也安慰不了多少，情慾也不能消除他那農民天生的謹愼和狡詐。不過，久而久之，習慣也成自然了，大白天在卡米耶的臥室裡，就在婦女服飾用品店老板娘的眼皮底下，肆無忌憚地淫亂也並不使他太害怕了。在這屋子裡，任何人也不會來找他們，情人們再也找不到一個比這兒更安全的去處了。他倆在那裡盡情淫樂，沒有絲毫顧慮。

有這麼一天，拉甘太太擔心她的姪女生病了，上樓來看看，少婦待在樓上將近有三個小時了。她的膽子越來越大，居然沒把臥室通向餐廳的那道門閂上。

當勞倫特聽見老板娘登上木樓梯時發出的沈重的腳步聲時，慌張起來，手忙腳亂地尋找他的背心和帽子。泰蕾絲看到他的窘態，笑出聲來，她使勁抓住他的胳膊，把他捺到床腳下，放低嗓門，鎮定地對他說：

「別出聲……也別動。」

她把散亂的男人衣服一齊撂在他的身上，然後又把脫下的一條襯裙把一切都蓋住。她做這一切，動作輕快俐落，毫不露出驚惶的神色。接著，她便躺下，頭髮亂蓬蓬的，半裸著身子，臉上紅撲撲的，還在激動不已。

拉甘太太慢慢地打開門，放輕腳步走近床邊。少婦裝著睡了。勞倫特在白襯裙裡直冒汗。

「泰蕾絲，」老板娘關心地問道，「你病了嗎，我的女兒？」

泰蕾絲睜開了眼睛，打了一個呵欠，轉過頭，有氣無力地回答說，她頭疼得厲害。她懇求姑媽讓她單獨躺一會兒。於是，老婦像來時那樣，又悄悄地去了。

這對情人偷偷地笑著，激動地、熱烈地擁抱在一起。

「你看到了吧，」泰蕾絲帶著勝利的口吻說，「在這兒，我們什麼也不用害怕……這些人都瞎了眼了，他們心中沒有愛情。」

又有一天，少婦頓生了一個古怪的念頭。

有時，她確實像瘋了似的，處在極度興奮的精神狀態之中。

虎斑貓弗朗索瓦在臥室中坐著。牠的神情嚴肅，睜著一對圓圓的大眼睛，定神地看著這對情人。牠似乎很認真地注視著他們，連眼皮也不眨一下，彷彿牠的靈魂都被攝去了。

「快看弗朗索瓦，」泰雷絲對勞倫特說，「好像牠也通人性似的，今晚，牠會把什麼都告訴卡米耶的……說話呀！有這麼一天，他和這隻貓在店堂裡對話了，這才有味哩，牠對我們的事情知道得可多啦……」

不知怎麼的，少婦居然冒出了弗朗索瓦可能會說話的念頭，她感到非常有趣。

勞倫特盯著貓的一對大大的綠色瞳仁，渾身起了雞皮疙瘩。

「這隻貓會這樣幹的，」泰蕾絲接著說，「牠會直起身子，用一隻腳爪指著我，用另一隻腳爪指著你，大聲嚷嚷道：『這位先生和這位太太在臥室裡擁抱得太緊了。他倆對我倒是非常放心，但是，既然他倆罪孽的私通叫我厭惡，我請您把他倆投進獄，這樣，他們就再也不會擾亂我的午休啦！』」

泰蕾絲像孩子般開著玩笑，她伸出雙手，模仿著貓的腳爪，並聳起雙肩，輕微晃動著。弗朗索瓦像石頭一樣紋絲不動，始終注視著牠，似乎只有牠的一對眼睛是有生命的。在牠的大嘴的兩邊有兩道深深的皺紋，使這隻像用稻草充填的小動物的臉，看上去好像在放聲大笑。

勞倫特的骨頭裡都發冷。他覺得泰蕾絲的玩笑太荒唐了。他站起來，把貓攆到門外。其實，他還真有點兒害怕，他的情婦還沒有真正占有他，在他的內心深處，仍然有些惶恐不安，這是一開始，少婦吻他時就感受到的。

第八章

傍晚，在店鋪裡，勞倫特真是心滿意足了。通常，他和卡米耶一起從辦公室回家。拉甘太太待他就像對待自己的親人一樣。她知道他手頭拮据，吃得很差，睡在閣樓上，便直截了當地對他說，他可以隨時上她家吃飯。她喜歡這個喋喋不休，平易近人的小伙子。上了年紀的老太太，對家鄉來的、並能與他們談談往事的人，都十分偏愛的。

他們熱情好客，年輕人也就樂得利用了。他與卡米耶從辦公室出來，在回家前，先要在碼頭上散會兒步。他倆交朋友是各有所得，他們互相可解解悶，邊談邊蹓躂，好不悠閒自在。過了會兒，他們決定回家喝拉甘夫人做的湯了。勞倫特像個主人似地打開了店堂的門，他就跨坐在椅子上，又抽煙又吐唾沫，就像在自己家裡一樣。

即使泰蕾絲在場，他也絲毫沒有難堪的樣子。他對待少婦既和藹又有分寸，他開玩笑、說一些討她喜歡的客套話時，臉上完全不動聲色。卡米耶在一旁也跟著笑，他看見自己妻子只是簡簡單單地應答他幾句，便認定他倆彼此都無好感了。有一天，他甚至責備了泰蕾絲，說她對勞倫特未免過於冷淡了。

勞倫特估計得挺準：他終於成了妻子的情人，丈夫的朋友，母親寵慣的孩子。他的感官從未得到過如此的滿足。拉甘一家給了他無窮的快樂，他陶醉其中，飄飄欲仙。此外，他覺得，他在這個家庭中所占的地位也是再自然不過了。他以「你」稱呼卡米耶，毫無不妥，毫不覺得禮數不足。他並不留心自己的舉止和言談，因爲他確信自己的心地平靜，不會露出破綻的。他懷著自私的心理品味著他的快樂，也避免自己不慎出岔子。

在店堂裡，他的情婦和其他女人一樣，他決不會上前擁抱，對他來說，此刻作爲情婦，她是不存在的。倘若說他沒在衆人面前擁抱她，這是因爲他擔心回不來了。僅僅是出於這個想法他才沒這樣做，否則，他才不在乎卡米耶和他母親的痛苦呢。他倆的關係一旦被發現會產生什麼後果，他也從未想過。他認爲這樣做是人之常情，他想，一個貧窮、饑餓的人處在他的地位都會這樣做的。他之所以心安理得、膽大心細、坦然超脫，也都基於這樣的想法。

泰蕾絲比他焦躁、激動多了，她也不得不扮演一個角色。她早就學會假正經了，多虧這一套，她才表演得唯妙唯肖。在將近十五年中，她撒謊，把激情壓抑著，強烈地克制著自己，裝出無精打采，提不起精神的樣子。以前，她的臉既然能裝得冷冰冰地像個死人，現在，整個人要裝成那副模樣又有什麼困難呢？當勞倫特走進店堂時，他看見她一本正經，滿臉的不高興，鼻子顯得更長了，嘴唇也更薄了。她醜陋、脾氣壞，簡直難以接近。

此外，她無須故弄玄虛，只須繼續扮演過去的角色，因而也不會由於突然改變臉譜而引起別人的詫異。她在欺騙卡米耶和拉甘太太的同時，也隱約地感到某種快感。她不像勞倫特那樣，沈溺於情慾的發洩但毫無責任感，她知道自己在幹壞事，且她恨不得從餐桌上起來擁抱、熱吻著勞倫特，這僅是爲了向她的丈夫和姑媽表明，她不是一頭牲口，她還有一個情夫。

有時，她的腦袋發熱，興奮至極，當她的情夫不在場，而她又不怕暴露自己時，雖說她是個極好的演員，她也忍不住會引吭高歌。這突如其來的激情，拉甘太太看在眼裡，喜在心中，她本來就認爲她的姪女過於嚴肅了。少婦買了花盆，點綴在她臥室的窗台上，然後，她又讓人在她的房間裡貼上新的糊牆紙，她還想買地毯、窗帘和紅木家具。所有這些奢侈品都是爲了勞倫特。

大自然和機遇彷彿就是爲了這個男人才造就了這個女人，並使他倆相互接近。女的衝動而做作，男的像個野人似的血氣方剛、生氣勃勃，他們倒是天作之合，天生的一對。他倆取長補短，相濡以沫。晚上，在餐桌上，在暈白的燈光下，當你看見勞倫特粗俗、略帶微笑的臉面對著泰蕾絲不動聲色、捉摸不透的假面具，你可以感覺到他倆結合的力量。

這些夜晚是多麼柔和、多麼靜謐啊！在靜默中，在透明而溫和的暮色裡，響起了他倆友善的交談聲。他們緊挨在餐桌邊，上了甜食之後，他們便交談著當天發生的瑣事，回憶著昨天，又展望著明天，卡米耶本是個自私自利的人，現在心滿意足了，便全心全意地愛著勞倫特，而勞倫特似乎也對他投桃報李，在他們之間，交流著真誠的話語、殷勤的照料和親切的目光。拉甘太太和氣安詳，她沐浴在孩子們創造的安寧的氣氛裡，也把她的柔情溫暖著他們。這彷彿是幾個知己的老朋友的聚會，他們都沈醉在信任與友誼的暖流之中。

當泰蕾絲像其他人一樣，也是心平氣和、一動不動地坐著，享受這平民階層的歡樂和閒適。其實，在她的內心深處，她在獰笑著；在她的臉上表現出冷峻的神態時，她的整個身心卻在嘲笑著。她暗暗自喜，心想，幾小時之前，她還在隔壁房間裡，半裸著身子，披頭散髮，枕在勞倫特的胸脯上哩。她想起了下午縱慾時的每個細節，把這些細節在腦子裡一一展現出來，她又把激動人心的場面和眼前的死寂氣氛作了對比。啊！她把這兩個好人騙得眞過癮啊！她洋洋得意、厚顏無恥地欺騙他們時，內心是多麼喜悅啊！

就在這兒，在兩步之外，在這道薄薄的隔牆後面，她剛剛接待了一個男人，就在那兒，她沈溺在通姦時的狂熱之中。而她的情夫，此時此刻，變成了一個陌生人，變成了她丈夫的同事，一個她用不著關心的蠢貨和不速之客。這一齣殘忍的戲劇、對生活的欺騙行爲、以及白天的狂吻與夜晚的假正經所引起的強烈對比，所有這些都使少婦的熱血更加沸騰不已。

偶爾，拉甘太太和卡米耶下樓去時，泰蕾絲就一躍而起，急速然而又是無聲地把嘴唇貼在她的情人的嘴上，就這樣吻著，因透不過氣而喘著，一直到她聽到木樓梯發出聲響爲止。這時，她又是一個箭步回到原位，重新裝出悶悶不樂的樣子。勞倫特也以平穩的口氣，與卡米耶繼續那中斷了的談話。剛才的一幕彷彿在漆黑的夜空迅速地劃過了一道耀眼的閃電似的。

禮拜四的晚上就更熱鬧些。這一天，勞倫特厭煩得要命，不過也不得不盡義務，一次也沒缺席過：他謹愼小心，想取得卡米耶的朋友們的信賴和尊重。他必須聽格里納和老米歇爾那顛三倒四的話：米歇爾總是翻來覆去地講一些殺人行竊的故事；與此同時，格里納就談論他的同事、上司和機關的情形。小伙子挨在奧利維埃和蘇姍娜的身旁坐著，他覺得他倆蠢得讓人還能容忍。此外，他就老催促著快打多米諾骨牌。

也就是在每個禮拜四的晚上，泰蕾絲約定他倆下次會面的日期和時間。在亂哄哄的告別聲中，每當拉甘太太和卡米耶把客人送到長廊的入口處時，少婦就挨近勞倫特，緊握著他的手，向他耳語了幾句。有時，甚至當衆人背向他倆的刹那間，她會親吻他一下，以示自己有本事。

這激動而平靜的生活持續了八個月。這對情人的生活眞是快活至極。泰蕾絲再也不感到無聊，也不異想天開了；勞倫特呢，他吃飽喝足，又受到這一家人的疼愛，一天天發福起來，他唯一的憂慮，就是擔心這美好的生活不會持久。

第九章

一天下午，勞倫特正要離開他的辦公室，準備盡快飛到正在等著他的泰蕾絲身旁，他的上司把他叫住，並且向他表示，以後不許他再動輒早退，說他請假太多了，倘若再犯，機關就決定辭退他。

他就這樣被釘在椅子上，直到傍晚都束手無策。他總得掙一份麵包，不能給人攆出去。晚上，他看見泰蕾絲那張賭氣的臉難受極了。他不知道如何把失約的事向他的情婦作出解釋。他趁卡米耶關店門之際，迅速走近少婦，輕聲對她說：

「我們見不著啦，我的上司再也不准我早退了。」

卡米耶返回來，勞倫特也沒把話說清楚，撇下泰蕾絲就告辭了。泰蕾絲在這突如其來的打擊下，一時不知所措。她非常失望，又不甘心別人就這樣擾亂了她的淫樂。一夜沒合眼，她思考著如何繼續那荒唐的幽會。禮拜四到了，她與勞倫特至多交談了分把鐘。他們連碰頭談談心，商量個幽會辦法的地方都找不到，因而就更加焦慮不安。少婦給了她情人一個新的約會時間，後者又一次失約了。從這後，她只有一個念頭，就是不惜一切也要見到他。

勞倫特已經有半個月不能接近泰蕾絲了。這時他才感覺到，這個女人對他變得是多麼必不可少啊。他過慣了放浪形骸的生活，現在更是變本加厲。他的情婦擁抱他時，他一點兒也不感到彆扭，只像飢餓的野獸那樣，固執地覬覦著她的擁抱。他的內心孕育著火一般的激情，眼前，如有人把他與他的情婦活活拆散，這種激情就會空前猛烈地、盲目地爆發出來，使他的愛情達到瘋狂的地步。在他獸性發作時，一切都彷彿是下意識的：他服從本能的需要，他聽任感官的驅使，隨心所欲。

如果在一年前，倘若有人說他爲了一個女人而心緒不寧，說他成了她的奴隸時，他會放聲大笑的。現在情慾在他的肉體裡默默施威，他終於束手就擒，接受了泰蕾絲野性的情慾而不可自拔。這時，他害怕自己魯莽行事，也不敢再到新橋長廊來看她，擔心自己喪失理智。他不能自持了。他的情婦，帶著貓一般的輕捷，柔韌而又有力地，漸漸把自己的形象滲入他思靈的每一個角落。就如人類賴以生存的是水和食物一樣，他的生活少不了這個女人。

泰蕾絲寫給他一封信，通知他次日待在自己的家裡。倘若沒有收到這封信的話，他肯定要幹出傻事來了。他的情婦答應他在晚上八點鐘左右來看他。

他從辦公室出來後，就把卡米耶甩了，托口說他很累，想盡早回家睡覺。泰蕾絲用過晚餐後，也扮演了一個角色，她說有一個女顧客沒有付清款子就搬家了，她要去做一個不好對付的女債主。她聲稱，她這就去索回債款，那個女顧客住在巴底尼奧爾街。拉甘太太和卡米耶都覺得路大遠了點兒，這樣做也有些冒失。不過，他們並未生疑，放心地讓泰蕾絲走了。

少婦一口氣跑到了葡萄酒巷，在污膩的石板路上滑行，衝撞著行人，一心想盡快地趕到目的地。她的額上沁出了汗珠，她的雙手滾燙，別人還以爲她是一個喝醉酒的女人。她匆忙地爬上了帶家具的客店的樓梯。她在七層樓上看見勞倫特時，已是兩眼迷糊，上氣不接下氣了。勞倫特這時正傾身在欄杆上等著她。

她走進這個籠子。整個空間太小了，她那寬邊裙都不能自如地伸展。她用一隻手脫下帽子，靠在床沿上，有些支持不住了……

夜間的涼氣通過開得大大的天窗傾注到那張熱烘烘的床上。這對情人長時間地待在這間閣樓裡，就如躲在一個洞窟底部似的。突然，泰蕾絲聽見「慈善」教堂的鐘敲了十下。她眞希望自己是一個聾子。她艱難地站起來，這才開始打量這間閣樓，她直到現在還沒仔細看過呢。她尋找帽子，繫上衣帶，邊坐下邊悠悠地說：

「我該走了。」

勞倫特走過去跪在她面前並抓起她的雙手。

「再見吧。」她又重複了一句，並沒挪動身子。

「別說再見，」他大聲說道，「這句話太含糊了……你何時再來？」

她直愣愣地看著他。

「你要我直說嗎?」她說,「那好吧!說眞的,我想,我不會再來了。我沒有藉口,我又編不出來。」

「這麼說來,我們該說永別囉!」

「不,我不願意!」

她咬牙切齒地說出了這句話。隨後,她又下意識地,較溫和地補充了一句,可也並沒有離開她的椅子:「我這就走。」

勞倫特在想著什麼?他在想卡米耶。

「我不恨他,」他終於開口說道,並未指名道姓,「不過,說實在的,他也太妨礙我們了……你就不能讓我們擺脫他嗎?讓他隨便到哪兒旅遊去,讓他走得遠遠的不行嗎?」

「啊!對啊,讓他去旅遊,」少婦搖晃著腦袋說,「你以爲這樣一個人會同意去旅遊嗎?只有一種旅遊能一去不復返……但這一來我們全都完蛋了。那半條命的人可活得長哩!」

片刻的沉默。勞倫特把雙膝向前移了幾步,緊挨著他的情婦,把頭靠在她的胸口上。

「我曾經做過一個夢,」他說,「我想和你整夜睡在一起,躺在你的懷抱裡,第二天,我在你的熱吻下醒來……我想做你的丈夫,你明白嗎?」

「嗯,嗯。」泰蕾絲應答著,渾身都在顫慄。

倏地,她猛地傾身在勞倫特的臉上狂吻起來。她把她帽子上的扣帶擦著年輕人的硬鬍子。她也沒想到自己已經穿好衣服了，她這樣做會把衣服弄破的。她嗚咽著，哭得像淚人兒似的，斷斷續續地說了一些話。

「別說這些話了，」她重複說著，「因爲我已沒有力量離開你了，我就待在這兒不走了……還是給我一些勇氣吧，對我說，我們還會見面的……你需要我，我們總有辦法生活在一起的，不是嗎？」

「那麼，再來吧，明天再來吧，」勞倫特答道，他那雙顫抖的手沿著她的身子摸上去。

「可是，我來不了了……我告訴過你了，我找不到藉口。」

她用胳膊摟緊了他，接著說：「哦！我不怕出醜。倘若你願意，回到家裡，我就對卡米耶說，你是我的情人，我要回到這兒來睡覺……我怕的倒是你，我不願意擾亂你的生活，我希望能使你過得幸福。」

小伙子謹愼的天性又冒出來了。

「你說得對，」他說，「不能像孩子那樣鬧著玩。啊！倘若你的丈夫死了……」

「假如，我的丈夫死了……」泰蕾絲緩慢地重複道。

「我們就結婚，那時什麼也不怕了，我們可以盡性地相愛……多麼美好的生活啊！」

少婦站了起來。她的兩頰蒼白，憂鬱地望著她的情夫，她的嘴唇在顫動。

「有時，人死了也就算了，」她終於囁嚅著說道，「不過，對活下來的人卻很危險。」

勞倫特一言不發。

「你看，」她接著說，「所有明擺著的辦法都是不可取的。」

「你沒理解我的意思，」他冷靜地說道，「我不是傻瓜，我想自由自在愛你。我在想，人有旦夕禍福，會滑跤，瓦片會掉下來……你明白嗎？像後面這種情況，風就是唯一的罪人了。」

他說話時聲調有些異樣。他的臉露出微笑，以慰撫的口吻又繼續說道：

「去吧，請放心，我們會自由相愛的，我們會生活得幸福的……既然你不能再來，一切由我來安排……萬一我們幾個月不見面，你也別忘記我，你要想到我在為我們的幸福操心哪！」

他把泰蕾絲緊緊地摟在懷裡，泰蕾絲已把門打開準備走了。

「你是屬於我的，是嗎？」他接著說道，「你發誓，只要我願意，你在任何時候都會為我獻出一切的。」

「是的，」少婦嚷著說道，「我屬於你，一切聽你的。」

他倆又衝動地、默默地待了一會兒。之後，泰蕾絲猛地抽身而出，她從閣樓衝出來，頭也不回地下了樓梯。勞倫特聽著她的腳步聲漸漸遠走了。

當腳步聲完全消失後，他回到了屋內躺了下來，被褥還是溫溫的。泰蕾絲在被窩裡還留存著她的激情和狂熱，現在他在原處卻覺得悶得慌。他似乎感到自己還能多少嗅到少婦的一些氣息：她曾在那兒待過，散發著紫羅蘭的醉人的芬芳。而現在，他只能擁抱在他周圍晃動的、情婦的幻影，他又渴望著重新燃起的、永不滿足的愛情。他沒有把窗關上。他仰面躺著，赤裸著雙肩，兩手平攤開，想透透涼氣。他望著窗櫺勾勒出的一方暗藍色的天空，苦苦思索。

拂曉了，他腦子裡還在盤旋著另一個念頭。泰蕾絲來之前，他並未想到殺害卡米耶，現在要這個男人去死，這是現實逼使他這樣去想的，因爲想到他再也見不著他的情婦而感到怒不可遏。就在這種情景下，他的潛意識向他展示了一個新的角落：在通姦的狂熱中，他開始想到謀殺了。

在眼前，萬籟俱寂。他孤零零地待在沈沈的夜色裡，內心平靜些了，他琢磨著如何去殺人。他倆親吻時因絕望而冒出來的殺人想法，這時卻愈加強烈、愈加不可動搖了。勞倫特無法睡著，又被泰蕾絲走後留下的濃烈的氣味所刺激，開始制訂行動計畫，並權衡著充當殺人犯之後的利弊得失。

他有一切理由去犯罪。他心想，他的父親是大福斯地區的一個農民，拖著老命就是不死。他說不定還得當二十年的職員，還得在小飯館裡搭伙，沒有妻室，獨身住在閣樓裡。他一想到這兒就發火。反之，一旦卡米耶死了，他娶了泰蕾絲爲妻，繼承拉甘太太的遺產，辭掉公職，便可在陽光下悠來晃去了。於是，他又想起悠哉悠哉的生活來。他覺得自己已經是吃住不愁、無所事事，只須耐心等待著他的父親上天了。可是，一旦在他的夢想中橫亙著現實這堵牆時，他就與卡米耶發生了衝突，於是他便握緊了拳頭，彷彿想把他扼死似的。

勞倫特要占有泰蕾絲，要隨心所欲地獨個兒占有她。倘若他不把她的丈夫除掉，妻子也不會有。她早已對他說了，她不能再來。他原本可以把她劫走，帶她私奔到某處，但這一來，他們兩人都會餓死。殺掉丈夫，他冒的風險要小些，他不會鬧出醜聞，只是把那個人推開由他取而代之而已。按照他農民原始的邏輯推理，他覺得這個辦法既自然又妥當。憑著他謹慎的天性，還覺得這件事宜快不宜遲。

他汗水淋漓，在床上輾轉反側。他合撲著身子，把汗涔涔的臉貼在泰蕾絲的髮髻滯留過的枕頭上。他用兩片乾燥的嘴唇咬著枕套，啜吸著布塊上散發出來的清香。他就這樣屏氣凝神地呆著，彷彿看見一根根火棒在他閉合的眼皮上一一閃過。他盤算著如何殺死卡米耶。不一會兒，當他透不過氣時，他一個翻身又仰面躺著，睜大了眼睛，身上吹著從窗外進來的冷風，看著一方淡藍色的夜空裡閃爍著的星星，思索著如何去殺人的計畫。

他什麼也想不出來。正如他對他的情婦說過的那樣，他不是一個孩子，也不是一個傻瓜，他不想用匕首，也不想下毒藥。他想幹得隱蔽而巧妙，要悄然無聲、不冒風險、毫無恐怖地把事情了結；簡單、利落地除掉一個人。他雖衝動，但不會盲動，他的全部思想都在警告他要小心從事。他太膽怯又太好色，因此不會拿自己的安逸日子去作賭注。他殺人只是爲了生活得更平靜、更幸福。

他漸漸地困倦了。清涼的夜氣把泰蕾絲溫暖而芬芳的幻影從小閣樓裡趕跑了。勞倫特心裡寧靜下來，他疲倦極了，神志恍惚，在他入睡的一刻，他決定伺機而動。他愈來愈迷糊，一個想法老是在他的腦子裡沈浮著、呢喃著：「我要把他殺了，我要把他殺了……」五分鐘後，他睡熟了，均勻而平穩地呼吸著。

泰蕾絲在晚上十一點鐘才回到家。她的頭腦沈沈的，神經十分緊張，一直走到新橋長廊，還不知道這段路是如何走過來的。她還覺得自己剛從勞倫特家走出來，耳邊還在響著她剛剛聽到的話。她看見拉甘太太和卡米耶正在焦急不安地等著，她三言兩語地答覆了他們的詢問，說她走了不少冤枉路，她在人行道上等公共馬車用了將近一個小時。

她睡上床後，覺得被褥又冷又潮，非常反感，熱呼呼的四肢突然抖動起來。卡米耶很快就睡著了，他張著嘴，枕在枕頭上的蒼白的臉一副呆相，泰蕾絲望了他好久。她慢慢地挪開了身子，眞想把自己握緊的拳頭捅進這張嘴裡。

第十章

將近三個禮拜過去了。勞倫特每天晚上都到店裡來，他裝得有氣無力的，像生了病。他的兩眼四周有一圈淡藍色的印子，雙唇發白，有些乾裂。此外，他還是那麼穩重而平靜，像以往一樣正視著卡米耶，對他赤誠相待。而拉甘太太自從看到這個家的朋友慵懶無力、萎靡不振的樣子之後，對他就格外關心了。

泰蕾絲又像以前那樣顯得悶悶不樂、沉默不語了。她比以往任何時候都更不好動，更加安分，也更叫人捉摸不透。勞倫特彷彿在她的眼裡根本不存在，她難得看他一眼，極少和他答腔，對他十分冷淡。

拉甘太太心地善良，看見她這種態度非常難受，有時就對小伙子說道：

「我的姪女不愛理人，您別管這些。我了解她，她外表冷，內心的感情十分豐富而真誠，可熱著哩！」

這時情人也不再約會了。那天晚上，在聖維克多街幽會之後，他們就沒有單獨在一起過。晚上，當他倆面面相對時，表面上冰冷的視若路人，但在他們鎮靜的假面具下，卻正掃過愛情、欲望和恐懼的狂風暴雨。泰蕾絲心裡交織著衝動、膽怯和殘忍的嘲諷的感情，而勞倫特卻心懷叵測、猶疑不決。他倆都不敢正視自己，都不敢細細分析那充塞著自己頭腦裡的朦朦朧朧然而又是強烈而執著的思緒。

一旦有門擋著，只要有可能，他們就迅猛而短促地緊握一下手，差點沒把對方的手骨捏碎了。如果能辦得到，他們眞恨不得把對方的一塊肉粘在自己的手指上帶走呢。爲了平息一下情欲，他們也只能握一握手，而他們在手上傾注了全部身心。他們別無他求，他們在等待著時機。

一個禮拜四的晚上，在玩牌之前，拉甘太太家的客人們像往常一樣要閒聊一會兒。他們的重大話題之一便是要老米歇爾談他過去的職務，並問他過去離奇的冒險的辦案經歷。這時，格里維和卡米耶便像小孩子聽藍鬍子❶或小拇指❷故事那樣帶著恐懼的表情，張大嘴巴聽著警長講述。這些故事既使他們害怕，又引起他們的興趣。

這一天，老米歇爾講述了一件可怕的謀殺案，其情節使他的聽衆無不毛骨悚然。

說完後，他搖晃著腦袋補充了一句：

「世人並不知道一切……有多少罪惡不爲人所知！有多少殺人犯逃脫了法庭的制裁！」

---

❶ 十七世紀傳說中的一個殺人犯，後來成為一些小說家和音樂家作品的主人公。

❷ 童話中的人物。小拇指被壞人抓到樹林子裡，一路上他灑下小石子作標記，認路回家。

「什麼！」格里維驚奇地說，「您以為在大街上還有一些惡棍像這樣肆無忌憚地殺了人而沒被拘捕嗎？」

奧利維埃用不屑的神情微笑著。

「我親愛的先生，」他用尖銳的嗓音答道，「倘若沒有逮捕他們，那是因為他們的謀殺行徑尚未被人發現。」

這個推理似乎說服不了格里維，卡米耶趕來相助。

「我嘛，我同意格里維的意見，」他板著臉，一本正經地說，「我有理由相信，警方是能幹的。」

奧利維埃聽見話中有話，覺得自己受到了人身攻擊。

「當然啦，警方確實能幹，」他氣惱地高聲說道，「但是，我們總不是萬能的。有一些壞蛋是在魔鬼的學校裡學會犯罪的，他們甚至能逃脫上帝的懲罰，是嘛，我的老爹？」

「對啊，對啊，」老米歇爾支持這個看法，「大概拉甘太太還記得這件事吧，當我住在凡爾農時，一個馬車夫在大道上被人暗殺了。屍體被人切成了幾塊，扔進一條溝裡。凶手終究沒能抓到。也許他至今仍然活著；也許他就是我們的鄰居；也可能格里維先生在回家的路上會遇上他。」

格里維的臉刷地變得像白布一樣白。他不敢轉過頭來，他以為殺馬車夫的凶手就在他的身後呢。其實，他也慶幸自己受到了驚嚇。

「哦，不！」他吃吃地說，也不十分清楚自己說的是什麼，「哦，不！我不願去想這些……我嘛，我也有一個故事：從前有一個女僕，因爲偷了她主人的一套餐具而被投入監獄。兩個月後，有人砍樹，在一隻喜鵲窩裡找到了這套餐具。原來小偷是一隻喜鵲。人們把女僕放了……你們看，不管是誰，罪犯總是會受到懲罰的。」

格里維勝利了，奧利維埃在冷笑。

「這麼說來，」他說道，「喜鵲就被送進監獄了。」

「格里維先生想說的不是這個意思，」卡米耶接著說，他看見他的上司被人揶揄有些氣惱，

「……媽媽，把骨牌拿出來給我們玩吧。」

正當拉甘太太走去找骨牌時，年輕人衝著米歇爾繼續說道：

「那麼您承認了警方是無能的，是嗎？明明有些殺人犯在大白天蹓躂哩！」

「哦，不幸而言中了。」警長回答道。

「這眞是傷風敗俗！」格里維下結論說。

在這一番談話中，泰蕾絲和勞倫特始終緘默不語。他們對格里維的一席蠢話甚至沒笑一下。他倆把胳膊支在餐桌上，臉色微微發白，兩眼茫然地聽著。他們那邪惡而熾熱的目光時而交織在一起。泰蕾絲的髮根處沁出了點點汗珠，勞倫特感到心裡一陣陣發冷，皮肉在微微顫抖。

第十一章

禮拜日有時碰上好天氣，卡米耶一定要泰蕾絲和他一塊兒出門，在香榭大道散步。少婦寧願待在陰冷潮濕的店堂裡，她感到疲倦。她丈夫像個傻瓜似的，一聲不吭，拖著她在人行道上漫無目的地走著，對什麼都好奇，好像老在思考什麼，每碰到一家商店都要停下來看看。

她挽著他的胳膊眞是苦惱至極，然而，卡米耶卻怡然自得。他喜歡炫耀他的妻子，每當他碰見同事，特別是遇見他的上司時，有夫人在身旁，他和他們打招呼都是神氣活現的。此外，他是爲走路而走路，幾乎像個啞巴，穿著節日的衣服，身子直挺挺地顯得有些彆扭，走起路來慢條斯理，煞有其事，實則一副蠢相。泰蕾絲挽著這麼一個男人散步眞是有口難言。

逢上散步的那些日子，拉甘太太把她的兩個孩子一直送到長廊的盡頭。她一一擁抱他們，彷彿他們要出遠門似的。接著，便是無休止的叮囑，懇切的祈願。

「特別要當心意外……」她說，「在巴黎這個地方，車輛太多了……你們答應我不往人群裡擠嗎？」

最後，她終於讓他們走了，並且目送他們一陣子後才回到店鋪裡。她的兩條腿變得越來越沈了，她不可能再長距離步行了。

還有些時候，這對夫婦偶爾走出巴黎，到聖烏昂（巴黎北側）或到阿斯尼埃爾（巴黎西北側）去，並且在河邊的一家小飯館裡吃一盤油炸魚。碰上這種日子，他們算是有點奢侈了。大家在一個月前就開始議論。泰蕾絲更願意、甚至是帶著興奮的心情同意去那些地方遊玩，這樣她可以在露天一直待到晚上十點、十一點鐘。聖烏昂上的許多綠色小島使她回憶起凡爾農來。還是少女時代，她就在那兒體驗到了塞納河的全部野趣。

烈日當空，她坐在樹蔭下的小礫石上，涼風習習，她把雙手浸在河裡。當她的裙子在小石子和泥土上拖來拖去弄髒時，卡米耶卻仔仔細細地鋪開了他的手帕，悄悄地挨在她身旁坐著。在最後的日子裡，這對年輕夫婦幾乎總是把勞倫特帶著，勞倫特憑藉著他那粗獷的笑聲和過人的精力，使他們遊玩得格外歡暢。

有一個禮拜天，卡米耶、泰蕾絲和勞倫特一起用完早餐之後，在十一點鐘左右，動身到聖烏昂去。他們對這夏季最後一次的遠足考慮已久。秋天悄然而至，到了晚上，陣陣冷風使空氣中充滿了涼意。

這天清晨，天空是湛藍的。太陽出來後天氣很熱，即使在陰涼處也是熱烘烘的。他們決定享受一下夏末的陽光。

這三個遊人雇了一輛馬車，那個婦女服飾用品店的老板娘當然少不了抱怨、叮嚀一番。他們穿過巴黎，在巴黎的舊城牆牆根前跳下了馬車，然後，他們沿著河堤走，不一會兒，便來到了聖烏昂。時值正午，馬路上瀰漫著塵埃，在烈日的直射下，泛著雪一般的，眩目的白色。空氣沉悶而熾熱，彷彿在燃燒。泰蕾絲勾著卡米耶的膀子，撐著遮陽傘，小步走著，而她的丈夫則用一塊大手帕扇著臉。勞倫特走在他倆的後面，烈日盯著他的頸脖，他似乎麻木了；他吹著口哨，踢踢小石子，時而對他情婦擺動著的臀部淫邪地瞟上幾眼。

到了聖烏昂，他們就急於尋找一個小樹林和樹蔭下的一片青草地。他們走上一個小島嶼，鑽進一個矮樹林裡。落葉在地上鋪上了一層暗紅色的地毯，腳踩上去發出脆裂聲。多得數不清的樹幹，筆直地挺立著，像是一束束哥德式建築的小石柱子；枝柯下垂，擦著遊人的額頭，因此，他們的視野所及，只是枝萎的落葉組成的黃色蒼穹和山楊、橡樹那白色和黑色的樹身。在一片陰涼而靜謐的狹小空地上，他們彷彿待在一個荒漠之地，躲在一個陰晦的洞穴裡。在他們周圍，只有塞納河在喧嘩。

卡米耶選中了一個乾燥的位置，他把禮服的下擺捲起來才坐下。泰蕾絲坐在樹葉上，已弄皺的裙子窸窸窣窣地響了一陣子。她的裙子前後翻起，一條小腿一直裸露到膝蓋，她的上身有一半掩埋在裙子的皺褶之中。勞倫特貼地躺著，下巴碰到地面，一邊盯著這條腿看，一邊聽著他的朋友在生政府的氣，他大聲說，應該在所有小島上設置石凳，修築沙徑，栽種修剪得整整齊齊的樹木，像杜伊勒利宮❶那樣，把塞納河畔的衆島嶼變成英國式的小花園。

他們在空地上待了將近三個小時，想在晚飯前，等太陽稍稍西沉後，在田野裡散會兒步。卡米耶說到他的同事，講述著一些荒謬的故事。他慢慢地講累了，順勢仰面躺下，把帽子遮住眼睛睡著了。泰蕾絲早就把眼皮合上，假裝在打瞌睡。

這時，勞倫特悄悄地溜到少婦身邊。他伸出嘴唇，吻她的短靴和膝蓋。短靴的皮、白色的長統襪灼燒著他的嘴唇。土地刺鼻的味兒和泰蕾絲身上散發的淡淡的馨香混和在一起，刺激了他的神經，沁透了他的全身，使他的熱血沸騰。一個月來，他好自爲之，內心卻忿忿不已。徒步在烈日下，行走在聖烏昂的堤岸上時，他已經是慾火燒心了。眼前，他身處異地，在人跡罕至的密林深處，陰涼和寧靜使他精神上得到了很大的快感。

可他不能把屬於自己的這個女人緊摟在懷中。她的丈夫很可能會醒來，看見他，使他的如意算盤落空。這人始終是個障礙。因此，他只得貼在地上，把自己藏在裙子後面，顫慄著；又賭著氣，默默地吻著皮短靴和白長統襪。泰蕾絲一動也不動，像是死過去了。勞倫特以爲她睡著了。

他站起來，彎著腰，靠在一根樹幹上。這時，他看見少婦睜大了眼睛，亮閃閃地望著天空。她雙手捧著自己的臉，臉色隱隱發白，神情呆板而冷峻。泰蕾絲在想什麼，她的兩眼定著神，好

❶法國舊時的王宮，今已廢，改建成花園。

像是兩個黑漆漆的無底洞。她不動，也不轉過頭來瞧一瞧站在她後面的勞倫特。

她的情人端詳著她，看見她在他的目光慰撫下仍然紋絲不動、默不作聲，幾乎有些懼怕了。她那白白的、毫無表情的臉蛋埋在裙子的皺褶之中，既使他有些恐懼，又使他情慾衝動。他甚至想俯下身子，以吻來閉合她這對張著的眼睛。可是，卡米耶幾乎也是躺在裙子裡面打盹的。

這個可憐蟲，扭曲著身子，瘦得皮包骨，正在輕輕地打呼嚕，他的帽子蓋住了他的臉的一半，帽子下面的嘴張著，並且因熟睡而歪斜在一邊，現出一臉的笨相；一根根棕紅色的細毛，稀稀疏疏地散布在他那瘦削的下巴上，玷污了他那張蒼白的臉。由於他的頭是向後仰的，他那根細細的、皺巴巴的頭頸就看得清清楚楚，在脖子正中，突現一個殷紅的喉結，他每打一次呼嚕，喉結就上升一次。卡米耶就像這樣橫臥在地上，眞是醜陋透頂，令人噁心。

勞倫特看著他，突然抬起了腳跟。他眞想一腳把他的臉踩扁了。

泰蕾絲強忍住沒叫出聲來。她的臉色蒼白，閉上了眼睛。她把頭扭過去，彷彿爲免得看見鮮血濺出來似的。

勞倫特把腳跟高懸在熟睡的卡米耶的臉盤上有數秒之久。過後，他緩緩地收起了大腳，走了幾步。他心想，這樣殺人眞是太傻了，倘若他把這個笨蛋的頭踩扁了，全城的警察都會來逮捕他。他想殺死卡米耶，僅僅是爲了娶泰蕾絲爲妻，他需要的是作案後仍能像老米歇爾說的那個故事中殺害馬車夫的兇手那樣，在大白天悠閒度日。

他走到河邊，眼巴巴地望著河水在流淌。驀地，他回到小樹林裡，他剛才已擬定了一個計畫，想好了一個合適的、對自己毫無危險的謀殺方法。

於是，他用一根稻草莖在打盹者的鼻子裡捻一下，把他弄醒了。卡米耶打了個噴嚏站起來，覺得這個玩笑開得滿不錯。他就喜歡勞倫特開玩笑，逗他發笑。接著，他又搖了搖雙眼緊閉著的妻子，泰蕾絲直起身子，抖動了一下弄皺了、沾著枯葉的裙子。之後，三個遊人一邊折斷著前面擋路的小枯枝，一邊離開了林間空地。

他們走出小島，走過大路，又踏上一條條小徑，與穿著節日盛裝的人們比肩而行。一群穿著鮮艷裙子的姑娘夾在兩行籬笆中間飛奔而去；一隊划艇人唱著歌走過；在街道溝渠的邊上，一對對市民夫婦、老年人，以及帶著妻子來玩的小職員們，成群結隊地走著。每條小路都像是城裡一條條人頭攢動，熙熙攘攘的街道。只有太陽靜悄悄地照著大地，它慢慢地向地平線下沉，並在變紅的樹枝上，在白花花的大路上，投下了巨大的、蒼白的光幕。在戰慄著的蒼穹上，陣陣涼風從天而降。

卡米耶沒讓泰蕾絲挽著，他與勞倫特在交談，看見他的朋友時而在溝渠上跳來跳去，時而舉起大塊大塊的石頭以賣弄自己的力氣，聽著他不斷地開著玩笑，笑個不停。少婦在路的另一端，歪斜著頭向前走進，不時也彎下身子去拔一根草。每當她稍稍落在後面幾步時，她便收住腳步，遠遠地望著她的情人和她的丈夫。

「喂，你餓了嗎？」卡米耶終於向她叫喊道。

「是的。」她答道。

「那麼，趕快上路吧！」

泰蕾絲根本不餓，她只是有點兒累，心裡有些不安。她不知道勞倫特的打算，她因煩躁不安，兩條腿直打哆嗦。

三個遊人回到了河邊找了一家餐館。他們在一個木板搭成的平台上就坐，飯店散發出油腥味和酒味。叫喊聲、歌聲和杯盤聲在整幢房子裡震響。每一個單間、每一個客廳裡，還有一些人三五成群，都在高談闊論，在一片喧鬧聲中，薄薄的隔板發出清脆的回聲。上樓的侍者震得樓梯抖抖的。

上面的平台上，從河邊吹來的風驅散了葷腥味。泰蕾絲倚著欄杆，凝視著碼頭。碼頭的兩邊，是一溜邊地排列著的小咖啡館和趕集商人的臨時木棚；在棚架下面，在稀疏和枯黃的樹葉之間，遠遠可以瞥見白色的桌布，斑斑點點的黑色外套，和女人鮮艷的裙子。人們光著腦袋來來去去，跑著、笑著，而在人群的嘈雜聲中，混雜著手搖風琴淒厲的樂聲。在安寧的空氣裡，瀰漫著油炸和塵埃的氣味。

泰蕾絲俯首可以看見拉丁區（巴黎的大學區）的姑娘們在一塊踏爛了的草坪上，邊唱歌邊做著繞圈圈遊戲。她們把帽子甩在肩上，披散著頭髮，手拉著手，像小女孩那樣玩耍著。她們又恢復了昔日那銀鈴般清脆的聲音，她們那蒼白的臉都被人狂吻過，現在紅撲撲的、露出了處女般的紅暈。她們那一對對目光不再純潔的眼睛，又顯得水靈靈般的含情脈脈。大學生們抽著白土製的煙斗，看著她們轉圈圈，並同她們開著粗魯的玩笑。

在塞納河的另一面，連綿起伏的小山丘上籠罩著明淨的夜色，在朦朧的、蔚藍色的天幕下，樹木沉浸在透明的霧靄之中。

「啊哈！」勞倫特在樓梯的欄杆上傾下身子大聲叫道，「侍者，晚餐在哪兒？」

接著，他好像改變了主意似的，補充說道：

「你說呢，卡米耶，我們吃飯前在水上遊玩一下如何？這樣，他們也有時間替我們把子雞烤好了。在這兒我們傻乎乎地等上一小時多討厭。」

「悉聽尊便，」卡米耶滿不在乎地回答道，「……可是，泰蕾絲餓了。」

「不，不，我等等不要緊的，」少婦急急忙忙地說道，勞倫特的眼睛死死盯著她。

他們三個人一齊下了樓。在走過櫃台前時，他們預訂了一張餐桌，點了幾樣菜，並囑咐說他們過一小時再回來。飯店老板兼出租遊船，他們便請他去解開一隻小船的繫繩。勞倫特選中了一隻細細長長的小划子，卡米耶看見這隻小划子輕飄飄的樣子有些害怕。

「活見鬼，」他說，「在船裡動彈不得啦，否則，我們會成落湯雞了。」

事實上，是這個小職員對水有著特殊的懼怕心理。在凡爾農，當他還是孩子時，他因體弱多病不能在塞納河裡嬉遊，當他的同學們一頭躍進河裡時，他卻裹在暖和的被子裡。勞倫特卻早就是一個無畏的游水者，一個不知疲倦的划槳人。卡米耶畏懼深水的程度不亞於小孩和女人，他用腳尖碰了碰小划子的一頭，彷彿是試試它牢不牢。

「行了，上去吧，」勞倫特笑著對他叫道，「你總是提心吊膽的。」

卡米耶跨上了船，搖搖晃晃地坐在船尾。當他在船底木板上站穩之後，就隨便起來，說說笑話，顯示自己也是有膽量的。

泰蕾絲站在岸上，神情嚴肅，紋絲不動。她的情人站在她身旁，手裡握著纜繩。他彎下腰，放低聲音，急速地對她耳語了一句：

「注意，我要把他淹死……你聽我的……一切由我來安排。」

少婦的臉刷地一下變得慘白。她像是被釘在地上似的，眼睛睜得老大，身子直挺挺的。

「上船吧！」勞倫特又噓聲噓氣地說。

她還是不動。她的思想在激烈地鬥爭著。她以全部力量控制住自己，因爲她害怕自己嗚嗚咽咽地哭出來癱軟在地上。

「哦！哦！」卡米耶叫喊道，「勞倫特，你看看泰蕾絲啊……害怕的是她哩！她不會上船的，她上不了船啦……」

他把雙臂支在船的兩舷，洋洋得意地坐在後座上，並且左右晃動，裝成毫不在乎的樣子。泰蕾絲異樣地向他掃了一眼，這個可憐蟲的一副怪模樣就像鞭子似地抽打在她身上，她的決心下定了。驀地，她跳上了小船並坐在船首。勞倫特拿住了雙槳。小船離了岸，慢悠悠地向小島駛去。

黃昏降臨了。大片的陰影從樹上落了下來，船舷兩旁的河水變黑了。在河當中拖著一道道寬寬的銀白色的水紋。不一會兒，小船就駛到了塞納河的河心。在那兒，河堤上的種種嘈雜聲模糊了，送進耳畔的歌聲和叫喊聲聽起來淒淒切切、幽幽怨怨，帶著一種傷感的情調。

勞倫特不再搖槳，他讓小船隨波逐流。

對面，矗立著小島巨大的淡紅色輪廓。兩岸，在暗棕色的背景下，綴上了斑斑點點的灰色，就像是兩條寬寬的帶子在延伸，到天際會合了。水與天彷彿是一塊白花花的巨大的衣料被裁下來的兩半。秋天的薄暮是最寧靜和悲哀的。在顫慄著的空氣中，日光黯淡了，殘葉從老樹上紛紛落下。田野剛被夏日熾烈的陽光灼燒過，現在一陣涼風掠過，呈現出一派死亡將臨的蕭瑟景象。在蒼穹之上，陰風四起，帶著絕望的哀鳴。夜從天際，在暮色中又罩上了一層殮屍布。

三個遊人一聲不吭。小船順流而下，他們坐在船裡，眼看著最後一道日光從樹稍上消失了。他們駛近了小島。巨大的淡紅色的輪廓變成了深暗色。夜色中，一切景致都大同小異：塞納河、天空、島嶼、山崗都變成了棕色和褐色的斑點，在乳白色的夜霧裡漸漸消遁。

卡米耶此時反撲在船底，把頭探到水面，雙手浸在河水裡。

「啊唷！多涼啊！」他大聲喊道，「把腦袋泡在這水裡可不好受啊！」

勞倫特不吭聲。他惶惑不安地注視著兩岸的動靜已經好一陣子了。他咬緊了嘴唇，把一雙巨大的手放在膝蓋上。泰蕾絲的頭微微向後傾，直挺挺地等待著，紋絲不動。

小船即將駛進兩個小島間的一個陰暗而狹小的河灣。在其中一個小島的後面，傳來一隊划船人飄忽的歌聲，他們大概是逆流而上。從上游遠遠望去，塞納河上一條船也沒有。

這時，勞倫特站起來把卡米耶攔腰一抱。這個小職員咯咯地笑出聲來。

「啊！不，你搔得我癢癢的，」他說，「別開這些玩笑了……行了，別鬧了，我要被你摔下水了。」

勞倫特抱得更緊了，並且甩了一下。卡米耶回過頭來，看見他的朋友的臉在痙攣著，表情可怕。他不理解他的意圖，他模糊地感到有些恐慌。他想叫喊，但是已經覺著一隻粗獷的手扼住了他的脖子。他憑著動物自衛的本能，挺直了膝蓋，死死地抓住了船舷，他這樣掙扎了幾秒鐘。

「泰蕾絲！泰蕾絲！」他氣急敗壞、悶聲悶氣地叫道。

少婦目睹這一切，雙手緊抓住船上的一條凳子，小船在河上劇烈晃動，發出軋軋的響聲。她不能合上眼睛，極度的緊張使她睜大雙眼，死死盯住眼前這可怕的鬥爭場面。她的身體僵直，一句話也說不出來。

「泰蕾絲！泰蕾絲！」不幸的人又氣喘吁吁地呼喚著。

泰蕾絲聽見他最後一次呼叫自己名字時失聲痛哭了。她的神經完全鬆軟下來。她待在船中，想到那個結局，嚇得渾身抖個不停。她這樣癱軟著，眼睛發愣，好像昏死過去了。

勞倫特一面用一隻手卡住卡米耶的咽喉，一面不住地搖晃他，他終於抽出另一隻手把他與小船分開。他用兩隻強壯有力的胳膊，把他像孩子似的凌空抱起。他偏著腦袋，頭頸暴露在外，這時，他的犧牲者出於恐怖，發瘋似地扭過身子，張大了嘴，咬住他的頸子。殺人犯強忍住疼痛，沒叫出聲，猛地一甩，把卡米耶扔進河裡。後者的牙齒咬去了勞倫特的一塊肉。

卡米耶發出一聲嚎叫，落進了河裡。他在水面上浮浮沉沉顯露了兩三次，狂呼著，但最後聲音愈來愈微弱了。

勞倫特連一秒鐘也沒停頓。他迅速豎起了外套的領子，把傷口遮掩住。接著，他把昏迷的泰蕾絲摟在懷裡，用勁一蹬腳，把小船傾翻了，他本人便也抱著他的情婦掉進了塞納河裡。他把她舉在水面之上狂呼救命。

他剛才聽見在小島後面哼歌的那隊划船人發速地划著槳趕到了。他們這才明白是小船遇難了。於是，他們先把泰蕾絲救起，讓她平臥在一條凳子上，再把勞倫特救出來，他卻絕望地呼喊著，要救他朋友的命。他又跳進水裡，在別處尋找卡米耶，他再次返回到船上時，舉起雙臂，猛揪著自己的頭髮，泣不成聲。那隊划船手竭力慰撫他，讓他鎮靜下來。

「這是我的過失，」他大喊大叫地說道，「我本不該讓這個可憐的小伙子又跳又蹦的，也不該讓他隨便晃動……不知怎地，我們三人都擠在船的一邊了，於是船翻了……他在落水時還死命地叫我救他的妻子呢……」

划船手中自然有兩、三個年輕人願意出來對事故作證，這也是不足爲奇的。

「我們看得很清楚，」他們說，「活見鬼！一隻小划子嘛，總不會像一艘大船那麼結實……啊！可憐的小女人哪，她醒過來眞是惡夢一場啊！」

他們重新拿起船槳，拖著小划了，把泰蕾絲和勞倫特帶回小飯館，在那兒，晚餐已準備好了。不出幾分鐘，整個聖烏昂地區都知道出事了。船員們像親眼看見似的，講述著事情發生的經過。在小飯館前面，聚集著一群動了惻隱之心的人。

飯店老板夫婦都是好心人，他們把自己的整套衣服替溺水者換上。當泰蕾絲甦醒過來時，她的精神錯亂了，發出了撕心裂膽的慘叫，人們不得不把她安放在床上。剛才演出的一幕醜劇，終於在人的好意天性的幫助下收場了。

等少婦鎭靜一些後，勞倫特把她托付給飯館的主人照應。他想獨自回到巴黎去，把這個可怕的消息以最委婉的方式告訴拉甘太太。實際上他害怕泰蕾絲發狂。他寧願給她一些時間，讓她思前顧後地去想一想，並且學會如何扮演自己的角色。

最後，還是那些划船手，把卡米耶訂的那頓晚餐吃掉了。

第十二章

勞倫特坐在駛往巴黎的公共馬車裡，一個陰暗角落中擬定了行動計畫。他幾乎能肯定，他可以逃脫罪責了。他暗暗自喜，這是一種作案成功後的喜悅。到了格里西城門，他雇了一輛馬車，直奔往在塞納街的老米歇爾家，時值晚間九點。

他看見退休的警長坐在餐桌旁，還有奧利維埃和蘇姍娜陪著。他到這裡來，是想自己在受到嫌疑時可以有個保護人，並且可以避免親自去向拉甘太太宣布這個驚人的噩耗。他對去通報這事感到說不出的厭惡，他預料做母親的會悲痛欲絕，而他擔心自己流不出眼淚，演不好戲；再則，他雖然對這位母親的悲傷不大放在心上，但這畢竟是夠惱人的。

米歇爾看見他穿了一身粗俗不堪、又短又小的衣服進來時，投來詢問的目光。勞倫特哭喪著臉，喘著粗氣，把遇難的情形一五一十地說了出來，彷彿他傷心極了，已累得不成樣子。

「我來求求您，」他最後說道，「我真不知道拿這兩個女人怎麼辦，她倆所受的打擊真是太慘重了……我實在不敢單獨去他母親的家。我求求您，和我一起去吧。」

在他說話的當兒，奧利維埃的眼睛直勾勾地盯著他，使他非常恐慌。這個殺人犯，憑了一股子勇氣，硬著頭皮衝到這個退休警察家來了，這樣做，也許能救他一命。然而，當他感到他們在用目光打量他時，便禁不住嚇了一跳。他以爲他們不信任他，實際上他們的神情只是驚愕和憐憫而已。

蘇姍娜的臉色最白，也更軟弱些，幾乎要昏過去了。奧利維埃想到死總要懼怕三分，但他的心仍是冷冰冰的。他只是做了一個既吃驚、又痛苦的表情，並像通常那樣，窺探著勞倫特的臉，其實他對那罪惡的眞情，並沒有產生任何疑問。老米歇爾發出了恐怖、憐憫而驚異的慨嘆。他激動不安地坐在自己的椅子上，合著雙手，眼睛向上翻著。

「啊！我的上帝！」他斷斷續續地說著：「啊！我的上帝，多可怕的事情啊！好端端地從家裡出門，就這樣不明不白突然死掉了……太可怕了……還有這位可憐的拉甘太太、這個做母親的，我們怎麼向她交待呢？當然，您來找我們是對的……我們和您一塊兒去吧……」

他站起來，轉過身子，在房間裡跑來走去地找他的手杖和帽子，在忙亂中，他還要勞倫特把出事的細節向他一講再講，勞倫特每講一句，他就驚呼一聲。

他們一行四個一齊下了樓。走進新橋長廊時，米歇爾把勞倫特拉住了。

「您別去，」他對他說，「您一個人去太突然了，已經暗示著什麼，應該避免……這位不幸的母親會猜到有什麼不幸的事發生了，她就會強迫我們過早地把眞相告訴她……您還是在這兒等我們好了。」

殺人犯聽了這樣的安排鬆了一口氣，因爲他想到自己要走進長廊邊上的這家店鋪時，免不了心顫顫的。他恢復了往日的平靜，在凸起的人行道上上下下，踱來踱去，心裡十分自在。時而，他居然把剛才發生的一系列事情忘記了，他看看一排店鋪，吹著口哨，回頭瞧瞧與他擦肩而過的女人。他就這樣在大街上待了足足半個鐘頭，頭腦愈來愈冷靜了。

從早飯後，他就沒有進食，現在他餓了。他走進一家糕點鋪，好好地吃了個夠。

在長廊邊的這家店鋪裡出現了一個慘不忍睹的場面。老米歇爾已夠小心謹愼的了，他以婉轉迂迴的口氣才暗示了幾句話，拉甘太太還是很快就明白了，她的兒子出事了。這時，她淚如泉湧，絕望地、聲嘶力竭地要求了解事情的眞相，她的老朋友也就不得不和盤托出了。而當她了解了這一切後，她的痛苦是難以言狀的。

她泣不成聲，哭得前撲後仰，過分的恐怖和痛苦使她失去了自制，她呻吟著，上氣不接下氣，不時還發出一聲慘叫。蘇姍娜攔腰抱住她，跪在地上哭著，向她抬起了自己那蒼白的臉。倘若蘇姍娜不在場，她會哭倒在地上。奧利維埃和他的父親一聲不響地站在一旁，神經緊張，把頭扭向一邊，對他們自身來說，這個場面不堪忍受，心裡感到很不舒服。

可憐的母親彷彿看見她的兒子漂在塞納河混濁的河水裡，身體僵硬，膨脹得不成樣子，同時，她彷彿又看見，她的孩子還在嬰兒時代，當她把死神從他的身上驅逐之後，他躺在搖籃裡的情景。她不下十次把他救活了，她以全部的身心愛著他，三十年如一日。但是現在，他離她遠遠的，突然像一條狗一樣，淹死在冰涼、骯髒的河水裡了。

這時，她又回想起她把他裹住的那些暖烘烘的被褥。多少關心和愛撫！她在他身上傾住了多少感情！他的童年是多麼溫暖和美好……所有這一切，難道就是爲了某一天看見他悲慘地溺死在河裡嗎？拉甘太太想到這些，感到透不過氣來，她已經絕望了，恨不得一死了之。

老米歇爾急急忙忙走了出去。他把蘇姍娜留下來陪著老板娘，自己與奧利維埃一起去找勞倫特，火速趕到聖烏昂去。

一路上，他們之間沒說幾句話。馬車在石子路上顛簸著，他們每人在馬車的角落裡找個位子坐下。車廂裡黑洞洞的，他們木然地待著，緘默不語。時而，煤氣路燈的燈光在他們的臉上迅速地閃亮一下。這件不幸的事把他們聚攏在一起，每個人的心頭都籠罩著一層陰影。

當他們趕到河邊的小飯館時，他們看見泰蕾絲睡在床上，手和臉都是滾燙的。店主輕聲對他們說，少婦在發高燒。實際上，泰蕾絲感到自己很虛弱、很憂慮，她害怕自己在神經錯亂時道出眞情，所以打定主意假裝生病。她硬是不開口，老是閉著嘴唇和眼皮，不願意見任何人，不想講話。她把被子一直接到下巴脖子上，把臉的一半埋在枕頭裡，身子縮成一團，焦慮不安地聽著周圍人的談論。

在她緊閉的眼皮上，流動著淡紅色的光，在這光影中，總是出現卡米耶和勞倫特在船舷搏鬥的場面，她看見她丈夫臉色蒼白，模樣可怕，變得又高又大，在污濁的河水之上，直挺挺地站了起來。這個幻覺老是纏住她，使她更加頭暈腦脹，六神無主。

老米歇爾試圖和她講話，安慰她。她不耐煩地挪動了一下，轉過身子，又開始啜氣起來。

「隨她去吧，先生，」店主說，「只要有一點兒聲音，她就會驚動慌張……您沒看見嗎？她需要休息。」

在樓下的休息室裡，一個警察正在調查事故起因做筆錄。米歇爾和他的兒子走下樓來，後面跟著勞倫特。當奧利維埃把自己作爲警察局的高級職員的身份亮出來後，十分鐘就結案了。划船手還待在那兒沒走，他們詳盡地　述著死者溺水經過，繪聲繪影地描述著這三人是如何落水的，爭先恐後地做證人。即使奧利維埃和他的父親當初還有些疑心的話，那麼在衆多的證人和證詞的證明下，他們的疑點也就很快消失了。

事實上，他們從未懷疑過勞倫特的一派胡言，相反地，他們向警察介紹說，他們是死者最要好的朋友，他們還特別強調，要在書面證詞裡寫上這個年輕人跳到水裡搭救卡米耶這一事實。

翌日，各家報紙都極其詳盡地報導了這次事故，說什麼母親是不幸的，寡婦將抱憾終生，而這位朋友是既高尙又勇敢云云。各式各樣的新聞報導，五花八門，一一出現在巴黎的各家報紙上，然後，又被塞進有關部門的檔案堆裡了。

調查報告寫完後，勞倫特心裡感到喜氣洋洋的，好似獲得了新生。自從死者把牙齒咬進他脖子那時起，他就像僵化了一樣，只是機械地按著蓄謀已久的計畫從事，他的一言一行都受著保護自己本能的制約。眼前，當他確信自己不會受到懲處之後，血液又在他的血管裡平緩地流動起來了。

警方不再追究他的罪行，事實上，警方什麼也沒看見，他們受騙了，他們把他開釋了，他得救了。想到這兒他感到一身輕鬆，內心充滿了喜悅，手腳和腦子都更靈活了。他以無可比擬的能耐和膽識，繼續把自己裝扮成一個悲痛不已的朋友的角色。而骨子裡，他的獸性得到了滿足；他想到了泰蕾絲，此刻她正躺在樓上的臥室裡。

「我們不能把這不幸的少婦留在這兒，」他對米歇爾說，「她很可能會釀成一場大病。無論如何要把她帶回巴黎去……來吧，我們去說服她跟我們一起走。」

在樓上，他開口講話了，他親自懇求泰蕾絲起身，讓人把她送回新橋長廊上。少婦一聽是他在說話，震驚了一下，睜大兩眼注視著他。她痴痴呆呆的，全身都在顫抖著。她一言不發，非常艱難地起了床。男人們都走出房門，只留下飯館女主人和她在一起。當她穿戴完畢後，便搖搖晃晃地走下樓來，奧利維埃攙扶著她登上了馬車。

一路上鴉雀無聲，勞倫特眞是色膽包天，居然厚顏無恥地把手順著少婦的裙子往上摸，握住她的手指。在搖曳不定的陰影中，他坐在她的對面，她把頭一直低到胸口上，因此他看不見她的臉。他抓住她的手後便握緊了，且一直到瑪扎里納街才鬆開。他覺察到她的手在顫抖，不過她並未把手抽回，相反地，她有時也輕輕地捏他捏一把。他們兩隻手都是火熱的，兩隻手掌心濕漉漉地粘在一起，十隻手指相互緊緊地壓著，馬車每震顫一次，手指都被擠壓得很疼。

勞倫特也罷，泰蕾絲也罷，他倆都感覺到，對方的血液通過緊握著的拳頭，流到自己的心坎裡。這兩隻緊握著的拳頭就像一隻熱烘烘的火爐，裡面狂跳著他們的生命。夜幕下綿延著死一般悲涼的寂靜。他們狂熱地緊握著的手就像是一塊巨大的石塊壓在卡米耶的頭上，把他永遠壓在水下了。

馬車停下後，米歇爾和他的兒子首先下車。勞倫特向他的情婦傾下身子，輕輕地對她說：

「堅強些，泰蕾絲，」他喃喃說道，「……這一天，我們已等得很久了……你再想想。」

少婦自她的丈夫死後一直沒有開口。這下她第一次啓齒了。

「哦！我會記住的，」她顫悠悠地說，聲音低得像一陣輕風吹過。

奧利維埃把手遞給她，扶著她走下馬車。這一次，勞倫特逕直向店鋪走去。拉甘太太躺下了，她處於昏迷的狀態中。泰蕾絲磨磨蹭蹭地走到自己的床前，蘇姍娜很快幫她卸下了裝。勞倫特放下心來，他看見一切都進行得十分順利，便退了出去，慢慢吞吞地向聖維克多街上他那個閣樓走去。

午夜已過。在空曠、寂寥的街上，涼風呼呼而過。年輕人只聽見自己的腳步在人行道的石子路上發出均勻的咯咯聲。涼風吹拂著他，他感到異常舒服，安靜和黑暗又頓時讓他想起淫樂的愉悅，他一路輕快地閒逛著。

他終於逃避了罪責。他終於把卡米耶殺死了。這事既成事實，今後誰也不會再提起。他從此可以安安靜靜地生活，等候時機把泰蕾絲奪過來便大功告成。那時，他想到自己要去殺人便會引起一陣恐慌，眼前，他已經把人殺了，心裡也就不存芥蒂，可以舒暢地呼吸了。原先，猶豫和恐懼是他的心病，現在，他完全康復了。

事實上，他的神智也有些兒恍惚，他累壞了，手腳和頭腦都不太聽使喚。他回到家，便呼呼大睡。在他熟睡之際，臉上還不時地在微微抽搐著。

第十三章

次日，勞倫特一覺醒來，感到心曠神怡。他睡得很香。從窗口吹進來的冷風刺激著他的凝滯的血液。他幾乎把昨晚發生的事情忘掉了，倘若不是頸脖上的傷口灼痛的話，他眞會相信，昨天晚上他過得平平安安，是在十點鐘上的床。卡米耶咬的那一口，就像一塊燒紅的鐵放在他的皮膚上，當他老是想著這傷口給他帶來的疼痛時，他就感到難以忍受。他彷彿覺得有一把針慢慢地扎進他的皮肉裡。

他把襯衫領子翻下來，對著一面破鏡子看自己的傷口。這面鏡子掛在牆上，是他用十個蘇買來的。傷口處呈現出一個小小的鮮紅的凹陷，約有一枚兩個蘇的硬幣那麼大，表皮已被咬去，露出了紅殷殷的肉，還夾有一些黑色的斑點，一道道細細的血印一直延伸到肩部，像魚鱗般地在閃光。在他那根白白的頸脖上，嚙痕顯出深棕色，傷口靠在右耳的正下方，勞倫特傴僂著背，伸長著脖子仔細察看著，淡綠色的鏡子裡映出了他那張殘酷、怪異的臉龐。

他用許多水擦洗後，對自己的這番察看很滿意，他心想，不用幾天傷口就會結疤的。接著他穿上衣服，如同平時一樣，安安穩穩地去上班了。在辦公室裡，他以激動的口吻講述事情發生的始末。當他的同事們讀完報紙上刊登的社會新聞之後，他變成了眞正的英雄。

整整一個禮拜，奧爾良鐵路辦事處的職員們都在談論著這件事，他們因爲一個同事的被淹死而感到十分自豪呢！格里維喋喋不休地說著風涼話，他說，走幾座橋看看流水挺方便，又何苦乘舟到塞納河的河心去冒險，太不謹愼了。

勞倫特還有一樁心事。卡米耶的死畢竟未被官方證實。泰蕾絲的丈夫確實是死了，但殺人犯還想找到屍體，才能正式結案。出事的次日，有人試圖尋找溺水者的屍體，但沒有成功，人們猜測是大概嵌進河下的某個洞穴裡。在塞納河畔撿破爛的人爲了掙得一份獎金，紛紛下河尋找。

每天早上，勞倫特在往辦公室的途中，總要去陳屍所走一趟。勞倫特發誓要親自料理完這件事。整整一個禮拜，他每天都去那兒，一一察看平放在石皮上的溺死者的臉，他感到噁心，有時甚至會打一陣寒噤，但他還是堅持下去。

當他走時，迎面撲來一股被洗刷過的屍體蒸發出來的怪味，他感到十分噁心，一陣涼氣從皮膚上掠過，牆上的濕氣彷彿沁潮了他的衣服，他感到肩頭上更沉了。他逕直向一面大玻璃櫥窗走去，櫥窗裡面陳列著屍體，他把他那張蒼白的臉貼在玻璃上，一一辨識著。在他面前鋪著一排排灰死板，石板上陳列著一具具赤裸裸的屍體，遠遠看去像是一些綠色、黃色、白色以及紅色的大斑點。

有些屍體雖是僵硬了，但還完好無損；還有一些屍體就像是一堆血淋淋的爛肉。在最裡面，挨著牆，一順排掛著一件件破爛衣服，女人穿的裙子和褲子，在光光的白石灰牆的襯托下，怪難看的。一進去，勞倫特只能看見石皮和四面的牆組成的白花花的一片，其間點綴著那些衣服和屍體組成的棕紅色和黑色的斑點，此外，還伴有潺潺的流水聲。

慢慢地，他開始辨清屍體了。這時他一具一具地看過去，只對溺死者感興趣。當他發現有幾具被水浸泡得腫脹、發青的屍體時，他便一個勁兒地望著，想把卡米耶辨識出來。死者臉上的肉往往成了一些碎塊，顴骨從泡軟的臉皮上穿出，臉就好像被蒸煮過，骨肉分開了。勞倫特很傷腦筋，他察看屍體，想從死者中辨別出一張瘦削的臉盤來。但是，所有淹死的人都是胖子，他看到的只是巨大的肚子，浮腫的大腿，圓滾滾的胳臂。

他眞不知所措了。這一群臉色鐵青、破破爛爛的死人，個個都像在做著可怕的鬼臉，在嘲笑著。勞倫特在他們面前嚇得索索發抖。

有一天早上，眞把他嚇死了，他盯著一個死者看了足有幾分鐘，此人是個小個子，臉部完全脫形了。這個溺死者身上的肉太腐爛，幾乎被溶解，水沖上去把肉一片片帶走了。水流過他的臉，在鼻子的左邊沖出了一個凹陷，徒然，他的鼻子塌了下去，嘴唇裂開，露出了雪白的牙齒，死者的頭顱好像要突然大笑起來。

每次當勞倫特自以爲認出卡米耶時，他的心就像火灼似的。他急於要找到卡米耶的屍體，可是，當他想像中的卡米耶眞的出現時，他又膽怯極了。他白天在陳屍所裡，夜裡就做惡夢，只感到陣陣發冷，呼吸局促起來。他想把恐怖驅趕掉，把自己當做個孩子，想表現得堅強些，然而，無論他如何去想，只要他一旦置身在潮濕、散發出一種腥味的大廳時，他只感到噁心和懼怕。

每當他察看完最後一排石板，沒再發現溺死的人之後，便鬆了一口氣，他不再那麼厭惡了。這時，他只是以一個好奇者的身分，帶著異樣的興趣看著面前那些暴斃的人，他們的姿勢各異，都顯得悽慘、粗俗。他對這種景象十分感興趣，特別是有上身裸露的女屍陳列出來時更是如此。這些裸女隨隨便便躺著，有的血跡斑斑，有的身上被穿了幾個洞，這每每引起他的注意，使他留連忘返。

有一次，他看見一個二十歲上下的女子，看上去像個普通人家的姑娘，肩寬體壯，彷彿是在石板上睡著了。她那既鮮嫩又豐滿的身體雪白雪白的，上面還印著一道道淡淡的色彩，顯得非常柔和、閒雅；她微露笑容，頭微微側在一旁，挑釁地挺著胸脯。她的頸脖上有一圈黑印子，好像是暗暗地套著一條項鍊。要是沒這一道黑印子，別人眞以爲是一個耽於淫樂的蕩婦在躺著呢。這個女孩子因失戀而上吊自盡。勞倫特端詳了她很久，目光在她的肉體上游移著，不過在邪念中還帶著三分畏懼。

每天早晨，當他在那裡時，他總會聽見他身後觀衆進進出出的雜沓聲。

陳屍所就像一個戲院，爲所有的人開放，過路的窮人或富人都可免費參觀。大門開著悉聽尊便。有一些樂此不疲者還有意繞道前來，不放過任何一次死者的演出。假如石板上是空蕩蕩的話，觀者就會掃興，像被偷竊了什麼，牙縫裡都在嘀嘀咕咕的。假如石板上的屍體排得滿滿的，參觀者就會蜂擁而至，有的發出廉價的感嘆，有的相互恐嚇著，有的把死者當笑料，也有的鼓掌或吹口哨，就如眞的在劇場一樣，他們離開時心滿意足，並且會大聲宣稱，這一天參觀的値得。

勞倫特對前來光顧的觀衆很快就熟悉了，這是一群雜亂的、身分各異的人，他們一起說些寬慰話或者冷嘲熱諷幾句。工人在上班時，腋下夾著麵包和工具走了進來，他們覺得死者滑稽可笑。這些人中，有一些是工場裡愛開玩笑的小伙子，他們對每具屍體的怪樣都要逗樂一番，引得觀衆忍俊不禁：他們把燒死的人稱作燒炭的；吊死者、被暗殺的、溺死者、被人捅了刀子或碾死的人，都是他們嘲笑挖苦的對象。當人們在大廳屏聲靜氣地觀看時，他們就用顫抖的聲音，嘰哩咕嚕地說幾句笑話。

此外，還有一些靠一份小小的年金過日子的人、又瘦又乾癟的老頭、遊手好閒之輩，他們閒得慌才進來看看，目光呆滯，噘著嘴，露出冷然、優閒的神色。婦女居多，有一些年方荳蔻的姑娘，她們穿著白襯衫，圍著乾乾淨淨的裙子，輕盈盈地從櫥窗的這一頭走到另一頭，她們就像站在時髦商店的櫥窗前一樣，眼睛睜得大大的，目不轉睛地看著；還有一些下層的婦女，她們呆頭呆腦的，一個個都顯出悲天憫人的神態；最後，是一些穿戴講究的貴夫人，她們不快不慢地在那兒拖曳著她們的絲綢長裙。

有一天，勞倫特看見一位貴夫人站在離櫥窗幾步遠處，鼻子上捂著一塊細麻布手絹。她穿著一件褐色絲綢做成的精緻的裙子，肩上披著一件鑲黑邊的短斗篷，帽子上拖下來的一塊短面紗遮住了她的臉，而她那戴著手套的雙手顯得十分嬌小和雅致。從她身上飄逸出一縷淡淡的紫羅蘭馨香。她在看著一具屍體。離她幾步遠處，在一塊石板上，躺著一個高大的小伙子，他是一個泥瓦匠，剛從手腳架上摔下來送了命。他的胸膛方方正正的，肌肉隆起，皮肉白皙而豐滿，他死後的神情就像是一塊大理石雕刻出來的。這位夫人端詳著，目光向他掃了幾下，又細細打量他，看出了神，她掀起面紗的一角，又看了幾眼這才離開。

時而，又來幾批頑童，都是十二到十五歲之間的孩子，他們沿著櫥窗跑過去，只是看見女屍才停下來，他們把手指按在玻璃上，目光大膽而放肆地在她們裸露的胸部打轉轉。他們相互用臂肘碰碰，說一些粗野的評語，在陳屍所學壞了。這些小流氓就是在陳屍所裡找到了第一批情婦似的。

一週後，勞倫特灰心失望了。夜裡，他夢見上午看見的一具具屍體。每天給自己帶來的這種痛苦和厭惡使他的意願動搖了，決定再去兩次就算了。次日，他才走進陳屍所，就感到當胸挨了一拳似的；在他面前的一塊石板上，卡米耶平躺著，抬起頭，眼睛半睜半閉地望著他。

殺人犯像被吸力吸著似的，慢慢地挨近了玻璃櫥窗，他的目光始終不能從他的被害人身上移開。他並不覺得難受，只感到心裡冰涼的，皮膚上像有針在刺。他原以爲自己會顫抖得更厲害些的。足有五分鐘，他站著沒動，不知不覺地陷入了沉思。眼前這幅圖畫的所有可怕的線條、所有骯髒的色彩，無意中都深深地印進了他的腦海裡。

卡米耶是醜陋的。他在水裡已浸泡了兩週。他的臉似乎還是硬實的，容貌也還完好無損，只是皮膚已呈土黃色。卡米耶那瘦骨嶙嶙的頭，稍有腫脹，樣子古怪；他的頭有點兒歪，頭髮貼在腦門上，眼皮翻起，顯露出灰白色的眼球；他的嘴唇扭曲地歪向嘴的一角，像是在殘忍地獰笑；嘴巴微張，在白色的牙齒間露出了有點發黑的舌尖。這張臉彷彿像一張被鞣過的皮革，並且被拉長了，雖然還看得出是人臉，但因恐懼和痛苦而顯得格外可怕。

他的身體就像是一堆腐肉，他死前一定忍受過巨大的痛苦，可以看得出，兩個肩膀已經脫臼，鎖骨刺穿了雙肩。在他那發青的胸脯上，肋骨發黑，根根外露，左脅裂開，向外張著，裡面是一片片暗紅色的肉。整個上身都腐爛了。兩條腿比較硬實一點，直挺挺地伸著，上面佈滿了污穢的斑痕。雙腳垂下來了。

勞倫特凝視著卡米耶。他還從未見過一個溺死的人像他那麼可怕。此外，屍體還顯得特別狹小，可憐巴巴地，瘦得不成樣子，由於腐爛，就縮得更小，現在就像小小的一堆爛肉放在那兒。觀者滿可以去想像這是一個年薪一千二百法朗的小職員，頭腦笨拙，體質孱弱，他的母親是靠藥罐子把他餵養大的。這個可憐蟲，在暖烘烘的被褥裡長大成人，現在卻躺在冰冷的石板上凍得索索發抖。

這個驚恐刺激的場面吸引住了勞倫特，他站在那裡一動也不動，目瞪口呆。最後，他終於自拔出來，走出大門，快步向碼頭走去。他邊走邊反覆說：「這一切都是我造成的，他眞是太難看了。」他覺得有股強烈的味道跟隨著他，這味道大概是從腐爛的人體裡散發出來的。

他去找老米歇爾，告訴他剛才在陳屍所的一塊石板上認出了卡米耶。他們很快便辦完手續，安葬了溺死者，並簽署了死亡證書。

從此以後，勞倫特可以高枕無憂了。自他殺人之後，他闖過了一個又一個險峻而艱難的關口，現在他可以痛痛快快地與他的罪孽和那段生活告別了。

第十四章

新橋長廊上的這家店鋪關了三天。店門重開時，鋪子顯得更加陰暗、潮濕了。陳列的樣品積滿灰塵，失去了原有的光亮，彷彿在為店鋪守孝。在骯髒的櫥窗裡，一切都是愁眉苦臉的，好像失去了親人似的。便帽掛在已經生了鏽的金屬杆上，在白布便帽後面，泰蕾絲的臉色比平時更蒼白、更沒有光澤、更嚇人。她木然地坐著，安寧的神態中帶著某種不祥的徵兆。在這條長廊上，所有多嘴饒舌的婦人都很同情她們，賣假首飾的那家店鋪的老板娘見到每一位女顧客，都少不了向年輕寡婦那張日漸消瘦的側面指一下，把她當成一種有趣的、值得憐憫的新奇玩意兒。

拉甘太太和泰蕾絲睡在各自的床上已整整三天了，她們彼此不說話，甚至不打一個照面。上了年紀的老板娘坐在床上，背靠著枕頭，兩眼定神，茫然地看著前方。兒子的死如同當頭一棒，她昏倒了。她靜靜地、木然地待著，一坐就是幾小時，沈陷在絕望的空虛之中；有時，她也發作一陣子，她又哭又叫，說一些胡話。泰蕾絲在隔壁房間裡，假裝睡著了，她把臉轉向牆，把被子拉到自己的眼睛上，她就這樣躺著，直挺挺地默不作聲，她的身子一點也沒讓蓋在上面的被子掀動起來。她彷彿是想把自己的思想藏在臥室陰暗的凹角裡，而正是這些想法使她堅定不移。

蘇姍娜服侍著這兩個女人，她放輕腳步，來回照料著。她把她那張蠟黃的臉傾向泰蕾絲，泰蕾絲不耐煩地扭動了一下，執意不肯翻個身子；她又把臉俯向拉甘太太，拉甘太太一聽有人對她說話，從痛苦中驚起，淚珠兒一顆顆滾落下來，眞讓人無從安慰起。

到了第四天，泰蕾絲把被子一推，嗖地坐在床上，好像打定了什麼主意似的。她把頭髮從腦門的兩邊分開，雙手捺在額頭上，兩隻眼睛直勾勾的，似乎還在思索著。不一會兒，她跳到地毯上。她的四肢在顫慄，燒得紅紅的，她身上好像有幾處肉癟了下去，皮膚起了皺紋，上面還有大塊大塊發青的印記。她一下子變老了。

蘇姍娜走進來，見她起床了感到非常吃驚，她心平氣和地婉言勸她再躺下休息。泰蕾絲不聽她的，她縮頭縮腦、迫不及待地尋找她的衣服穿上。穿戴後，她就走到鏡子前面照照，揉揉眼睛，把雙手在臉上搓揉了幾下，似乎是想擦去什麼似的。過後，她一言不發，快步穿過餐室，走進拉甘太太的臥室。婦女服飾用品的老板娘心情已平靜些了，正在呆想著。泰蕾絲進去時，老太太趕忙向她默默地轉過頭來。這兩個女人相互凝視了數秒鐘，姪女的心情愈來愈焦急不安，她的姑媽在努力回憶著什麼。拉甘太太驀地想起來了，她伸出顫抖的雙臂，抱住泰蕾絲的脖子，大聲說道：「我可憐的孩子，我可憐的卡米耶！」

她泣不成聲，眼淚落在泰蕾絲灼熱的皮膚上烤乾了。這時，這個寡婦就把她那對乾澀的眼睛埋在老太太蓋著的毛毯的皺褶裡。泰蕾絲就這樣彎著腰待著，讓老太太把眼淚淌乾。自謀害卡米耶那天起，她就害怕與她的姑媽首次見面，她在床上躺了幾天，就是爲了推遲這會面的時間，爲了舒舒坦坦地去思考她將扮演的可怕的角色。

等她看見拉甘太太逐漸平靜下來後，她就在她身邊嘮叨著勸她起床，並勸她下樓到店堂上。老板娘幾乎變成了小孩子。她的姪女突然到來使她從麻木的狀態中驚醒和恢復了記憶，以及對周圍事物和人的感覺。

她感謝蘇姍娜的精心照料，說話時虛弱無力，但已不再妄說讒語。她的語調悲傷極了，時而哽咽住說不下去。她看見泰蕾絲在走動，眼淚突然湧了出來。於是，她就叫她坐在自己身旁，嗚嗚咽咽地抱住她，抽泣著對她說，她在世上只有她一個親人了。

晚上，她同意起床了，並試著進了一點食。這時，泰蕾絲才看清她的姑媽受到了多麼慘重的打擊。可憐的老婦人的雙腿都不聽使喚了，她需要一根拐杖才能一步步走到餐室去，到了那兒，她彷佛覺得，周圍的牆都在晃動。

從次日起，她就要人把店門打開。她怕自己老待在臥室會變成老瘋子。她下樓時，要先把兩隻腳在每一級階梯上踏穩了再向下移，行動極其遲緩，她終於慢慢地走到櫃台後面坐下了。從此，她就忍受著內心的極大痛苦，坐在這張椅子上不動了。

泰蕾絲坐在她的身邊想心思，她在等待著。這家店鋪又像往日那樣，沈浸在憂鬱而平靜的氣氛之中。

第十五章

每隔兩、三天，勞倫特晚上來一次。他待在鋪子裡，與拉甘太太聊上半小時。然後，他便告辭了，從不向店鋪正面看一眼。老板娘把他看成是她姪女的救命恩人，是一個高尙的人，是他曾竭盡全力想把她的兒子救出來的，她眞情實意地歡迎他來。

有一個禮拜四的晚上，勞倫特剛踏上她家的門，正碰上老米歇爾和格里維走進來，時鐘正敲八點，鐵路辦事處的職員和退休警長各自都認爲，他們可以恢復原有的興趣愛好而不致招人厭煩了。因此，他倆不約而同地，同時到達了她的家。奧利維埃和蘇姍娜在他倆後面跟進。他們一齊上樓走入餐室。

拉甘太太沒料到他們會來，急忙把油燈點燃，並去沏茶。他們在餐桌邊上坐定，拉甘太太在他們每人前面放了一杯茶。當骨牌盒子被倒空後，可憐的媽媽驀地想起過去，望著望著她的客人，突然失聲嚎啕起來。有個座位是空的，就是她兒子過去坐的那個。

她這絕望的哭聲使在座的人都怔住了，他們大爲掃興，所有的人都只想到自己，他們顯得高高興興的，早已把卡米耶忘得一乾二淨了，這一下子不免感到十分尷尬。

「嗨，嗨，親愛的太太呀，」老米歇爾有點兒不耐煩了，大聲說道，「別老這麼傷心嘛，您會愁出病來的。」

「我們都有一死。」格里維斷言道。

「您再哭兒子也回不來了。」奧利維埃說教似地說。

「我求求您了，」蘇姍娜緩緩地說道，「別讓我們難過啦！」

這時，拉甘太太哭得更厲害了，淚水止不住地直往外湧。

老米歇爾接著又說：「行啦，行啦，拿出點勇氣來。您很明白，我們來這兒陪您，是爲了使您散散心的。算了吧！別讓我們不開心啦，盡量忘了……我們輸贏兩個子兒一盤。怎麼辦，您說好不好？」

婦女服飾用品店的老板娘強忍住不再哭下去了。也許她意識到她的客人們都有一種自私心理，這也是天經地義的。她雖仍然激動不已，但還是擦了擦雙眼。多米諾骨牌在她那雙乾癟的雙手裡顫抖，而殘留在她眼皮下的淚水模糊了她的眼睛。

他們開始玩牌。

這短暫的場面，勞倫特和泰蕾絲都看在眼裡。他們神情嚴肅，臉上一絲表情也沒有。小伙子看見週四晚上的聚會又恢復了，心裡頗爲高興，他對此眞是求之不得，因爲他知道，他需要這些聚會作掩護才能達到目的。再則，他自己也不知道爲什麼，他在這幾個老熟人中感到特別自在，他敢於正視泰蕾絲了。

少婦穿著黑衣服，臉色蒼白，默默地待在一旁，他覺得此刻她顯示出的一種美是他從未見過的。有時，他倆四目相注，當他看見她用堅定而勇敢的目光正視自己時，他幸福極了。泰蕾絲整個身心永遠是屬於他的了。

第十六章

轉眼十五個月過去了。最初的痛苦已緩解。他們的心一天比一天更平靜，但也一天比一天更衰弱了。生活又恢復了原樣，不過更顯得沒有生氣。人們在經歷了每一次重大的危機之後，一時總是驚愧未定，心有餘悸。起初，勞倫特和泰蕾絲對新的生活抱著聽其自然、隨機應變的態度。倘若人們想要了解他倆心理變化的每一個階段的話，就得著實下一番功夫，極其細緻地加以分析。

不久，勞倫特就像一往一樣，每天晚上到店鋪裡來了。不過，他不再在那裡吃喝，也不是整個晚上都死賴在那兒不走。他等到九點半店鋪關門後就走。他來爲這兩個女人效勞，彷彿是盡一項義務。倘若他某一天沒盡心的話，次日，他就會用僕人般的謙恭心情去表示歉意。每到禮拜四晚上，他就幫助拉甘太太生壁爐，張羅著準備接待客人。他殷勤體貼，有條不紊，頗得老板娘的歡心。

泰蕾絲平靜地看著他在她周圍忙個不停。她臉上的蒼白消褪了，顯得比以往更健康、更開朗、更溫和。偶爾她也會神經質地痙攣一下，這時，她把嘴一抿，露出了兩條深深的皺紋，使她的臉顯露出一種痛苦和恐懼的異樣表情。

這對情人不再設法單獨會面，他倆從不向對方要求約會，也不再偷偷地交換一個吻。自他們殺人之後的一段時間裡，強烈的肉慾彷彿也緩解了。在殺死卡米耶的同時，他們終於滿足了自身永不厭足的、強烈的衝動，這是他們狂熱的擁抱未能辦到的。犯罪似乎給了他倆很大的刺激和快慰，擁抱親吻反倒使他們厭惡和反感了。

他們就是爲了得到朝思暮想的愛情自由的生活才去殺人的。如果他們願意，現在原本可以得心應手地盡情發洩了。拉甘太太手腳麻木，神情痴呆，根本不是障礙。這個家是屬於他們的，他們可以進進出出，隨心所欲。可是，情慾不再能吸引他們，他們對此已經失去興趣。他們待在一起，平靜地閒聊著，各自看著對方，臉不紅心不跳，彷彿把以前那些使他們喘不過氣來的、狂熱的擁抱都置之腦後了。他們甚至避免單獨會面，私下裡，他們無話可說，他倆都害怕表現得過分冷淡。他們間或也握一下手，但當他們各自接觸到對方的肌膚時，就有一種說不出來的不舒服的感覺。

此外，他們在打照面時態度都是冷漠的，心情是膽怯的，他們以爲對這種變化能夠自圓其說。他們把自己冷冰冰的態度歸結爲謹慎小心，按他們的說法，他們的平靜和節制都是十分明智的表現。他們解釋爲是存心獲得肉體的安寧和內心的平靜。再則，他們認爲，他們感到厭惡和乏味是心有餘悸，是暗自懼怕受到懲處的緣故。偶爾他們也努力憧憬著未來，努力勾憶起往日那些如膠似漆的日子，但當他們發覺這些是虛無的幻象時，他們自己也感到莫名其妙。

這時，他們只是指望締結姻緣，他們想，一旦達到目的，他們就可以毫無所懼，公開相親相愛了。這樣，他們也許能重新點燃起昔日的激情，體驗他們嚮往的快樂。他們抱著這一線希望，心裡平靜多了，並且也免得使自己陷入已經在他們之間裂開的看不見的鴻溝裡。他們確信，他們相愛如初，並等待著在永結百年之好的那一天、理想的幸神時光的到來。

泰蕾絲的心情從未如此平靜過。可以肯定地說，她的心情會愈來愈好。她個人的不可動搖的意願即將實現了。

夜晚，她一個人躺在床上，感到很舒暢。卡米耶那張瘦削的臉，虛弱的身子不再挨到她身邊，他曾使她煩惱，使她情慾永遠得不到滿足。她覺得自己又變成了一個小姑娘，在白色的帷幕裡，自己還是一個貞潔女子，在靜謐的夜色中，她是那麼的安寧。她的臥房寬寬大大的，稍微有點兒冷，她喜歡這間房子高大的屋宇，陰暗的角落，和修院似的氣息。愛屋及烏，她甚至愛上了窗前矗立著的高大的黑牆。

整整一個夏天，每天晚上，她出神地望著這牆上的灰磚及煙囪與屋頂劃出來的狹窄的夜幕和群星閃爍的夜空，一看就是幾個小時。她只是在被惡夢驚起時才想到勞倫特，這時，她就坐在床上，身體瑟瑟顫抖著，張目結舌，裹緊了自己的襯衣，心裡想，倘若她身邊有個男人躺著，她或許就不會那麼擔驚受怕了。她想到她的情人時，就像想到一條守護她的狗，她那冰肌玉膚並不嚮往肉慾。

白天，在店堂裡，她對外界的事物很感興趣，她從自身的矛盾中解脫出來，不再耿耿於懷，也不再沉溺在仇恨和報復的慾念中。幻想使她厭煩了，她需要行動和觀察。她從早到晚看著穿越長廊的人們，這熙來攘往的人群使她高興。她變得少見多怪，多嘴饒舌了。總之，她變成了一個女人，因爲在這之前，她的行爲和思想都只像一個男人。

在她眼裡的熟人中，她發現一個年輕人。這是一個大學生，住在鄰近一幢帶家具的公寓裡，他每天要在她家店鋪的前面走過數次。這小伙子面孔白皙，英俊而瀟脫，留著詩人般的長髮和軍官模樣的短髭。泰蕾絲覺得他相貌出衆。在一週之內，她就像一個寄宿生那樣愛上他了。她讀了不少小說，她把年輕人與勞倫特相比，覺得後者太粗俗了，閱讀打開了她的眼界，豐富了她的想像力，這是她新的感受。

以往，她只是憑自己的衝動和本能去愛，現在她懂得用理智去愛了。過後有一天，大學生不見了，他大概已遷居異地，泰蕾絲僅幾小時後便把他忘掉了。

她醉心於閱讀文學作品，對瀏覽過的小說中的英雄人物都十分崇拜。她對讀書的興趣陡增，這對她的氣質產生了巨大的影響。她變得有點神經質了，不時會莫名奇妙地笑一陣或哭一陣。她內心剛剛建立起來的平衡又被破壞了，她陷入一種冥冥的空想中。有時，她猛地會想起卡米耶，但當她想到勞倫特時，便產生了新的情慾，充滿了恐懼和不信任。她就這樣在不安和焦慮中搖擺。有時，她想設法當即就與她的情人完婚；又有時，她想一走了之，也不願見到他了。

小說中如說到了貞節和榮譽，彷彿就在她的本性與意願中設置了一道障礙。她仍然是一頭不可馴服的野獸，她想與塞納河的氣勢爭個高低，並且曾不顧一切地投身於淫樂之中。然而，她也有善良和溫柔的一面，她理解奧利維埃妻子的臉爲什麼老是溫溫和和，舉止斯斯文文的；她明白了，她不殺死自己的丈夫也能得到幸福。因此，她對自己反而不理解，她生活在一種反覆無常、極其矛盾的精神狀態之中。

對勞倫特而言，他也經歷了安寧和衝動的不同階段。起初，他感到內心異常恬靜，彷彿卸卻了肩上的千斤重擔。有時，他不無驚奇地對自己提出了疑問，他以爲自己做了一場惡夢，他心理想，他是否眞的把卡米耶撂到水裡去了，在陳屍所的石板上，他是否眞的看到他的屍體了。他想起他的罪孽便惶恐不安，感到茫然無措，他從沒想到自己竟能害死一個人，謹愼和膽怯的心情油然而生，使他不寒而慄。

當他想到別人可能會發現他的罪行，並把他絞死時，他的額頭上沁出了冰涼的汗珠。這時，他感到自己的頸脖子上擱著冷峻的匕首。以前，他一人做事一人當，他以野獸般的固執和盲目從不反悔。現在，當他回過頭來，看清了他剛剛跨越的淵藪，他害怕極了，簡直難以自持。

「可以肯定地說，我是喝醉了。」他想著，「這個女人給我灌足了迷魂湯。我的天！我眞是傻瓜、瘋子！做出這種事來，我差一點沒上斷頭台……行啦，一切都過去了。倘若一切從頭開始，我再也不會幹了……」

勞倫特精神垮下來，變得灰心喪氣，比任何時候都顯得更膽怯、更謹慎。他發胖了，老是提不起精神。他高大的軀體變得臃腫，彷彿肌肉和筋骨都消失了。如果有誰對這副身材進行一番研究的話，決不可能想到他還是個愛施暴力、殘忍成性的人。

他又恢復了往昔的作風。在好幾個月之內，他堪稱是一個模範職員，只知道悶頭悶腦地辦公。晚上，他在聖維克多街的小飯館裡就餐，把麵包切成一小塊一小塊的，心平氣和地咀嚼著，盡量把用餐時間拖得長長的。飯後，他歪倒身子，靠在牆上，抽起煙斗來。別人眞以爲他是一個好心的胖子哩。白天，他什麼也不想，夜晚，他睡得很熟，也不做夢，他的臉變得紅潤豐腴，肚子圓滾滾的，腦子裡空空的，他感到幸福。

他的肉慾似乎已經不復存在，他也不常想到泰蕾絲。即使他有時還想到她，其心情就如有人想起日後總有一天要娶的女人一樣。他不慌不忙地等待著結婚的那一天到來，他並不把女人放在心上，而是設想著那時他所處的地位。他將辭退他的工作，有興趣的話，就去畫畫，他會逍遙自在的。他就是帶著這些希望，每天晚上才到長廊上的這家店鋪裡來，雖說他每次進去時總隱隱地感到不是滋味。

有一個禮拜天，他無聊之至，簡直不知道怎麼打發時間才好。於是，他就去找他學校時的一個老同學。這個同學現在成了一個青年畫家，與他合住過很長一段時間。藝術家正在創作一幅油畫，打算把它送到美術展覽會去。

這幅油畫畫的是一位裸體的蕩婦，橫臥在一塊綢緞上。在畫室的裡端，躺著一個女人，她是一個模特兒，頭向後仰著，上半身扭曲，臀部翹得高高的。這個女人不時還笑一笑，挺一挺胸脯，伸長胳膊，伸伸懶腰，稍稍休息一會兒。勞倫特坐在她的正面看著她，邊抽煙邊與他的朋友聊著。他望著望著，感到脈搏跳動加速了，情緒也激昂起來了。他一直逗留到天黑才把這個女人帶回自己的住所。他把她當作情婦留在身邊將近一年了。

可憐的女孩子也愛上了他，覺得他是個美男子。大清早，她就出門，整整一天做模特兒，每天晚上準時回來。她吃穿零花全是用自己掙的錢，不用勞倫特一個子兒，勞倫特也從不去過問她從哪兒來，幹些什麼，這個女人在他的生活裡起著一個平衡作用，他把她當成一個有用的、必需的工具留在身邊，以維持他身體的舒適和健康。他永遠也弄不清是否愛她，他也從來不去想自己對泰蕾絲有什麼不忠。他反覺得自己更加發胖、更加安逸而已。

其時，泰蕾絲的服喪期結束了，少婦穿上鮮艷的裙子，有天晚上，勞倫特居然覺得她變得年輕漂亮了。可是，他與她在一起時，總感到有些不自在，不少時候以來，他發現她焦躁不安，任情使性，而且會無緣無故地大笑和憂傷。他見她變化無常，心裡十分不安，因爲他多少也猜出點她內心的矛盾和迷惑。他懼怕自己的安逸生活受到破壞，開始舉棋不定了。

他本來是生活得安安穩穩的，各種慾望也能有節制地得到滿足，他就怕一旦與這個神經質的女人結合上了，安逸的日子會就此結束了。因爲這個女人衝動起來，曾使他發狂過一陣子。其實，他並沒把這些想法認眞地加以思考，他只是本能地感覺到，他占有泰蕾絲後將會給他帶來很多的煩惱。

當他想到，他遲早總要考慮和他結婚時，像是挨了當頭一棒，如大夢初醒。卡米耶死了將近十五個月了。這時，勞倫特不想結婚了，他想把泰蕾絲甩在那兒，留住那個模特兒，後者那廉價的愛情討他喜歡，也夠他受用了。接著，他轉而又想，他不能白白地把一個人殺了，他想起了犯罪，想到爲了獨自占有一個女人所作的可怕的努力，現在，她卻使他心神不寧。這時，他覺得倘若不與她結婚，殺人便純屬是毫無意義，而且也過於殘忍了。

把一個人淹死在水裡，爲了奪取他的寡婦，靜等了十五個月之後，又決定和一個在所有畫室裡賣身的小姑娘生活在一起，他細想起這一切覺得非常可笑，臉上不禁掠過一絲笑容。再則，他與泰蕾絲不是已經甘苦與共、風雨同舟了嗎？他隱隱約約地感覺到她在呼喊，並且總纏繞在他的心上，她畢竟是屬於他的。他對他的同謀者還畏懼三分，倘若他不娶她，她可能出於報復和嫉妒，會到司法部門把一切都抖出來的。這些想法在他的頭腦裡翻滾，他的頭腦又發熱了。

在這當兒，模特兒突然不告而別。某一個禮拜天，這個姑娘再也不回來了，她大概找到了一個更溫暖、更舒適的窩了。勞倫特免不了也傷心一陣子，他已習慣夜裡有一個女人與他共眠，這下子他感到在生活裡出現了一個眞空。

一個禮拜後，他熬不住了，又回到長廊上的這家店鋪裡，一坐就是整整一個晚上。他盯著泰蕾絲看，眼睛裡閃爍著銳利的光芒。少婦讀了一大堆書，現在，她放下書本後，神志迷迷糊糊的，在勞倫特的目光下，她有氣無力地投身到他的懷抱之中。

他倆心灰意懶、麻麻木木地等待了漫長的一年。現在，他們又鴛夢重溫，但心情還是抑鬱的。一天晚上，勞倫特在關門時，在長廊上把泰蕾絲挽住說了幾句話。

「今晚，我到你的臥房裡過夜好嗎？」他激動地向她問道。

少婦做了一個驚惶的手勢。

「不，不，我們等到……」她說，「還是以謹慎爲好。」

「我已經等得太久了，」勞倫特接著說，「我想，我已經不耐煩了，我要你。」

泰蕾絲失魂落魄似地看著他，熱血在她的雙手和臉上洶湧，她似乎猶疑了一會兒，隨後她突然冒出了一句：

「我們結婚吧，這樣，我就屬於你的了。」

第十七章

勞倫特從長廊出來時精神緊張、心緒不寧。泰蕾絲溫暖的氣息和認可，在他身上扇起了以往的激情。他取道堤岸，把帽子拿在手上走著，一任晚風迎面撲來。

當他走到聖維克多街上的他的寓所門口時，他害怕上樓，害怕孤獨。一種無可言狀的、孩子般的恐懼向他襲來，他害怕有一個人藏匿在他的閣樓上，他從來沒有像這樣膽小過。他對自己離奇的膽怯心理甚至不想加以分析。他走進一家小酒店，在那兒逗留了一個小時，悶聲不響地呆坐在桌前，機械地喝著大杯大杯的葡萄酒，一直捱到午夜才走。他想泰蕾絲，生這個少婦的氣，怨她不肯讓他在她的臥房裡過夜，他想，他與她在一起是不會害怕的。

小酒店關門了，他不得不出去。他返回住所想先去取火柴。旅店的辦公室設在二樓。勞倫特必須穿過一條走廊，登上幾級樓梯才能取到蠟燭。這條走廊，這幾級樓梯，黑洞洞地陰森可怖，都使他十分恐懼。以前，他摸黑走過這段路時，心情是輕鬆愉快的。今晚，他不敢按鈴。他想在地窖門口的某個角落處，可能埋伏著兇手，等他走過時，他們會猛地卡住了他的脖子。最後，他還是按了鈴，他點燃一根火柴，決心向走廊走去。

火柴滅了，他收住腳步，裹足不前，喘著粗氣，又不敢往後溜，心裡七上八下的，在濕漉漉的牆上擦著火柴，手嚇得直抖。他似乎聽見在他前面有人的說話聲和腳步聲。火柴被他的手捏斷了。他終於點燃了一根，火焰燃著了，燒到火柴梗上，速度之慢，使勞倫特更加心神不定。在硫磺淡藍色的微弱的光芒裡，在搖曳著的流動的火光中，他以為看見了怪異的形狀。接著，火光跳動了幾下，火焰發白，變得明亮起來。

勞倫特鬆了口氣，凝神專注地向前摸去，不偏離火光半步。當他走過地窖門口時，他貼著門對面的牆上走，門口有一個黑呼呼的東西讓他害怕。接著，他快步走上去旅店辦公室的幾級樓梯，在他拿到蠟燭後，他以爲得救了。他舉起蠟燭，照亮著他要走過的所有角落，把腳步放得更輕，登上了其它幾級樓梯。當他藉著燭火登上了每一層樓梯時，搖來晃去的巨大鬼影，形態各異，在他前面忽而矗起，忽而消失，使他心裡感到異常的不適。

他上樓後打開門，又迅速把門關上。他首先關心的是在床底下探看，並在房間裡細細地巡察一番，想看看是否眞有人躲在那兒。他關上天窗，心想，要不然有人會從窗口鑽下來。待這一切做完後，他心裡踏實多了，脫下衣服。自己也莫名其妙爲何這樣膽小。他終於笑開了，抱怨自己像孩子似的。他從沒膽怯過，而眼前突然變得杯弓蛇影，他自己也解釋不了。

他躺下了，當他裹在暖暖的被窩裡時，他又想起了泰蕾絲，剛才他只顧漫步，把什麼都忘了。他閉上眼睛，想儘快入睡，但事與願違，他的腦子卻老在活動，不肯罷休，並且浮想聯翩，想來想去，盡快結婚總是上策。有時，他轉過身子，心想，「別想了，睡吧，我明天八點鐘要起床，準時去辦公。」

於是，他又努力入睡。但，許多念頭還是一個個的冒出來，他又重新對自己的想法順理了一遍，他的空想很快就集中在一個方面，在他的思想深處，羅列出結婚的種種必要性和種種論據。慾望占上風時，他想娶泰蕾絲爲妻；膽小怕事時，他又不想娶了。

這時，他料想到自己不會再入睡了，失眠更使他情慾衝動，他乾脆仰面躺著，睜著眼睛，放任自己去思念那個少婦。平衡破壞了，往日的狂熱勁兒又搖撼著他。他以爲自己起身回到了新橋長廊。他讓人把鐵柵欄打開，又去敲拉甘太太家樓梯口的那扇小門，而泰蕾絲也接待了他，夢遊至此，血直往他的脖子上衝。

他的幻覺清晰得令人難以想像。他看見自己走過一條條街道，沿著一幢幢房子走得很快，他心想：「我走上這條林蔭大道，我穿過這個十字街口，就是想早一些走到。」接著，長廊的鐵柵欄響了，他穿過陰暗、冷僻、狹長的過道，慶幸自己可以爬上泰蕾絲的閨房而不會被假首飾店的老板娘看見了。

然後，他又想像自己在她家的小院子裡，登上他以前常走的小樓梯。到了那兒，他感到了以前那極度的快樂，那興奮而緊張的心情，還有那通姦時的刺激和歡愉。

他的回憶都一一變成了現實的情景，使他所有的感官都激動起來了；現在，他又感到了走廊淡淡的氣味，觸摸到那粘糊糊的牆壁，看到了那拖得長長的齷齪的陰影，繼而他又踏上了每一級樓梯，喘著氣，豎起了耳朵，戰戰兢兢地一步步挨近他追求的女人時，情慾已經得到了滿足。他終於輕輕地叩門了，門打開了，泰蕾絲白滲滲的，正穿著短裙站在門口等他。

他的思想變成了一幅幅眞實的畫面，在他面前一一展開。他的眼睛盯著黑暗處望著。他走過了一條條大街，進入長廊，又攀上了小樓梯之後，便以爲看見了臉色蒼白、心情激動的泰蕾絲，他從床上一躍而下，喃喃地說：「我一定要去了，她在等我。」

他剛才所做的那個突如其來的動作驅散了他的幻覺，石磚地是冰涼的，他害怕了。他兀立了片刻，光著腳，側耳諦聽。他彷彿聽見樓梯口有響聲，如果他到泰蕾絲家去，他就得再次走過樓下地窨的門，想到這裡他脊背都發冷了，這是一種愚蠢的、讓人喘不過氣來的恐懼心理。

他滿腹狐疑地環視著房間，看到了一片朦朦朧朧的光暈，這時，他又悄然沒聲、焦慮不安地重新上了床，在床上，他蜷縮一團地躲在那裡，好像是爲了躲避一件凶器，躲避威脅著他的一把尖刀。

血直往他的頸上湧，從他的頸上又灼熱了他的全身。他把手往頸脖上一摸，手指又觸摸到卡米耶噬咬留下的傷疤。他原先幾乎把這忘掉了。他發現皮肉上還留著這個傷口，頓時嚇壞了，他以爲這傷口還在啃著他的肉。他連忙把手抽回來，不再去想傷痕的存在！可是，他又始終感覺到它，並且在嚙咬著、向他的頭頸裡鑽進去。此時，他又想用指甲輕輕地搔它一下，他疼痛得更厲害了。他害怕自己這塊皮掀掉，便把雙手緊夾在彎曲的雙膝之間。他筆直地、怒氣沖沖地待在那裡，頭頸疼痛難忍，嚇得牙齒咯咯直響。

眼前，他的思想和卡米耶結下了不解之緣，眞是可怕極了。在這以前，溺死者還從未攪亂過勞倫特的夜晚；現在，他想到泰蕾絲時，她丈夫的幽靈就跟隨而來。殺人者不敢把眼睛睜開，他怕在臥室的某個角落看見他的犧牲者。有時，他似乎覺得床動得很奇怪，他胡思亂想，以爲卡米耶躲在床底下，是他在搖著床，想把他從床上搖下來，再咬他。他恐怖極了，毛髮根根豎起，他緊緊抓住褥子，心想，床會愈搖愈厲害的。

過一會兒，他發覺床不動了，他的心爲之一震。他坐起時，點燃一支蠟燭，責怪自己成了一個傻瓜。他喝了一大杯水，想使自己清醒一些。

「我眞不該在這家酒店喝酒，」他想，「……今晚，我自己也不知道是怎麼回事，傻里傻氣的。早上，我去辦公時一定會疲倦的。我早該趕快上床睡覺，不該去想那一大堆事情，就是這些事情使我不能入睡……睡吧。」

他又把燭光吹滅，把頭埋進枕頭裡，腦子清醒些了，打定主意什麼也不想，什麼也不怕了。他疲倦了，神經鬆弛下來。

他並不像平時那樣睡得死沈沈的，是始終迷迷糊糊地處於半睡眠狀態。他的腦子好像麻木了，沉溺在混混沌沌、糊里糊塗的狀態中。他感到他的肉體在淺睡著，而他的思想還是活躍在靜止的肉體裡。他已經把紛至沓來的種種想法趕跑了，以防止再次失眠。不一會兒，當他迷迷糊糊睡過去時力氣消失了，意志也渙散了，之後，一些想法又接二連三地、慢慢地溜進來，占有了他整個晃晃悠悠的靈魂。

他的夢遊又開始了，他又把到泰蕾絲家的路重新走了一遍。他下樓來，跑過地窖的門口，到了屋外，他走過了大街小巷——這些都是他睜著眼睛幻想時走過的路。他走進新橋長廊，登上小樓梯，輕輕地叩門，但這次開門的不是身穿短裙、袒胸露肩的少婦泰蕾絲，而是卡米耶，是那個他在陳屍所裡看見的，臉色鐵青、面目猙獰的卡米耶。死屍向他張開雙臂，猥瑣地笑著，在白牙齒中間，露出一截黑黝黝的舌頭……

勞倫特大叫一聲，突然驚醒了。他出了一身冷汗，把被子拉到自己的眼睛上，咒罵著自己，生自己的氣。他又想重新入睡。

如同上次那樣，他又慢慢地睡著了。他仍然感到非常疲勞，處在半眠狀態下，當他重新失去理智時，他又開始步行回到那一心想去的地方，他奔去要見泰蕾絲，而給他開門的又是那個溺死鬼。

這個傢伙嚇壞了，又坐了起來。他想不惜一切也要驅散這個執拗的夢。他祈願睡死過去，什麼也不想。如果他一直醒著，他就有足夠的能耐把卡米耶的陰魂趕跑。可當他一旦控制不了自己時，他的靈魂就引導他去操縱，同時也把他引向恐怖。

他又試圖入睡。但他如果不是在淫樂中魂不附體，就是從恐怖中突然驚醒，這些始終在交替進行。他執拗、他憤怒，他總是向泰蕾絲走去，但他又總是迎面碰見卡米耶的身體。不下十次，他踏上了路，拖著滾燙的身子出發，沿著同一條路線，有著相同的感受，完成了同樣的動作，每次都準確無誤；也不止十次，當他伸出雙臂想把他的情婦拖過來擁抱時，他看見的卻是溺死者欲將投入他的懷抱。

每次，這相同的、可悲的結局把他驚醒時，他都嚇得喪魂落魄，上氣不接下氣，但是他的欲望絲毫未減；幾分鐘後，等到他重新入睡時，在情慾的衝動下，他忘了那具可憎的屍體在等待著他，又跑去追求一個女人溫暖而柔軟的肉體了。在一個鐘頭裡，勞倫特就生活在這綿延不斷的惡夢之中，生活在這周而復始，永遠倏然而至的可怕的夢幻中。

當他每次驚起時，他又受到了更大的驚嚇，精神完全被壓垮了。他最後一次受到的驚動最厲害，也最痛苦，他乾脆起身，不再抗爭下去。白天來臨了，一束灰色、暗淡的曙光從天窗上射進來，天窗在灰白色的天空上切割了一個方格子。

勞倫特心裡有氣，慢吞吞地把衣服穿上。他一夜未眠，又居然像孩子似地嚇成這樣，心裡直冒火。穿褲子時，他伸了伸懶腰，擦了擦四肢，把兩隻手在他熬了一夜的疲倦而憔悴的臉上摸了一下。

他又重複了那幾句老話：「我不應該去想這些，我該去睡的，現在，我不就精神飽滿、疲勞消除了嗎……啊！倘若昨晚泰蕾絲願和我一起睡的話……」

當他想到泰蕾絲會使他免受驚嚇時，他稍許放心了。說實在的，他真害怕日後的夜晚都像他剛熬過來的一夜那樣驚心動魄。

他把水往臉上潑，又梳理了一下頭髮，稍事盥洗後，他的頭腦清醒多了，恐懼的陰影也隨之消失了。他能自由地思考了，只是感到四肢相當的疲乏。

「我可不是膽小鬼，」他穿戴完畢後心想，「我才不在乎卡米耶哩……還會去想這個可憐蟲在我的床底下，這豈非咄咄怪事。從今以後，我豈不是每晚都要想著這事了嗎……我一定得盡早結婚，只要泰蕾絲把我摟在她的懷裡，我就不大會想到卡米耶。她會吻我的脖子的，那時，我就不會感到這針砭似的疼痛了……看看這處傷口吧。」

他走近鏡子，伸長脖子瞧著，傷疤呈現出淡淡的粉紅色。勞倫特看清被害者的齒痕時，心情有些激動，血衝上了腦門。他發現了一個奇異的現象。衝上來的血把傷疤染成了紫紅色，變得鮮明而腥紅，在他豐腴而白皙的脖子上顯得更紅了。與此同時，勞倫特又感到劇烈的疼痛，彷彿有誰把一根根細針挖到傷口裡了，他趕緊把襯衣的領子翻上來。

「去他媽的！」他繼續說道，「泰蕾絲會治癒這一切的……只消吻幾下便夠了……我多蠢哪，盡想這些事！」

他戴上帽子，走下樓。他需要呼吸新鮮空氣，需要步行。當他走過地窖口時他微笑了，不過，他還是把栓門的鎖試了試才放下心來。到了外面，他漫步在空蕩蕩的人行道上，呼吸著清晨涼爽的空氣，時間將近五點鐘了。

勞倫特度過了極其難熬的一天，到了下午，他在辦公室裡睏極了，他不得不和瞌睡作鬥爭。他的頭昏昏沈沈，不由自主地拉下來，而當他一聽到某個上司的腳步聲時，他又猛地把頭抬起來。這種鬥爭和震驚，引起他難以忍受的煩惱與不安，最終使他的四肢更加疲累不堪。傍晚，儘管他已身疲力盡，他仍想去看看泰蕾絲。他看見她也像他一樣焦躁不安，精疲力竭、心灰意懶。

「我們可憐的泰蕾絲昨晚睡得不好，」當他坐下後，拉甘太太對他說，「她好像做了好多惡夢，一夜未睡好……有好幾次，我聽見她大叫。今天早上，她病倒了。」

泰蕾絲在她姑媽說話之際，直愣愣地看著勞倫特。他們大概猜出了他們的恐懼是相同的，因為他們的臉都在顫慄著。他們面對面地一直待到十點鐘，說一些無足輕重的話，各自都了解對方在想什麼，他倆彼此用目光相互打量著，合謀要盡早結合，共同來對付那個溺死鬼。

第十八章

泰蕾絲也一樣。她整整一夜輾轉反側，卡米耶的幽靈一直纏繞著她。

勞倫特平平淡淡地度過了一年之後，又感情衝動地向她提出幽會，這使她猝不及防，被強烈地刺激了一下。當她孤單單地躺著時，一想到婚事就在眼前，便春情大發了。然而，正當她情緒激昂、夜不成寐時，驀地，她看見溺死鬼矗立在她的面前。她像勞倫特一樣，時而肉慾衝動，時而又懾於恐懼，被折磨得夠嗆；也像他一樣，她想一旦她把她的情人摟在懷裡時，她就不會害怕，也不會如此痛苦了。

這個女人和男人同時神經失常了，使他們對那可怕的愛情惶惶不安，驚恐萬狀。他倆已建立了孽緣和情慾的關係，他們因相同原因而戰慄著；他們情同手足，心心相印，被相同的不安和苦惱折磨著。從那時，他們的身心便結合在一起，甘苦與共了。這種交流和相通是一種生理和心理的現象，在那些相互受著巨大精神衝擊的人身上是屢見不鮮的。

一年多來，泰蕾絲和勞倫特把一根鎖鏈的兩頭輕輕地套在各自的手腳上，把他倆拴在一起。他們合謀殺人造成精神極度的緊張之後，接下來便是沮喪和消沉，他們厭惡一切，但又需要寧靜和忘卻。於是，這兩個受難人自以爲他們自由了，鐵鎖鏈不再把他們繫在一起，放鬆的鎖鏈拖在地上，他們休息了，精神痲木了，但樂在其中。他們沒法另覓所愛，渴望平平安安地過日子。自他倆同時度過了那難熬的一夜之後，他們又重新交換起熾熱的語言，鎖鏈又猛地綳緊了，他們受到的震動如此強烈，以致他們感覺到，此後誰也離不開誰了。

從第二天起，泰蕾絲開始行動了。她暗暗地盤算著和勞倫特早日完婚。這是一件困難的事情，充滿了艱難險阻。這對情人擔心出什麼差錯，生怕過分急於利用卡米耶的死會引起別人猜疑。他們心裡明白，他們自己不便主動提出婚事，於是便制定了一個十分明智的計劃，意在把自己不敢提出來的事，讓拉甘太太本人和禮拜四聚會的客人們代言。關鍵在於要促使這些老實人想到泰蕾絲再嫁的事情，特別是要讓他們覺得，這個想法是他們自己提出來，並且是他們自動自發產生的。

這場戲不大好演，而且曠日持久。泰蕾絲和勞倫特各自擔任了適當的角色，他們謹小慎微，一言一行都不疏忽，做到滴水不漏，穩步前進。可實際上，他們急不可耐，精神緊張極了，眞是風聲鶴唳、草木皆兵，一天也不得安寧。他們面帶微笑，顯得十分平靜，實際上卻掩飾著十足的卑怯心理。

倘若說，他們急於要與這種生活告別的話，這是因爲他們不能再忍受孤獨的分居生活。每夜這個溺死鬼都要找上門來，使他們睡不成覺，躺在床上就像被鐵鉗翻動著，不停地轉來轉去，被炭火炙烤全身。他們的神經始終是緊張的，一到晚上，更是煩躁不安，幻覺一個個在他們眼前閃過，使他們備受折磨。

暮色降臨時，泰蕾絲不敢再上樓去她的臥房。在這間空蕩蕩的臥房裡，蠟燭放出奇異的光，燭光熄滅後，便鬼影幢幢，顯得陰森森的。她必須把自己關在裡面直到天明，心裡充滿了恐懼與不安。最後，她只好讓蠟燭一直亮著而不敢再睡，這樣她能一直把眼睜得大大的，但是，當她太疲倦了，眼皮拉下來時，她就看見卡米耶站在暗處，她猛地又把眼睛張開了。清晨，她拖著兩條腿走路，渾身無力。僅在白天她才能打幾個鐘頭的瞌睡。

勞倫特呢，自從那晚經過地窖門前受了驚嚇之後，他就變成了一個無可救藥的懦夫了。以往，他生來性野，對生活充滿了自信，如今，哪怕有一點點聲音都能使他魂飛魄散，臉色變白，像個孩子似的。他的四肢因受了驚嚇，從此便染上了顫抖的病。夜裡，他比泰蕾絲更難受，恐懼給他這疲軟、高大、懦怯的身軀帶來了深深的創傷。只要天黑了，他心裡就怕得不得了。有好幾次，他都不願回到住所去，整夜在冷清清的街上蹓躂。

有一次，大雨傾盆，他居然躲在橋下一直熬到清晨。他待在那兒凍僵了，竟沒有勇氣站起來爬上堤岸，在灰濛濛的夜色中，他看著骯髒的河水流淌，將近有六個小時。有時，恐懼襲上心頭，他嚇得癱軟在潮濕的地上，他彷彿看見橋洞裡有一長串溺死鬼順流而下。他終於太疲倦了，回到住所，把房門栓了兩道鎖，在極端可怕的精神狀態裡一直掙扎到天明。

有個惡夢始終纏著他，他覺自己從泰蕾絲熱烈而激動的懷抱裡落到了卡米耶冷冰冰、粘乎乎的雙臂裡。他夢想著他的情婦緊緊地把他摟在她溫暖的懷裡使他透不過氣來，他馬上又夢見那個溺死鬼冰涼涼地抱著他，把他緊壓在他那腐爛的胸膛上。這些感覺突如其來，交織著慾望和厭惡。他忽兒觸到戀人熾熱的肉體；忽兒又碰到在淤泥中腐爛了的冰冷的肉體。他喘著氣，戰慄不已，煩躁得嘴裡不停地嘀咕著。

不僅如此，這對情人的恐懼也在與日俱增，而惡夢又壓迫著他們，使他們顛狂也日甚一日。他們已窮途末路，只是幻想依靠親吻來征服失眠。出於謹慎，他倆不敢約會，他們等待著大喜佳期，把這一天看成解放之日，而後便是幸福的夜晚了。

因此，他們全部的心願便是早日結合，他們渴望能安穩地睡上一覺。他們謀殺的動機是出於自私和愛情。在他們相互冷淡的那段日子裡，他們遲疑著，雙方都把那個動機忘掉了，彷彿它已不復存在似的。現在，他們的心中又燃起了激情，愛情和自私是他們殺害卡米耶的初因，按他們的想法，合法的婚姻能確保他們享受到眞正的歡樂。再說，他們公開結合的決心，多少還是在絕望的心情下作出的，他們的內心還眞有點害怕，他們的情慾也受到了干擾。

他倆彼此傾下身子，從某種意義上說，就像他們懷著恐懼心理，在懸崖邊探頭向下張望似的。他倆默默地彎著腰，勾搭在一起，然而，他們又被情慾沖得頭暈腦脹，四肢乏力，在狂熱的衝動下幾乎想跳下深淵。可面對現實，既然他們在焦急地等待著，渴望放縱情慾，又有點兒怯怯生生的！所以，他們便渴望自己欺騙自己，幻想將來能享受愛情的幸福和恬靜的歡愉。他們愈在對方面前怕得發抖，就愈對行將墜落其中的深淵感到恐懼，因而也就愈想為自己鼓氣，把未來想得十分美好，並且擺出了確鑿的事實，說明結婚是他倆命中注定的、唯一的生路。

泰蕾絲一心想結婚，因為她害怕，也本能地要求勞倫特對她強烈的撫愛。她簡直有點神經質了，完全不能控制自己。說實在的，她並沒有認眞想到她只是墮落在情慾裡不可自拔罷了。她剛讀過的小說又使她心蕩神迷，好幾個禮拜以來，她沒有安穩睡過一覺，身體也感到異常不適。

從氣質上說，勞倫特要冷靜些，他雖然受恐懼和情慾的支配，但還是能對自己的決定深思熟慮一番的。他為了證明他婚後的日子是盡善盡美的，為了消除那難以擺脫的、說不清的恐懼心理，他又打起往日的種種如意算盤了。他的詮釋，就是尤福斯的那個老農夫還不死掉，眞不知何年何月才能得到那份遺產，他甚至擔心遺產會旁落他人，落進他的一個堂弟的腰包，這個高大的小伙子會種地，老勞倫特對他很賞識。那麼他呢，他將永遠是一個窮光蛋，討不起老婆，在閣樓裡苟且偷生，睡不好，吃得更差。

此外，他本打算一輩子吃閒飯的，他對上班開始抱有一種說不出來的厭惡感，上司給他的工作並不算多，但他這個懶人已經不堪忍受了。他反覆思考總是這個結果：什麼事也不幹就是天下最大的幸福。想到這兒，他記起來了，他淹死卡米耶原就為娶泰蕾絲為妻，繼而盡享清福的。當然啦，獨自占有他的情婦的願望在他的犯罪動機裡占了不小的比例。不過，他殺人的主要原因恐怕還是希望像卡米耶那樣得到照料，時刻都能嘗到眞正的幸福。

倘若說，僅僅因愛情才促使他如此去幹，那他決不會表現得如此膽怯和謹愼了。事實上，他殺人也是出於無奈，他千方百計地想過上恬靜而閒適的生活，並能使他的種種慾望長期得到滿足。所有這些想法自覺也罷，不自覺也罷，都一齊向他奔來，他爲了給自己鼓氣，老是翻來覆去想著，他早料到卡米耶的死會給他帶來好處的，現在該坐享其成了。於是，他重新一一數落著有哪些好處，將來的日子是如何的愜意。

他想自己會辭職不幹，過著遊手好閒的生活，他在吃夠喝足之後，還能呼呼大睡，他身邊始終有一個熱情的女人相伴，使他的精神和生理協調和諧。要不多久，他再把拉甘太太四萬幾千法郎的家產繼承下來，因爲可憐的老太太眼看著每況愈下。總之，他會過上幸福而實惠的日子，把一切都忘掉。

自從泰蕾絲和他決定結婚之後，他無時無刻不在盤算著這些事情，他還挖空心思尋覓其他的好處，而一旦他從娶溺死者寡婦爲妻的極端自私的動機裡，又找到一個新的依據時，他便喜不自勝了。然而，他強迫自己去憧憬未來美好，夢想過上一種懶散、怡然的生活也好，對他作用都不大，他仍時刻感到心裡在陣陣地顫慄，有時，一種焦慮煩躁的情緒時時向他襲來，使他轉喜爲悲。

第十九章

不管怎樣，泰蕾絲和勞倫特的一片苦心總算沒有白費。泰蕾絲裝成愁腸百結、傷心失望的樣子，拉甘太太是看在眼裡的，幾天後，她開始局促不安了。年邁的老板娘想知道她姪女如此傷心的原因。這時，少婦就以她的機智和靈巧扮演了一個遺恨終生的寡婦角色。她說她無聊、虛弱、精神痛苦……總之，是含糊其辭的，從不明確指出來。

當她的姑媽盤問得過急時，她就回答說，她身體滿好，她自己也不知道爲什麼心情這樣壞，並且無緣無故就會哭。過後，她仍悶悶不樂的，即使有時她慘然一笑，也是十分勉強；她沉默時，神情也是空虛、絕望的。

拉甘太太眼看這個少婦垮下來了，她彷彿也被感染，一天不如一天了，這使她認眞思索起來。世上她只有這麼一個親人了，每晚，她都要祈禱上帝把這個女孩子留下來爲她送終。她晚年就只有這麼一點兒留戀了，其中多少摻雜了一些自私的成分。當她想到泰蕾絲還可能先於她死，而她將只能孤零零地死在長廊潮濕的店鋪裡時，那原來支撐著她活下去的那一點安慰也受到了衝擊。自此以後，她就時刻注意她的姪女，不無驚恐地分析少婦悲傷的緣由，她內心捉摸著自己能做些什麼才能免除她內心的隱痛。

情況是十分的嚴峻，她覺得應該徵求她的老友——米歇爾的意見了。在一個禮拜四的晚上，她把米歇爾留在店鋪裡，把她的憂慮告訴他。

「啊哈，」這老頭原先工作時的脾氣又上來了，他直截了當地回答說，「我發現泰蕾絲賭氣已經好久啦，我很清楚，她爲什麼臉色發黃，老是愁眉苦臉的。」

「您知道爲什麼嗎？」老板娘問道，「快說吧，看看我們能否把她醫治好！」

「哦！治療方法很簡單，」米歇爾笑著接口道，「您的姪女精神空虛，因爲她太孤單了嘛。晚上，一個人關在臥房裡，轉眼就快到兩年啦。她需要一個丈夫，從她的眼神裡就看出來了。」

退休警長這一番乾乾脆脆的話刺痛了拉甘太太的心。她想，在聖烏昂發生了巨大的不幸之後，年輕寡婦痛不欲生，現在她一定記憶猶新，悲傷不已的。她的兒子死了，她覺得她的姪女不該再有丈夫。可是，米歇爾突如其來地大笑一陣，居然肯定泰蕾絲因爲想有個丈夫才得病的。

「倘若您不願意看見她憔悴而死的話，」他臨走時說道，「還是盡快把她嫁出去吧。這就是我的看法，親愛的太太，請相信我，我說的沒錯。」

拉甘太太一時還想不通爲何她的兒子這麼快被人遺忘了。老米歇爾沒有道出卡米耶的名字，他在談到泰蕾絲的所謂病時像在開玩笑似的。可憐的母親這下才明白過來，只有她一人仍然對她的兒子深深懷念著。她哭了，她彷彿覺卡米耶又死了一次。待她哭夠了、怨夠了，她又不知不覺地想起了老米歐爾的話：她的姪女二嫁，在她清晰的記憶裡，等於她的兒子第二次死去。但以這門婚事來換取一點兒幸福的想法，卻在她的腦子裡打轉。

鋪子裡冷冰冰、靜悄悄地。待她單獨和泰蕾絲在一起，看見她心事重重、愁眉不展的樣子時，她的心軟下來了，她可不是那種乾巴巴、沒有感情的人，那些人生在無望之中還要以苦為樂。她的心腸很軟，忠誠可信，感情豐富。總之，一個好心、慈祥、富態的老太太的素質她都具備，這就決定她喜歡過感情的生活。

自從她的姪女不多說話、臉色蒼白、無精打采地呆坐在那裡之後，對她來說，生活變得不能容忍了，在她看來，鋪子就像是一個墳墓。她本來期望在她周圍，在生活中，應該充滿溫暖和友愛、關心和照顧。總之，能平和地過日子，這樣她才有信心安度晚年。這些願望都是下意識的，但促使她接受了把泰蕾絲重新嫁出去的想法，她甚至多少把她兒子忘掉一些了。她那死水一潭的生活好像有了新的起色，思想有了新的內容，精神有了新的寄托。她要為她的姪女重找一個丈夫的想法就占據了她的頭腦。

選擇一個丈夫可非同小可，可憐的老婦人考慮她自己要比考慮泰蕾絲多一些，她把泰蕾絲嫁出去要以她本人得到幸福為前提，因為她極其擔心少婦未來的丈夫會擾亂她晚年餘下的歲月。當她想到，她將要把一個外人引進她的日常生活裡來時，感到非常惶恐，這個唯一的想法把她嚇住了，使她不便與泰蕾絲開誠佈公地談她的婚事。

虛僞是泰蕾絲的拿手好戲，她童年就受過這種訓練，她演了一齣煩惱和沉悶的戲。勞倫特則扮演了一個富有同情感的、熱心助人的角色。他對這兩個女人小心侍奉，尤其對拉甘太太更是做到了無微不至。漸漸地，他成了這個店鋪不可缺少的人，只有他能使這個黑漆漆的洞穴增添一點歡樂。晚上，當他不在時，婦女服飾店老板娘就要左顧右盼一陣子，惶惶然好像丟失了什麼似的；她想到要和愁腸百結的泰蕾絲待在一起時，就感到很不自在。

其實，勞倫特難得有一個晚上不來也是故意的，爲了擴大他的影響，他每天下班後都到鋪子裡去，一直待到長廊關上大門爲止。他外出進貨，拉甘太太行走困難，他就替她買一些她所需的小玩意兒。過後，他坐下來，談天說地，像演員似地用一種溫和、悅耳的嗓音讓好心的太太聽了舒服，心情愉快。他作爲一個朋友，作爲一個關心他人疾苦的好心人，似乎對泰蕾絲的健康格外地關注。有好幾次，他把拉甘太太拉到一邊，顯得非常驚慌，告訴她，他看見少婦的臉色不好，太憔悴了，以此來恫嚇她。

「她不久就要離開我們了，」他哽咽著，喃喃地說，「我們不能自己騙自己，她確實是生病了。啊！我們那一點兒幸福，我們那美好而安寧的夜晚喲！」

拉甘太太焦慮地聽著他說。勞倫特甚至大膽到直接提到了卡米耶的名字。

「您想想看，」他又對太太說道，「我們那可憐的朋友的死對她是極大的打擊。兩年來，從她失去卡米耶那不幸的一天起，她一天不如一天。什麼也安慰不了她，什麼也醫治不了她。我們應該聽天由命啊！」

老婦人聽了這一番無恥的謊言，老淚縱橫。她想起她的兒子便神志恍惚，茫然失措了。每當有人說出卡米耶的名字，她就泣不成聲。她控制不住自己了，誰提起她那可憐的孩子，她甚至能擁抱他。勞倫特早就發現只要她聽人提起這個名字時，就會聚精會神、坐立不安，效果相當顯著。他可以隨時叫她落淚，挑動她的感情，使她認不清事物的眞相，讓她心碎。因此，他就濫用他的能力，把她服服貼貼地捏在自己手裡。

每天晚上，雖然他說起卡米耶心裡極其反感和厭惡，他仍然老是談起他不可多得的品質。說他心地好，人又聰明，他恬不知恥地吹捧他的被害者。有時，他看見泰蕾絲目光怪異地注視著他，他就會打一個哆嗦，最終自己也相信，他對溺死者的評價是正確的。這時，他就不再往下說了，他頓生妒心，擔心寡婦心裡愛的仍是被他淹死的那個人。

他侃侃而談，拉甘太太從頭至尾都是淚汪汪地，她看不清周圍的一切。她邊哭邊想：勞倫特眞是個惹人喜歡、仁慈寬厚的人，只有他一個人還想著她的兒子，只有他一個人說到她的兒子時口氣裡還帶著傷感，聲音抖抖地。她把眼淚擦乾了，以無限的溫情看著年輕人，就像對自己的孩子那樣愛著他。

某一個禮拜四的晚上，當米歇爾和格里維已經在餐室坐定之後，勞倫特才進來。他挨近泰蕾絲身邊，溫和而急促地問候她的健康狀況。他在她的身旁坐了一會兒，當著在場所有的人的面，扮演了一個情意繾綣、憂慮重重的朋友的角色。這對年輕人緊捱在一塊兒，在說著悄悄話，米歇爾看著他倆，傾下身子，手指著勞倫特，低聲對老太太說：

「看哪，您姪女的合適丈夫就是他。趕快安排這門婚事吧。必要時，我們會幫您的。」

米歇爾帶著調皮的神色微笑著，他認爲泰蕾絲大概需要一個身強力壯的丈夫。拉甘太太像得到了什麼啓示似地，吃了一驚，陡然，她從泰蕾絲和勞倫特的結合中看到了所有對她個人的好處。這門婚事只能把他們團結得比現在更緊密，也就是說，把自己和姪女和她兒子的朋友，那個每天晚上來使她倆散心的好心人團結得更緊密。這樣一來，她就不會把一個外人引進家中，她也不會冒風險，怕給自己帶來什麼不幸了。相反地，泰蕾絲有了依靠，就等於給自己的晚年生活增添一份樂趣。

三年來，這個小伙子對她像兒子般地孝敬，她等於又得了一個兒子；再則，她彷彿也覺得，泰蕾絲嫁給勞倫特之後，想到卡米耶時就會更親切些。信念是微妙而又不可捉摸的。拉甘太太看見一個陌生人摟住這位年輕的寡婦原本會哭的，但當她想到她將投身於她兒子的老同事的懷抱時，卻一點反感也沒有。正如大家所說的，她想，這樣一個家仍會和睦的。

整個晚上，客人在玩著骨牌，太太溫情地看著這個年輕人。小伙子和少婦都猜出他們的戲是演得成功了，快要收場了。米歇爾在道別前，低聲和拉甘太太交談了幾句，接著，他裝模作樣地挽著勞倫特的胳膊，鄭重其事地說，他要陪他走段路。勞倫特離開時，迅速向泰蕾絲遞送了一個眼色，這眼色充滿了諄諄的叮囑，含義深遠。

米歇爾自告奮勇先去摸底，他覺得年輕人對這兩個女人一片誠意。但當勞倫特聽說自己要與泰蕾絲結爲夫婦時，臉上露出驚訝的神色。勞倫特以激動的口吻回答說，他把他那可憐的朋友的遺孀當成妹妹看，如果娶了他，豈不是褻瀆故人了嗎？退休警官一勸再勸，他擺出種種理由使他同意，他甚至說到了友情彌足珍貴之類的話，最後他直截了當地對年輕人說，做拉甘太太的兒子和泰蕾絲的丈夫是他義不容辭的責任。

勞倫特慢慢地被說服了，他假裝受了感動，同意結婚，彷彿他從未有過這個想法似的，就如老米歇爾說的那樣，他是出於友情和責任才勉爲其難。當老米歇爾得到一個肯定的答覆之後，他搓著手離開了他的同伴。他想剛才自己取得了一個輝煌的勝利，也慶幸自己首先萌生了結婚的想法，這樣，週四晚上的聚會就會恢復以往那樣歡樂的氣氛了。

正當米歇爾和勞倫特在堤岸上踱著步交談時，拉甘太太也在與泰蕾絲談心，內容幾乎相仿。正當她的姪女像往常一樣臉色蒼白、有氣無力地走出屋子時，老太太把她挽留住了。她哀求她直爽些，把積壓在心頭的苦惱都向她倒出來。過了一會兒，老太太看見她說話仍然隱隱約約的，便說到守寡之苦，慢慢把話題引到了改嫁的事上；最後，她明白無誤地問泰蕾絲，她心裡是否還想重嫁，只是嘴上不好意思說出來。泰蕾絲驚呼一聲，說她從未有這念頭，她對卡米耶仍是一往情深的。

拉甘太太哭了。她違心地辯解著，讓她懂得人不能總是在絕望中生活。少女長嘆了一聲，說她要克盡婦道，於是，老太太猛地點出了勞倫特這個名字。接著，她就歷數了這門婚事如何合適，有哪些好處。她把要說的話一古腦地倒出來，翻來覆去地說出了她想了一個晚上的話，她繪聲繪影地訴說著，天眞中還帶著幾分自私，她說，她在她的兩個親愛的孩子中能安享晚年了。泰蕾絲低著頭，顯得十分卑謙和恭順，靜靜地聽著，彷彿她是百依百順似的。

「我把勞倫特當成自己的哥哥一樣愛戴，」她等她的姑媽說完後，痛苦地說道，「既然您要我這樣做，我就試著把他當作丈夫對待吧。我希望讓您幸福……我本希望您會讓我偷偷地飲泣吞聲的，不過，既然關係到您的幸福，我就改變我的初衷吧！」

她抱吻了拉甘太太。老太太大驚失色，感到非常意外，第一個忘記她兒子的怎麼居然是自己？拉甘太太上床時，又難過得痛哭了一場，她怨怪自己不如泰蕾絲堅強，自己出於私心才想到讓他倆結婚；而年輕的寡婦也是爲了她才同意這門婚事的。

次日早晨，米歇爾和他的老女友在店鋪門口的長廊上簡單地交談了幾句。他們交換了一下各自談話的結果，說定讓這對年輕人當晚就定親，把事情辦得乾脆俐落些。

下午五點鐘光景，當勞倫特走進店鋪時，米歇爾已在那兒候著了。年輕人剛坐下，退休警長湊著他的耳朵便說：

「她同意了。」

這句不著邊際的話泰蕾絲是聽到的，她臉色蒼白，眼睛厚顏無恥地盯著勞倫特。這對情人互相注視了幾秒鐘，彷彿是想求得某種默契似的。他倆很快就明白了，應該毫不猶豫地接受這個建議，並且說做就做，了卻一件心事。勞倫特站起來，走上前去提起拉甘太太的手，拉甘太太強忍住沒讓眼淚流出來。

「親愛的媽媽，」他微笑著對她說，「昨晚，我與米歇爾先生談到了您的幸福。您的兩個孩子都祈願您晚年過得愉快。」

可憐的老太太聽見有人稱她爲「親愛的媽媽」，便又垂下淚來。她迅速抓起泰蕾絲的手，把它放在勞倫特的掌心裡，一句話也沒能說出來。

這對情人各自接觸到對方的肌膚，不免顫慄了一下。他們的手滾燙，神經質地緊握在一起了。年輕人吞吞吐吐地接著說：

「泰蕾絲，您願意讓您的姑媽過一個愉快而安寧的生活嗎？」

「嗯，」少婦輕聲答道，「這是我們應盡的義務。」

這時，勞倫特轉身面向拉甘太太，臉色發白地補充道：

「當卡米耶落水時，他衝著我喊道：『救救我的妻子，我把她托付給你了。』我想，我娶了泰蕾絲就等於實現了他的遺願了。」

泰蕾絲聽到這幾句話，鬆開了勞倫特的手。她像在胸口上挨了一擊。她的情人的卑鄙無恥使她無地自容。她木然地望著他，而拉甘太太卻在一旁哭得喘不過氣來，結結巴巴地說：「是啊，是啊，我的朋友，娶她爲妻吧，讓她幸福些，我的兒子在九泉之下也會對你感激不盡的。」

勞倫特感到支持不住了，他靠在椅子背上。米歇爾也感動得熱淚縱橫，一面把他推向泰蕾絲，一面說道：「你們擁抱吧，這就算是你們訂婚了。」當年輕人把他的嘴唇印在寡婦的雙頰上時，感到異常的不舒服，而少婦被他的情人吻了兩下，也像是被燙著般地猛然一退縮。

這是這個男人當著衆人的面對她做的第一次親熱的表示。她身上的血都往臉上湧，感到臉紅心跳，而她以往卻從不知何爲貞操，在不知羞恥地偷情時，她可從來沒紅過臉哪！

緊張了一陣後，兩個殺人犯鬆了口氣。婚期已定下來了，這是他倆多年表演的結果。當晚，一切都安排妥當。下一個禮拜四，結婚的事也通知了格里維、奧利維埃夫婦。

米歇爾在發布這個消息時喜形於色，他搓著雙手，不斷地說：「是我出主意，是我讓他倆結婚的……你們將會看到，這對夫婦是多麼美滿。」

蘇姍娜悄悄地走上前來抱吻泰蕾絲。這個可憐的人兒面無血色、半死不活的，她對憂鬱而生硬的年輕寡婦充滿了友情。她像一個孩子那樣愛著泰蕾絲，對她既尊敬又有點懼怕。奧利維埃對姑媽和姪女恭維了一番，格里維壯著膽子說了幾句下流的玩笑話，效果倒也不錯。總而言之，這伙人顯得十分興奮、得意，他們宣稱，一切都會好起來，說眞的，他們都以爲自己已經參加婚禮了哩。

泰蕾絲和勞倫特的言行舉止始終是既有分寸又很乖巧。他們只是微微地互表溫柔、親切的情誼。他們的神情就像在盡一件崇高的義務似的。他們的外表毫無破綻，絕不會讓人猜出他們內心中翻攪著的懼怕和情慾。拉甘太太懷著善良而感激的心情瞧著他倆，淡淡地笑著。

還有幾件例行的事要辦。勞倫特必須寫信徵求他雙親的同意。尤福斯的老農夫幾乎忘了在巴黎還有這麼一個兒子，他寫了一封信，三言兩語告訴他，只要他願意，他可以結婚，也可以被人吊死，他並且讓勞倫特懂得，他是決不會再給他一分錢的，他可以自行其是，做任何荒唐的事，做父親的決不過問。勞倫特收到這麼封信感到異常不安。

拉甘太太讀完了這麼一個非同尋常的父親寫來的信，善心大發，竟做出了一件蠢事來。她傾其所有，給了她姪女一筆四萬幾千法郎的錢作爲陪嫁，她爲了這對新婚夫婦而獻出了自己的一切，把自己押在他們的善心上，把自己的幸福全都寄托給他們了。

勞倫特沒給小家庭帶來分文，他只讓他們心裡明白，他決不會永遠處在這種境遇，或許，他還要重操畫筆。再說，小家庭的未來生活是有保障的，四萬幾千法郎的年息加上小店買賣的贏利，足以使三口人生活得舒舒服服。要幸福，他們可說是萬事具備了。

結婚的準備工作也在加緊進行。繁文縟節能免則免。彷彿每一個人都急於把勞倫特推進泰蕾絲的閨房裡。嚮往已久的那天終於到來了。

第二十章

這天早上，勞倫特和泰蕾絲在各自的臥室裡醒來，他們都非常高興，心裡都在想，他們度過了恐怖的最後一夜。從此以後，他們不再獨守空房，他們將一起對付那個溺死鬼。

泰蕾絲環視了一周，用目光打量了她那張大床，會心地笑了。她起來，不慌不忙地穿上衣服，靜等著蘇姍娜來幫她打扮成新娘。

勞倫特坐在床上。他待了幾分鐘，向他深深厭惡的小閣樓告別。他終於離開這個狗窩，並且有一個女人。時值歲末，他打了個寒噤，跳到石磚地上，心想今晚就暖和了。

拉甘太太知道他手頭拮据，在一個禮拜前就塞給他一個錢包，內有五百法郎，這是她的全部私蓄。年輕人毅然決然地收下來了，買了一身新衣服穿上。他拿了老板娘這筆錢還能給泰蕾絲買上幾件普通的禮品。

黑色長褲、上裝、白色背心，以及細緻布的內衣和領帶，分放在兩張椅子上。勞倫特用肥皂洗了臉，又用科隆香水在身上噴了一道，接下來便仔細地穿戴起來，他要變得漂亮些。

當他把一只又高又硬的假領子扣到頸脖上時，他感到頸子是劇烈的疼痛，假領的領扣從手指間滑脫，他不耐煩了，似乎覺得上漿的布在割他的肌膚。他想瞧瞧，抬起了下巴頦，這時，他看見那卡米耶噬咬處是鮮紅鮮紅的，原來是假領子微微擦破了一點傷疤。勞倫特抿緊了嘴唇，臉色唰地變白了。

此時此刻，讓他看見頸脖子上這處斑痕，既使他害怕又使他掃興。他把假領弄皺了，又選了一個新的，極其小心地把它扣上了，一會兒就穿戴完畢。下樓時，他那套嶄新的衣服使他覺得處處彆扭，他不敢把頭轉過去，頸脖子的一個皺褶就會觸動溺死者的牙齒嚙咬過的那塊傷疤。他忍著針扎般的劇痛登上馬車去接泰蕾絲，然後把她帶往區政府和教堂。

他順路帶上了奧爾良鐵路辦事處的一個職員和老米歇爾，他倆將做他的證婚人。當他們到店鋪時，所有的人都到齊了：有格里維和奧利維埃，他們是泰蕾絲的證婚人，有蘇姍娜，她看新娘的神情就像小姑娘看著剛穿上衣服的玩具娃娃那樣。拉甘太太雖說行走不便，也想到處陪伴著她的兩個孩子。眾人把她扶上車後大家出發了。

在區政府和教堂，一切都進行得合乎禮儀。新郎新娘表現得沉著而謙恭，非常引人注目，而且備受讚揚。他倆說出神聖的「願意」時，感情激動，連格里維本人看了心都軟了。他們就像在做夢似的。在他倆安祥地並肩坐著或跪著時，一些極端的想法不由自主地在他們的腦際閃過，令他們心碎。他倆避免正面相視。待他倆重新登上馬車後，他們彷彿覺得，彼此比以往任何時候都陌生。

早就決定了，婚宴只邀請少數幾個親朋好友，地點在貝勒維勒高地的一家小餐館裡。米歇爾一家和格里維一家是唯一被邀請的客人。一過六點，婚禮隊伍便乘著馬車順著一條條大街小巷，迤邐而來。接著，他們便走進小飯店，在一個漆成黃顏色的房間裡，七套餐具已經擺上餐桌，房間裡飄逸著塵土和葡萄酒的氣味。

晚宴的氣氛還算愉快。新婚夫婦始終一本正經，好像若有所思似的。從早晨起，他們就有一種異樣的感覺，他們也無意去分析原因。從開始起，他們就被接二連三的結婚手續和儀式　得頭昏眼花。後來，他們沒完沒了地穿街過巷，彷彿置身在搖籃裡，簡直要昏昏入睡了。他們好像覺得，這次遊行了整整幾個月似的。

再則，他們心不在焉地讓馬在單調的衝道上拖著，無精打采地看著商店和行人，神情痲木、痴痴呆呆的，有時，他們故意談笑幾句，想藉此打破死一般的寂靜。等他們走進飯店之後，他們累壞了，彷彿感到肩上扛有千斤重擔，身心越來越痲木了。

他倆面對面在餐桌兩旁坐下後，時而會不自然地笑笑，但每笑一次便又立即沉下臉來，重新陷入沉重的幻想中。他們進餐和回答問題，像機器似的在擺動四肢。他們的精神疲乏而懶散，同一組不可捉摸的思想在他們的腦際不斷閃過。他們結婚了，但他們對新生活毫無思想準備，這使他們非常驚異。在他們的想像中，他們之間仍隔著一條鴻溝。他們以爲相互還維持著殺人前的關係，那時，他們之間矗立了一道實際的障礙。

現在突然間，他們想起來了，就在晚上，再過幾小時，他們就要共臥一床了，他們面面相覷，驚詫不已，不理解為什麼他們居然這樣。他們並未感到他們已經結合，相反地，在妄想中，他們還以為他們被人們強行拆散和拋得遠遠的。

客人們圍著他們起哄，希望聽見他們用「你」字相稱，打消一切拘束。但是他倆始終是支支吾吾的，紅著臉，任憑怎麼說也不好意思當著衆人的面前以情人相待。

在等待中，他們的慾望衰退了，過去的一切消逝了。他們失去了對情慾強烈的渴望，他們甚至忘掉了早晨的快樂——這種無限的快樂是當他們想到以後他們不用再害怕時所感到的。現在，他們只對過去發生的一切感到厭倦和費解：白天發生的事在他們的腦裡感到那麼不可思議和異常可怕。他們待在那兒悶聲不響，面露微笑，既不等待也不期望。他們心灰意懶，中間還多多少少夾雜著痛苦和不安。

勞倫特每次轉動頭頸都感到劇痛，像有人在撕咬他的肉一樣，他的假領切割扎疼了卡米耶嚙咬的傷痕。在區長向他頌讀婚姻法條文，教士向他說到上帝時，在這漫長的一天中的每一分鐘，他都感到溺死鬼的牙齒咬進了他的皮肉中。有時，他甚至臆想到有道血淌到了胸口上，把他的白背心染紅了。

拉甘太太打心眼裡感激這對夫婦穩重的舉止神態，倘若他倆吵吵鬧鬧或興高采烈的話，就會挫傷這個可憐母親的心，在她看來，她兒子的幻影也在那兒，是他把泰蕾絲送進勞倫特的懷抱裡。格里維不這麼想，他覺得婚禮太冷清了，他千方百計想活絡氣氛，但無濟於事，每次他想站起來說幾句俏皮話，米歇爾和奧利維埃都要向他使眼色，示意他安安穩穩地坐在自己的椅子上別動。不過，機會終於來了。他站起來，舉起酒杯，用輕浮的口吻說道：

「爲新郎和新娘的孩子們乾杯。」

不能不碰杯了，泰蕾絲和勞倫特聽到格里維這句話，臉色陡地變白了。他們從未想到他們還會有孩子。他們一想到此，心裡打了一個寒戰。他們機械地碰了碰杯，彼此注視了一下，他倆居然在這種場合面對面地呆著，這使他們感到很突然，也有些驚惶失措。

大家早早離開了餐桌。客人們想把新婚夫婦送入洞房，當婚禮隊伍回到長廊的鋪子時，時間還不到九點半。假首飾店的老板娘還坐在櫃台後面，面對著鋪有天鵝絨的首飾盒子。她好奇地抬起頭來看新婚夫婦，嘴角露出微笑。這對年輕人發現了她的眼光，嚇壞了。也許這位老太太曾經看過勞倫特溜進小院子，對他們的幽會早已察覺了吧。

泰蕾絲在拉甘太太和蘇姍娜的陪伴下，幾乎立即退了出去。男人們繼續留在餐室裡，新娘在換夜衣。勞倫特懶洋洋地、一點兒精神也提不起來，他根本不急於離席。這時，女人都不在，老米歇爾和格里維津津有味地開著粗俗的玩笑，他就舒舒服服聽著。

等蘇姍娜和拉甘太太從洞房裡出來，太太激動地對年輕人說他的妻子正等著他，這時他才恍然大悟。他驚慌失措地愣了一下後，就慌亂地握著一一遞過來的手，然後，像醉漢似地扶著房門，走進泰蕾絲的閨房。

第二十一章

勞倫特小心翼翼地關上門，在門後靠了一會，用不安、尷尬的神色向這房裡掃了一圈。壁爐裡燒著一堆紅火，彌漫開來的黃光在天花板和牆壁上跳動，整個屋子就被這強烈、晃動著的光照耀著。一盞油燈放在桌子上，在爐火映襯下，燈火如豆。拉甘夫人早就想把洞房布置得雅致些，現在整間屋子亮晃晃、香噴噴的，彷彿是為了向這對年輕而幸福的情人奉獻上一個溫暖的窩。

她別具匠心地在床上多飾了幾條花邊，並在壁爐上沿的花瓶裡插上了幾大把玫瑰花。洞房內溫暖如春，清香繚繞。空氣是沉靜和安寧的，融和著逸樂的氣氛。在恬靜而又帶點緊張的氣氛中，爐火發出輕微的爆裂聲。這個房間眞可比喻為沙漠綠洲、世外桃源，一個溫暖而飄逸著馨香的樂園，一個情人談情說愛、享受淫樂的理想聖地。

泰蕾絲坐在壁爐右邊的一張矮椅子上。她的一隻手支著下巴，注視著跳動的火苗。勞倫特走進來時，她連頭也沒回。她穿著一條襯裙，披了一件鑲花邊的上衣，在熾熱的爐火下，她全身閃現出強烈的白色。她斜披著的上衣溜下來，露出了肩膀的一端，呈粉紅色，半掩在一綹黑色的頭髮中。

勞倫特無聲無息地向前走了幾步。他脫下禮服和背心。當他只剩下一件襯衣時，他又望了望泰蕾絲，她仍然絲紋不動。他好像猶豫了一下。後來，他瞥見了她肩膀上赤裸的地方，便顫巍巍彎下腰，想把嘴唇貼在這塊肉上。少婦猛地轉過身子，挪開了她的肩膀。她向勞倫特掃了一眼，目光充滿了厭惡和恐懼，勞倫特看了不禁後退了半步，手足無措，感到很不舒服，彷彿他本人也染上了恐懼和厭惡的情緒。

這對情人把自己關在房間裡，沒有外人，可以盡情相愛的情景，大約已是兩年前的事了。那天，泰蕾絲來到聖維克多街，給勞倫特出了個共同謀殺的主意。自此以後，他倆就沒有幽會過。他們過於謹慎，失去了肉慾，只是難得緊緊地握一次手，偷一個吻。殺害了卡米耶後，當他們再次慾火中燒時，他們克制了自己，等待新婚之夜的到來，一旦他們成爲合法的夫妻了，就可以玩個痛快。

新婚之夜終於到了，他們卻無言相對，煩躁不安，突然感到異常的不適。他們原本只需張開胳膊便能緊緊熱烈地擁抱在一起。但是，他倆的胳膊似乎變得軟綿綿了，彷彿嘗夠愛情的滋味後，人變得疲乏無力了。他們白天過於勞累，精神漸漸不支。他們相對而視，毫無動情之意，只是默默無言地待著，表情冷漠，感到十分難受、尷尬，甚至還帶有一絲恐懼。他倆狂熱的夢想竟導致了這樣一個奇異的結局：他們殺死卡米耶後，終於永結秦晉之好；但現在勞倫特的嘴唇只要擦著泰蕾絲的肩膀，他們甚至會產生噁心和恐懼。

他們開始絕望地尋找往昔燃燒著的激情，彷彿覺得自己的軀體是個空殼，既沒肌肉也沒神經，也愈來愈感到困惑和不安，他們默不作聲，神情憂鬱地面對面地待著，感到異常恥辱。他們眞想具有神來之力把對方緊緊抱住，壓得粉身碎骨，以免把自己當成傻瓜。

啊呀，究竟怎麼了！他倆先是私通，繼而謀殺，演出了一場慘不忍睹的鬧劇，其目的就是爲了以後能讓他倆恬不知恥地、不分晝夜地盡情享樂。可現在，他倆各佔了壁爐的一端，僵死在那裡，心力交瘁，腦子裡亂哄哄的，再也提不起精神來了。如此的結局在他們看來也未免太可笑、太冷酷了。這時，勞倫特就試圖絮叨一些軟綿綿的情話，想勾起對往昔的回憶，喚起她的想像，期望能再度激起她的溫情。

「泰蕾絲，」他向少婦俯身說：「你記得以前我們在這間臥室裡度過的那些時光嗎？我從小門進來……今天，我是從正門進來的……我們自由了，我們可以自由自在地相愛了。」他說話吞吞吐吐，有氣無力的。

少婦坐在矮矮的椅子上，始終看著爐火，在想著心思，好像沒有聽他說的話。

勞倫特接著說：「你還記得嗎？我曾經有個夢想，我想與你整整度過一夜，睡在你的懷裡，第二天在你的熱吻下醒來。這個夢想就要實現啦。」

泰蕾絲動了一下，她聽見耳邊有人在嘰哩咕嚕說什麼，彷彿吃了一驚，她把臉轉向勞倫特，這時爐火映紅了勞倫特的臉，她看著這張血染過一般的臉，打了一個寒顫。

年輕男子更惶恐，更不安了，他接著說：「我們成功了，泰蕾絲，我們消除了一切障礙，我們永不分離……未來屬於我們，對嗎？我們以後可以安安穩穩地過好日子，盡情相愛……卡米耶已經不在了……」

勞倫特突然停住了，喉頭乾澀，緊張得透不過氣來，再也說不下去了。泰蕾絲聽到卡米耶這個名字，心中受到沉重的一擊。這兩個謀殺犯面面相覷，驚呆了，臉色煞白，顫抖不已。壁爐裡黃色的火焰始終在天花板和四壁上跳躍，玫瑰花清香四溢，柴薪在靜寂中發出輕微的爆裂聲。

回憶的閘門打開了。冤死鬼卡米耶在新婚夫婦中間坐下，面朝著正在燃燒著的妒火。泰蕾絲和勞倫特身處溫暖的空氣中，卻又嗅覺到溺死鬼冷濕的氣味。他們心想，一具屍體就在這兒，靠他們很近，他們相互注視著，不敢挪動一步。這時，他們犯罪前後的所有可怕的情景一一在他們的記憶中閃過。被害者的名字足以使他們只想到過去，強迫他們重新體驗到殺人時驚魂不定的心情。

他們並不啓齒，只是相對而視，兩人做著同一個惡夢，彼此的瞳孔裡映照出同一個悲慘的場景。他們互換著驚恐的目光，無聲地訴說著謀殺的前前後後，他們害怕極了，簡直無法忍受。他們的神經繃得緊緊的，幾乎一觸即斷；兩人想大喊大叫，甚至廝打起來，勞倫特在泰蕾絲的目光下怔住了。他猛地從困境中擺脫出來，想驅散這些回憶。他在臥房裡邁出幾步，然後脫掉短靴，換上拖鞋，過後，他又返身轉回，在爐邊坐下，想說幾句閒話。

泰蕾絲理解他的用心，勉強回答著他提出的問題。他們說說下雨、天晴，想盡量說些家常話。勞倫特說房間裡太熱了，泰蕾絲便說，樓道上的那扇小門透風。這時，他吃了一驚，又一齊轉身面向那扇小門，小伙子趕忙把話題轉向玫瑰花、爐火以及他所看見的一切，少婦勉強敷衍著，愛理不理的，只是不讓出現冷場。他們疏遠了，彼此裝出超脫的樣子，企圖忘記自己是誰，並把對方當成陌生人，只是由於機遇，他倆才邂逅相遇的。

不管他們是否願意，一個奇異的現象出現了：當他們說些空洞無聊的話時，他們各自都能猜測到對方在平平常常的話語中所包含的眞正思想。他們無法避免地想到卡米耶。雙方的目光在交流著過去的一切，他們那有聲的交談只是間斷的、拖拖拉拉的，實際上他倆靠著眼睛在繼續另一種無聲的交談。他們東扯西拉的，毫無意義，而且前言不搭後語，說說停停。他們全部身心都在交換著無聲的語言，在回憶著可怕的過去。

當勞倫特說到玫瑰花或是爐火，或說天道地時，泰蕾絲卻明白無誤地聽見他在追憶小船上的格鬥，卡米耶沉沉的落水聲；而當泰蕾絲對勞倫特的所謂提問回答個「對」或者「不對」時，勞倫特卻理解爲她在想著犯罪時的某個細節。他們就這樣無需藉助言語，心照不宣地交談著，嘴上卻說著不相干的事情。他們既然毫無意識到自己在講些什麼，因而就集中精力追蹤著秘密的思路，一句緊跟著一句，他們甚至可以突然把默契的話題用有聲的語言繼續下去，而決不會感到莫名其妙。

上天賦予了他們這種功能，而在他們的記憶中又不斷地、執拗地出現了卡米耶的形象，他們的神經漸漸失常了；彼此心裡都很明白，自己的心思被對方猜透了，倘若他們老扯下去，心裡的話就會自然而然地湧到他們的嘴上，道出溺死者的名字，描述謀殺的經過。於是，他們使勁把嘴抿緊，不再談下去了。

但在沉寂中，這兩個殺人犯還在談論著那受害人。他們覺得，他們的目光在用明確、尖銳的語言，分別刺破對方的肌膚，穿透了他們的心。有時，他們以爲聽見自己在大聲說話，他們的感官錯位了，視覺變成了聽覺，奇異而靈敏；他們的心思在臉上一覽無餘，彼此看得一清二楚，彷彿這些思想能發出一種怪異的、響亮的聲音，震撼著他們身心。倘若他們果眞大聲疾呼「我們把卡米耶殺了，他的屍體就橫陳在我們中間，使我們嚇得不敢動彈」的話，他們也不見得聽得像現在那麼眞切。

就這樣，在臥室安靜而微濕的空氣裡，這一可怕的、無聲的交談，始終在進行著，而且愈來愈加明顯和清晰。

勞倫特和泰蕾絲的無聲交談是他們首次在店鋪裡會面時開始的。過後，回憶便按先後次序接踵而來，他們相互講述著縱慾的那些日子，猶豫和憤怒的階段，以及殺人時那可怕的一剎那。說到此，他們咬緊嘴唇，不再東拉西扯，因爲他們擔心會說漏嘴，道出卡米耶的名字。他們的思想並沒有停止，繼續領著他們往前走，使他們再次陷入謀殺後的焦慮不安和等待時惴惴不安的精神狀態中。

他們的思路向前延伸，終於想到了陳放在陳屍所石板上的溺水者的屍體。勞倫特的目光一閃，向泰蕾絲道出了他們的全部恐懼心裡，而泰蕾絲這時已壓制不住，彷彿有一隻無形的鐵手撬開了他的兩片嘴唇似的，陡然大聲把談話繼續下去了：

「你在陳屍所看見他了嗎？」她向勞倫特問道，並未確指卡米耶的名字。

勞倫特彷彿早已料到她會提出這問題似的，他早已看出這個問題寫在少婦蒼白的臉上了。

「嗯。」他從喉頭裡擠出了這一個字答道。

兩個殺人犯都打了一個哆嗦。他們靠近了爐火，把雙手向火苗伸去，似乎在這間熱烘烘的臥室裡，剛掠過了一陣冷風。他們坐在那裡，蜷縮成一團，沉默了片刻。不一會兒，泰蕾絲又低沉地問道：「他顯得非常痛苦嗎？」

勞倫特回答不了。他做了一個可怕的手勢，彷彿是爲了避開一個醜惡的幻覺似的。他站起來向床邊走去，又猛地折回，張開雙臂，向泰蕾絲走來。

「擁抱我吧。」他伸出頭頸說道。

泰蕾絲站了起來，穿著睡衣，臉色蒼白。她微傾著身子，臂肘支在壁爐的大理石上。她看著勞倫特的頸項。她在他白皙的皮肉上，發現了一處紅斑。勞倫特的血往上衝，把這塊紅斑擴大了，並使它變得更加鮮紅。

「親親我，親親我，」勞倫特重複道，臉和頸脖都漲得通紅。

少婦把頭往後仰得更厲害了，她不想與他親吻，接著，她把手指按在卡米耶咬的傷疤上，向她的丈夫問道：「這兒怎麼啦？我不知道你這兒有過傷疤。」

勞倫特覺得，泰蕾絲的手指彷彿戳通了他的喉管似的。當她的手指觸到傷疤時，勞倫特驚得向後一縮，痛苦的呻吟了一聲。

「這兒嘛，」他吃吃地說。「這兒嘛……」

他遲疑著，但他終究不能撒謊，不得不道出眞情。

「這是卡米耶咬的，你知道，就在小船上。沒什麼要緊，已經好了……親親我，親親我。」

說完，這個無恥之徒伸長了頸脖，他感到脖子上燒得慌。他希望泰蕾絲吻他的傷疤。他以爲，傷疤經過這個女人一吻，那像千百根針孔的疼痛便會消除了。他把下巴抬起，頸脖向前伸去，等著。這時，泰蕾絲幾乎把身子斜靠在壁爐的大理石上，她揮了一下手，表示厭惡至極，用哀求的口吻大聲喊道：「啊！不，別吻那兒……那兒有血。」

她又在矮凳上跌坐下來，全身上下顫抖不止，雙手蒙住臉。勞倫特驚得目瞪口呆。他低下頭，茫然地看著泰蕾絲。接著，陡然間，他以猛獸般的爆發力，把她的腦袋捧在他那雙寬厚的巨掌裡，並使勁把她的嘴按在卡米耶嚙咬留下的那塊傷口上。他按著，並把這個女人的頭死命地在他的頸脖上壓了幾下。泰蕾絲聽之任之了，她悶聲悶氣呻吟了幾聲，在勞倫特的頸脖上憋得透不過氣來。當她從他的手指間掙脫出來後，她便使勁地抹自己的嘴唇，在爐膛裡啐了幾口。她始終沒說出一句話。

勞倫特對自己的粗暴舉止羞愧難當，開始在床和窗口之間慢步踱著。他方才痛苦極了，傷口處又灼燙難忍，這才強迫泰蕾絲去吻的，而一旦泰蕾絲冰冷的嘴唇觸到他灼熱的傷疤之後，他卻感到更痛苦了。他用暴力獲得的這一吻已經使他痛苦不堪了。現在，這個女人戰戰兢兢的，在爐火前低彎著腰，背向著他。他望著她，他將與她過一輩子哪。他心裡在反覆想，他不再喜歡這個女人了，而她也不愛他了。

泰蕾絲沮喪地呆在那兒將近有一個小時，勞倫特在房間裡踱來踱去，一言不發。這兩人都不無驚恐地確認，他們的愛情已經夭折了，他們在殺死卡米耶的同時，也扼殺了他們的情慾。爐火慢慢熄滅了，一簇粉紅色的炭火在灰燼上閃耀著。漸漸地，臥室裡的空氣讓人氣悶，花在枯萎，濃郁的香味使屋內沉悶的空氣變得更加凝滯。

驀地，勞倫特似乎有了一種幻覺。當他踱到窗口，又回到床邊時，他看見卡米耶躲在壁爐和大立櫥之間的一個陰暗的角落裡。受害人的臉色發青，並且在抽搐著，猶如他在陳屍所的石板上看見的那樣。他站在地毯上，搖搖欲墜，只得靠在一個櫃子上。

泰蕾絲聽他喘著粗氣，抬起了頭。

「在那兒，在那兒——」勞倫特驚恐地說道。

他把胳膊伸得長長的，幻覺中，他看見了卡米耶猙獰的臉。泰蕾絲也感到恐怖極了，走過去靠在他身上。

「這是他的肖像，」她放低聲喃喃地說道，彷彿他的先夫的那張塗了油彩的臉會聽見她說話似的。

「他的肖像。」勞倫特重複了一句，頭髮根根豎起。

「嗯，你是知道的，這幅畫是你畫的。我姑媽說從今天起把它掛在她的房間裡的，她忘了取它下來了。」

「眞的，這眞是他的畫像嗎？」

殺人犯還在猶豫不決，不敢認定畫像就是他畫的。他神志不清，竟然忘了這些不協調的線條就是他自己勾勒出來的，而使他恐懼的這些骯髒的油彩，也正是他塗抹的。他在驚慌之中又定睛一看，才看清了油畫的眞面目。這幅醜陋的肖像畫，構思低劣，畫面模糊不清，在黑乎乎的底色上，顯現出死者的一張滑稽可笑的臉。

他對自己的畫驚詫不已，這張醜得無以復加的肖像畫把他的精神摧毀了；尤其是浮現在兩隻疲軟鬆弛、略顯黃色的眼眶裡的一對白眼珠子，讓他準確地聯想到了陳屍所那個溺死者的腐爛的眼睛。他待在那裡直喘氣，一時還以爲泰蕾絲在哄騙他，是爲了讓他安下心來的。不一會兒，他認清了畫框，這才慢慢地安靜下來。

「去把畫取下來，」他輕聲對少婦說。

「啊，不！不，我害怕，」少婦畏畏縮縮地答道。

勞倫特渾身發抖。霎時，畫框不見了，只剩下了兩隻白眼珠，長久地注視著他。

「我求求你，」他接著又哀求他的妻子說道，「還是把畫像取下來吧。」

「不，不。」

「那麼我們把它翻轉過來，這樣我們就不怕了。」

「不，我辦不到。」

凶手既膽小又卑賤，他把少婦推向油畫，自己則躲在後面怕讓溺死者看見。泰蕾絲閃向一旁，這時，勞倫特想假充好漢，他走近畫像，舉起手想尋找釘子。但肖像上的目光咄咄逼人，並且也太醜了，它久久地盯著勞倫特。勞倫特也怒目而視一陣，終於倒退幾步，低聲抱怨道：

「不，你說得對，泰蕾絲，我們辦不到……讓你的姑媽明天把它取下來吧。」

他又低下頭，來回踱著方步，無時不感到肖像在看著他，目光在追隨著他。他按捺不住，不時地向畫布瞥上一眼，這時，他總看見陰暗底色上的溺死者那陰沉、毫無生氣的目光。他想到卡米耶就在臥室的一個角落裡窺視著他，目睹了他的新婚之夜，注視著泰蕾絲和他自己時，他恐懼萬分，陷入了絕境。

這時，發生了一件別人不屑一顧的事情，卻把勞倫特嚇得魂不附體：正當勞倫特坐在壁爐前時，他聽見有什麼搔抓的聲音，他的臉陡然變色，胡思亂想起來。他以爲是卡米耶從畫像裡走下來發出的聲音。後來，他終於明白過來，聲音是從樓梯上的那扇小門發出的。他看了看泰蕾絲，她也嚇呆了。

「樓梯上有人，」他輕聲說，「誰會從那頭上來呢？」

少婦不答腔。這兩個人都想到那個溺死者，他倆的腦門上沁出了一顆顆冷汗。他們一齊擠到房間的裡端，以爲小門會突然開啓，卡米耶的屍體會迎面跌倒在地上。搔抓聲越來越尖、越來越亂。他們想，是那屈死鬼在用指甲推門進來吧。在將近五分鐘裡，他們寸步沒移。最後，傳來了貓咪聲，勞倫特慢慢移過去，這才認清是拉甘太太的那隻虎斑貓，不知怎的牠被關在這間臥室裡了，此刻牠正用爪子搔門，想從裡面出去。

弗朗索瓦懼怕勞倫特，牠縱身躍上椅子，豎起了毛，四腳挺直，惡狠狠地逼視著牠的新主人。小伙子生性不喜愛貓。弗朗索瓦幾乎使他害怕。他腦子迷迷糊糊，魂不附體，一時竟以爲貓想要跳到他的臉上來爲卡米耶報仇。他想，這個畜牲大概什麼都知道了，要不，在牠那圓滾滾的眼睛裡、在那放大得離奇古怪的瞳孔裡，怎會藏有思想呢！勞倫特經不住貓的炯炯逼視，垂下了眼睛。正當他要給弗朗索瓦踢上一腳時，泰蕾絲叫了起來：

「別碰牠！」

她這聲叫喊給他一種異樣的感覺。他的腦中產生了一個荒謬的想法。他想：「卡米耶的靈魂附在這隻貓身上了，我得把這頭畜牲殺了……牠的神情就像個人。」

他的腳並未踢上去，他害怕聽到弗朗索瓦用卡米耶說話的腔調和他講話。接著，他又想起，在他與泰蕾絲歡娛的那段時光，當他們親吻時，那貓總是在場，泰蕾絲總愛拿牠開玩笑的。於是，他心想，這隻畜牲知道得太多了，該把牠從窗口扔下去。可是，他沒勇氣去做。弗朗索瓦保持著戒備姿態，牠伸長爪子，氣鼓鼓地隆起了背，沉著而冷靜地注視著牠敵人的每個細小的動作。勞倫特看見牠的眼睛射出金屬般的光芒，困窘了；他慌慌張張地把通向餐室的那扇門打開，那貓尖叫了一聲，溜了出去。

泰蕾絲在熄火的壁爐前重新坐下。勞倫特又繼續在床和窗之間踱來踱去。他們就這樣等待天明。他們沒想到躺下，他們的肉體和精神都已死去了。只有一個想法糾纏著他倆，就是盡快離開這臥室，他們在裡面感到太窒息了。他們被關在一起，在同一個空間裡呼吸著，實在感到彆扭，他們真想這時有個什麼人把他倆隔開。他們相對無言，激發不起愛情，感到非常窘迫，他們希望這個人能把他們從困境中解救出來。他們長時間的靜默，難受極了，在這深沉的寂靜中，他們卻清晰地聽到了苦澀、絕望的怨訴和無聲的責備。

晨曦初露，天際呈現出模模糊糊的、白茫茫的一片，隨之而來的是一股沁人的涼意。

勞倫特一直凍得直打顫，當晨光溢滿臥室時，他稍稍感到鎮靜了些。他正視著卡米耶的肖像，看清了他平庸、略帶稚氣的眞面目，他聳聳肩，取下了油畫，以責怪自己愚蠢無知來解嘲。

泰蕾絲站起來，把床翻亂，做出洞房花燭夜的假象，以此來矇騙她的姑媽。

「啊！是這樣，」勞倫特粗聲粗氣地說，「我希望我們今晚可以同床共枕了，不是嗎？這樣的戲該結束了吧！」

泰蕾絲對他沉著而嚴肅地掃了一眼。

「你得明白，」他接著又說，「我結婚不是爲了整夜整夜不睡覺的……我們眞像是孩子。你老是魂不附體似的，把我也弄得神魂顚倒了。今晚，你一定要高高興興的，別再嚇唬我啦。」

他乾笑了幾聲，也不知道他爲何而笑。

「我試試看！」少婦聲音喑啞地說。

泰蕾絲和勞倫特的「新婚之夜」就是這樣度過的。

第二十二章

以後的夜晚，他們就更加痛苦。這兩個凶手希望夜裡能在一起度過，共同抵禦這個溺死鬼，但是事情也真蹊蹺，自他倆結爲夫妻之後，他們卻更加惶惶不可終日了。簡單的一句話、一個眼神都會惹他們生氣與激動，忍受著痛苦和恐懼的折磨。他們只要一交談，或兩人單獨在一起時，臉就會紅，並會想入非非。

泰蕾絲天生缺乏柔情，還有些神經質，與勞倫特粗魯、好衝動的性格相遇，產生了奇異的效果。從前，在卿卿我我的那段日子裡，不同的氣質，使這對男女成了天作之合，在他們之間建立了某種平衡，甚至可以說，他們各自在生理上都得到滿足。情人以衝動相贈，情婦以激情回報，兩人互爲魚水，以熱吻來調節他們感官的機能。

但現在他們生理的機能失調了，泰蕾絲以過分激動壓倒了對方。勞倫特突然也變得興奮不已，他受了少婦熱情衝動的影響，就像一個受到嚴重神經官能症折磨的姑娘那樣，氣質也慢慢變了。有些人在某種特定的環境下會產生一些變化，研究它們是饒有興味的事情。這些變化先在肉體上出現，很快便蔓延到大腦以及全身。

勞倫特在結識泰蕾絲之前，生性笨拙，內心平靜又謹小愼微，過著農家子弟粗獷的生活。他吃喝、睡覺就像一個魯莽的野漢子那樣。生活中不論發生了什麼事情，他都是渾渾噩噩、大大咧咧地去對待，對自己又相當滿意，身體發胖，多少顯得有些愚蠢。他身體又沉又重，難得幾次心裡感到有些癢癢。在泰蕾絲劇烈的挑逗和衝擊下，他的春情萌發了。

因爲有了泰蕾絲，這具高大、肥滿、軟乎乎的身軀裡形成了一個極其敏感的神經系統。勞倫特以往的生活與其說是神經型的，還不如說是感官型的，現在他的感覺細膩多了。在他情婦的一陣熱吻之下，一種新鮮、刺激、緊張的生活倏地在他面前展現。這種生活使他的情慾成倍地增長，把他的歡樂推到了極點。一開始，他眞有點兒如癲似狂了，他不顧一切地放縱自己，盡情享樂，這是他以前憑感官衝動從未享受過的。

於是，在他體內產生了奇異的變化，神經的感受性壓倒了官能性的衝動，改變他素質的就是這個因素。他不再笨頭笨腦和貪圖安逸了；也不再懵懵懂懂地苟且度日了。他的精神和官能有段時間得到了平衡，這時的享受是徹底的，生活是完美的；繼而，精神因素占了上風，於是他便陷入煩躁、焦慮的狀態之中，又影響了他那失調的感官和紊亂的思想。

這就是勞倫特爲什麼像個膽怯的孩子那樣，看見一個陰暗的角落就要心驚肉跳的由來。他成了一個動輒顫慄和驚慌的人，成了一個由笨拙和遲鈍的農民蛻化出來的新人，他感受到神經質類型的人的易驚和不安。一次次約會，泰蕾絲野性的撫愛、殺人的衝動，等待泰蕾絲時擔驚受怕的情緒，這一切都刺激了他的感官，一次次地、劇烈地衝擊著他的神經，把他變成了一個瘋子，最後導致他的失眠，隨之而來的便是幻覺。此後，勞倫特就過著一種無法忍受的生活，一種他永遠也無法掙脫的恐怖的生活。

他的悔疚純粹是物質性的，只有他的軀體，他那被刺激的神經和那顫抖的皮肉懼怕那個溺死鬼。在意識上，他一點兒也不怕，殺死卡米耶，他是毫不手軟的。在他心平氣和時，當死者的幽靈不在場時，倘若他為一己的私利所驅使的話，他照樣會再去殺人。

白天，他笑自己膽小，許願要堅強些並責備泰蕾絲，怨怪她把他也搞糊塗了。按他的說法，是泰蕾絲在七上八落，晚上在臥房裡，只有泰蕾絲一人在製造恐怖。但是，一旦夜色降臨，當他們夫婦關在臥室裡時，他的身上就會沁出冷汗，他嚇得像個孩子那樣心緒不寧。

他就是這樣忍受著周期性的精神危機，每晚來一次，每當被害者那發青的、猙獰的臉向他顯露時，他的感官功能便失調了。那時，他像得了重病，好似殺人狂的歇斯底里大發作。說他得了神經性的病是唯一能解釋勞倫特恐懼的原因。他的臉在痙攣，他的四肢僵直，可以說，他身上的條條神經都出了毛病。他的身體痛苦極了，靈魂卻是空的。這個壞蛋毫無悔過之意，泰蕾絲的激情把可怕病症傳給了他，如此而已。

泰蕾絲的身心同樣也在劇烈動蕩著。但在她身上，只是第一本性過分外露而已。這個女人從十歲起精神就有些紊亂，情緒不穩定，其中部分原因是她和病不離身的小卡米耶同住一房，是在溫和而噁心的空氣中長大的，她的體內早已是烏雲密佈、暗流湍急，預示著狂風暴雨即將來臨。勞倫特對她，就如她對勞倫特一樣，起了一種導火線的作用。

第一次擁抱熱吻之後，她那無情而淫蕩的稟性便桀驁不馴地大大膨脹起來了，她只為情慾而生活。現在，她愈發迷糊了，整天坐立不安，恐懼發展到了一種病態的程度。已發生的一系列事情在她心理上造成了極大的負擔，一切都逼使她走向瘋狂。

她的懼怕程度與她後夫稍有不同，更帶有女性的特徵。她多少有些內疚，有些說不出來的悔恨，她有時眞想跪在卡米耶的幽靈前哀求他，向他發誓要懺悔終生以慰撫他的在天之靈，請求他饒恕。也許勞倫特發現了泰蕾絲的怯懦，當他們感受著同一性質的恐懼、慌亂時，勞倫特就來責怪她，粗暴地對待她。

最初的幾個夜晚，他們無法入睡，就像新婚之夜那樣，坐在爐火前，在房間裡踱來踱去，等待著天明。當他們想到要並肩躺在床上時，就感到噁心和不安。他們有一種默契，避免擁抱、親吻，清早，當泰蕾絲把床鋪攪亂時，他們對床看都不看一眼。倘若他們實在累壞了，就在安樂椅上睡一、二個小時，每次總為惡夢所驚醒。醒來時，他們的四肢發麻、發僵，臉上有一塊塊青斑，又冷又不舒服，渾身在打顫。

他倆驚奇地互相端詳著，奇怪自己怎麼會坐在這兒，彼此都有點不好意思，但說不出所以然，還為自己表現出來的沮喪和膽怯有些害羞呢。

此外，他們爲了不打瞌睡也竭盡全力了。他們各自坐在壁爐的一端，說天道地，十分注意不讓出現冷場。他們面對壁爐坐著，相距很近，偶爾他們轉過頭時，就似乎看見卡米耶在他們之間放進了一把椅子，占據了這個空間，臉上露出憂鬱而嘲諷的神色，也在烤腳足。這個幻覺是他倆在新婚之晚產生的，以後每夜都要出現一次。

這具屍體無聲無息，卻面露譏諷，參與了他們的談話，這個死人面目猙獰，完全脫了形，總是待在那兒不走，壓迫著他們，使他們始終處於惶恐不安之中。他們不敢動，茫然地看著熾熱的火焰，有時，他們忍不住向身旁掃一眼，眼睛受了熊熊炭火的刺激，又產生了幻覺，彷彿看見那個死人身上也泛著紅光。

最後，勞倫特不願意再坐著了，他也不向泰蕾絲解釋其原因。泰蕾絲知道勞倫特大約看見卡米耶了，因爲她也看見了，這回輪到她托口說她太熱了，離壁爐遠點也許好些。於是，她把安樂椅推到床邊，垂頭喪氣地坐在裡面，她的丈夫則在房裡踱著方步。有時，勞倫特打開窗戶，讓正月冰涼的夜氣溢入房內，使腦袋清醒一點。

這對新人就這樣整整度過了一個禮拜的不眠之夜。白天，泰蕾絲坐在店鋪的櫃台後面，勞倫特在辦公室，他倆都委頓疲竭，可以小寐一會兒。夜裡，他們則是爲痛苦和恐懼所折磨。而最爲奇特的仍是他們相互間所持的態度。他們不說一句情話，裝做把過去忘記了，他們似乎相互同情、相互諒解，就如有著相同苦痛的病人，彼此暗暗表示同情一樣。

這兩人都希望掩飾他們的厭惡情緒和恐懼心理，他倆似乎都沒有想到度過的那些夜晚有什麼不平常，其實只有那些夜晚大概才能暴露出他們眞實的面目。他倆站著直至天明，難得說上幾句話，聽到一點聲響臉色就會陡變。他們還假裝在想，所有的新婚夫婦在新婚時，大約都是這樣相處的。這些僅是這兩個瘋子在愚笨地自欺欺人罷了。

他們太厭倦了，簡直受不了，終於在一天晚上，他們決定上床睡一覺。他們沒有寬衣解帶，而是和衣倒在鴨絨被上，還怕相互接觸到皮肉。一旦稍有接觸時，他們就好像受到電擊般的痛苦。他們就這樣在床上將就了兩夜，睡得也很不實在。後來，他們又壯膽脫掉衣服，躺進了被窩，不過還是盡量避免接觸。泰蕾絲第一個爬上床，迅速移向床的裡端，貼著牆。勞倫特等著她臥平之後，自己就在床的外側躺下，緊靠著床沿。他倆之間留下寬寬的一段距離，卡米耶的屍體躺在中間。

這兩個殺人犯平躺著合蓋一床被子。只要他們一把眼睛閉上，就感覺到了睡在中間的卡米耶那濕漉漉的屍體，又把他們的肉體都冰涼了。這彷彿是一道醜陋的屏障，把他倆隔開了。他們又開始頭腦發昏，胡思亂想起來，對他們來說，這道屏障物質化了。他們碰了碰那平臥著的屍體，好似一段發青的、稀鬆的肉塊。他們呼吸著死人的這堆腐肉所發出的惡臭味，他倆所有的感官都在錯亂，使他們感到異常的難受。這個污穢透頂的床面使他們不得動彈，又不敢出聲，惶惶不知所措。

有時，勞倫特想把泰蕾絲緊緊摟在懷裡，可是他卻不敢動，他想如把手伸出去，就必然會抓到卡米耶的一把爛肉。這時，他倆想到溺死鬼睡在他倆之間，原本就是不讓他們親熱的。他終於明白溺死鬼是在吃醋。

不過，他們有時也想試著偷吻一下，看看究竟會發生什麼事情。小伙子嘲諷他的妻子，要她抱吻他，可是他們的嘴唇太涼了，彷彿他們的兩張嘴之間隔著死人。他們簡直想作嘔。泰蕾絲嚇得直抖，勞倫特聽見她的牙齒在咯咯叫，就衝著她發火。

「你抖什麼？」他對她吼著說，「你大概怕卡米耶了？算了吧，此時此刻，這個可憐蟲不會有知覺啦！」

他倆都避免把各自膽顫的原因說給對方聽。當他倆中的一個在幻覺中看見溺水鬼蒼白的臉豎在面前時，這個人便會把眼睛閉上，把自己的恐懼包藏起來，不敢把幻覺說給另一個人聽，生怕心理上會更緊張。剛才勞倫特就是被逼得絕望之下，才埋怨泰蕾絲害怕卡米耶。但當他大聲說到這名字時，心裡不覺更加慌張起來。殺人犯狂亂了。

「沒錯，沒錯，」他衝著少婦恨恨地說，「你就是怕卡米耶……我看得出，當然啦……你是一個傻瓜，你一點膽量也沒有。啊，你就安安穩穩地睡吧。你以爲你的前夫會來拖你的腳是因爲我與你一起睡嗎？」

溺死鬼會來拖他倆的腳，勞倫特每想到此，嚇得汗毛都豎起來了。他自己內心也是七上八下的，表面上卻更加氣勢洶洶地往下說：

「我總會在哪天夜裡帶你到墓地去，我們把卡米耶的棺材撬開，你會看見，這是一堆什麼樣的爛肉！那時，你就不會害怕了，也許……算了吧，他不會知道是我們把他投下水的。」

泰蕾絲把頭蒙在被子裡，哼哼唧唧地在怨訴什麼。

「我們把他淹死，因爲他妨礙我們，」她的丈夫又說道，「倘若需要，我們還會把他淹死的，是嗎？別孩子氣啦。堅強一點。有福不享才是傻瓜哩……你瞧，我親愛的，等我們死了，我們決不會因爲把一個呆瓜扔進塞納河裡而在地下嘗到什麼滋味的。我們不如趁早自由自在，親親熱熱一番，這才上算嘛……好啦，親親我吧。」

少婦發瘋似地把他抱住，心裡卻是冰涼的，而他也像她一樣在顫抖……

往後兩個多禮拜中，勞倫特心裡一個勁地想怎樣才能把卡米耶殺掉。不錯，他們把卡米耶扔進了河裡，但他還沒完全死，每晚還要回到泰蕾絲床上睡覺。這兩個凶手本以爲殺人成功了，可以平平安安地相親相愛了，不料，他們的受害者竟會活過來，使他們如臥冰雪，息不安寢，泰蕾絲並未守過寡，她的丈夫是一個溺死鬼，而勞倫特只是她的姘夫罷了。

第二十三章

漸漸地，勞倫特憤怒得發瘋了。他決心把卡米耶從他床上趕走。起先他和衣睡下；後來他又避免去碰泰蕾絲；最後他絕望了，盛怒之下居然想把他的妻子緊壓在自己的胸口，即使把她壓扁也不把她讓給屈死鬼的幽靈。這是一種野蠻的絕妙反叛。

總之，一開始他就希望泰蕾絲的親吻能醫治他的失眠症，僅僅爲此他才走進少婦的閨房的。而當他成了這間臥室的主人後，他的身心受到了更爲殘酷的折磨，他再也不企求治好失眠了。三個禮拜之中，他毫無起色，精神彷彿崩潰了，也記不得他如此不惜一切的目的就是爲了占有泰蕾絲，現在他占有她了，卻碰她不得，否則就會痛苦倍增。

狂躁不安到了極點時，又從混沌中清醒過來了。在他迷惘的最初階段裡，特別是在新婚之夜，他的精神莫名其妙地受到了抑制，他一時把與泰蕾絲倉促結婚的根本原因忘掉了。但是，他不斷地做惡夢，也遭到了一次次的打擊，內心反抗了，他終於戰勝了膽怯，恢復了記憶。他想起來了，他之所以結婚原本就是爲了緊摟著他的妻子，把夢魘趕跑的。終於在一天夜裡，他也不顧溺死鬼從中作梗了，突然張開兩臂抱住泰蕾絲，使勁把她摟過去。

其實，少婦也走投無路了。倘若她想到火焰會淨化她的肉體，能把她從痛苦中解脫出來的話，她眞會投火自盡。她打定主意或在勞倫特的撫愛中把自己焚毀；或在擁抱中求得安慰，因此，她又像先前那樣與他緊緊地摟在一起了。

可是，他們即使緊緊擁抱著，心情也是可悲的。痛苦和恐怖代替了情慾。當他們的四肢接觸時卻以爲掉進了火炕裡。他們發出一聲尖叫，摟得更緊了，不讓溺死者鑽入他們的肉體間。不過，他們仍感到卡米耶的一堆爛肉穢污地在他們之擠軋著，使他們覺得皮肉上有的地方冰涼，其餘部分又是滾燙的。

他們的親吻更是不忍目睹。泰蕾絲用嘴唇在勞倫特腫脹、板直的頸脖上尋找卡米耶的噬咬處，接著，她發瘋似地把嘴貼了上去。那兒的傷痕才是眞正的痛處，這處傷口一旦治癒了，這兩個凶手便可以高枕無憂了。少婦懂得這一點，她想憑她火一般的熱吻把痛處烙化。可是，她灼燙了自己的嘴，勞倫特呻吟了一聲便使勁把她推開，他彷彿覺得，有人在他脖子上放了一塊燒紅的烙鐵。

泰蕾絲瘋狂了，又掛上去，想再吻傷疤，卡米耶的牙齒曾經深深地嵌進這塊肉裡，她現在懷著一種強烈的快感想把嘴唇吻上去。剎那間，她甚至想在勞倫特的頸脖子上再咬一口，咬掉一大塊肉，在原處形成一個新的、更深的傷口，抹掉老傷口的痕跡。她心想，當她看見自己咬的傷痕時，她就不會嚇得臉變色了。可是，勞倫特硬是不把頭頸讓她吻，他簡直疼痛難忍，每次她把嘴湊上來時，他都要把她推開。他倆就這樣爭戰著，喘著粗氣，懷著恐懼的心理，在摟抱中掙扎著。

他們明顯地感到，他們除了徒增痛苦外，將一無所獲。他們在可怕的擁抱中摟得再緊也是徒勞，他們拼命叫疼，相互灼燒著，傷痕累累，但是，仍然不能平息他們受到驚嚇的神經。每次擁抱只能使他們更加反感、厭惡。當他倆可怕地親吻時，他們又陷入可怖的幻覺之中，以爲溺死鬼又來拖他們的腳了，並把他們的床死命地晃動著。

他們暫時鬆了手，感到實在噁心，精神上產生一種不可抑制的反抗。隨後，他們又不甘心失敗，於是再次擁抱，但又不得不再次鬆開，彷彿有什麼烙紅的針刺進他倆的四肢裡。有好幾次，他們甚至想折磨自己的神經，把自己累垮，以此來戰勝厭惡情緒，把一切都置之腦後。但每次，他們的神經都在反叛，並且繃得更緊，使他們加倍地痛苦。倘若他們繼續摟抱下去的話，由於神經過度緊張，可能就活不成了。

他們在制伏自己身心的鬥爭中異常艱難，簡直如痴如狂了，他們執拗著，想取得勝利。最後，一次更爲嚴重的精神危機把他倆徹底整垮了，他們經受了一次難以想像的巨大衝擊，他們以爲自己就要斷氣了。

他們被甩到床的兩端，心靈被灼傷，開始哭泣起來。

他們在嗚咽中彷彿聽見了溺死鬼勝利的歡笑聲，他又獰笑著鑽進被窩裡去了。兩人始終不能把他從床上趕跑，他們輸定了。卡米耶慢悠悠地在他倆之間躺下，這時，勞倫特爲自己的無能哭泣了，而泰蕾絲則擔心溺死者會利用優勢，把自己當成是她的合法主人，把她摟抱在他腐爛的雙臂裡。

方才，他們想試試新方法，結果又失敗了。他們知道，此後，他們再也不敢互相接吻了，哪怕一次也不行。爲了消除恐懼，他們試圖發瘋似地再相愛一陣子，結果造成新的危機，反而更深地陷入恐怖中。現在，這具屍體將要把他倆永遠隔開了。當他們感到這具冰涼的屍體時痛哭流涕了，他倆憂慮地尋思著，自己究竟會變成什麼樣子。

第二十四章

正如老米歇爾促成泰蕾絲和勞倫特結婚時所期望的那樣，禮拜四晚上的聚會又像往日那樣熱鬧起來。在卡米耶剛死的那段日子裡，聚會岌岌可危。客人們來到這個仍在服喪的家裡總是憂心忡忡的，每個禮拜他們都擔心被告知說，這是最後一次了。米歇爾和格里維每想到，店鋪的門遲早要對他們關閉時，他們就惴惴不安，他們本著粗俗之人的本能和固執，不願打破固有的習慣。他們心想，太太和年輕的寡婦在某一天早上會返回凡爾農或其他什麼地方悼念他們已故的親人，禮拜四晚上他們就會被冷落在街頭，無所事事了。

他們想像著自己在長廊上，失魂落魄似地閒晃著，腦子裡還記掛著那幾局牌，他們玩的西洋骨牌可都是大號的，在這些倒楣的日子裡，他們全神貫注地享受著最後的一點幸福，他們來到店鋪時慌慌張張，唯唯諾諾的，每次心裡都在嘀咕，也許這是最後一次了。

將近一年左右，拉甘太太一把把眼淚灑著，泰蕾絲則緘口不語。他們待在一旁，總是噤若寒蟬，不敢稍有放肆，也不敢放聲大笑。他們不像米卡耶生前那樣，有賓至如歸的感覺，甚至可以說，當他們圍著餐室的餐桌共度良宵時，他們只覺得這些夜晚是偷得來的。老米歇爾在其失望之餘，私心大發，才作了一次主，把溺死者的遺孀嫁了出去。

他們婚後的第一個禮拜，格里維和米歇爾得意洋洋地走進店鋪。他們勝利，餐室又屬於他們的了。他們再也不必擔心自己會被拒之門外。他們高高興興地走進去，舉止隨便，一個個像以前那樣又開起玩笑來了。看他們怡然自得，自以爲是的神情，外人眞以爲他們做了一件什麼豐功偉業了。用不著再去想卡米耶了，原有的丈夫已死，他的幽靈本使他們毛骨悚然的，現在被活著的丈夫趕跑了。

昔日的一切又在歡樂的氣氛中重現。勞倫特取代了卡米耶，沒有任何理由悲悲戚戚的，客人的放聲大笑也不會使任何人傷心，這個家欣然接待了他們，他們就應該笑，使這個好端端的家高興一番。一年半來，格里維和米歇爾每次都是藉口安慰拉甘太太而來的，此後，他們用不著再虛情假意了，他們可以大大方方地上門，並且在西洋骨牌的清脆聲中陶醉一番了。

每個禮拜都有一個禮拜四的夜晚，於是，每個禮拜總有這麼一次把這些死氣沈沈、粗聲粗氣的人聚攏在餐桌旁。往日，這些人多麼使泰蕾絲失望啊。少婦曾說過要把他們趕走，那種放浪不羈的笑聲、傻里傻氣的想法都惹她生氣。可是，勞倫特讓她明白這樣回絕別人是不合適的，應該盡一切可能維持往日的局面，特別要保持和老警長的友誼，把這些傻瓜拴住，以打消任何人的疑慮。

泰蕾絲屈從了，客人受到殷勤招待，一個個都感到前景美好，高興極了，等待他們的將是享用不完的晚間聚會。就在這樣背景下，這對新婚夫婦的生活具有了某種雙重性。

早上，當黎明驅散了夜晚的恐懼之後，勞倫特就匆匆忙忙地穿上衣服。他並不舒暢，只有當他走進餐室，泰蕾絲把一大杯煮好的牛奶咖啡放在他的面前後，他才感到自在些，心裡也會平靜下來。拉甘太太身子不靈活，下樓去店堂也是勉勉強強的，她總是漾出慈祥的笑臉看著他用餐。他大口大口地吃著烤麵包，把胃塡滿，精神才慢慢舒展開了。喝完咖啡後，他又啜飲了一小杯白酒。過後，他的心才完全安定。他向拉甘太太和泰蕾絲說一聲「晚上見」，便晃晃悠悠地去上班了，臨行前，也沒擁抱吻她們一次。

春天來了，堤岸上的樹長滿了樹葉，像飾著一層青色的、薄薄的花邊。腳下，河水流淌，發出悅耳的聲響；頭頂上，初春的陽光是暖洋洋的。勞倫特沐浴在新鮮空氣裡，精神爲之一振。四、五月的天空中吹來陣陣微風，充滿了生命的活力，他大口大口地呼吸著；他追求著陽光，時而停下來看看泛在塞納河上的片片鱗光，聽著堤岸上的喧囂聲；他任憑清晨涼爽的氣息沁入他的肺腑，盡情地享受著明亮而怡人的晨光。

當然啦，他不大想到卡米耶，有時他也不由自主地向河對岸陳屍所望一下，他想到溺死鬼時，是以好漢自居的，他想，他倘若害怕了，就是一個十足的呆瓜。他的肚子塡得飽飽的，神清氣爽，又恢復了往日混沌和無所用心的神態。他到了辦公室，在那裡熬了整整一天，不斷地打著呵欠，等著下班。他像其他的人一樣，只是一個普通職員，有氣無力，提不起精神，腦子裡空空如也，他那時唯一的想法，就是提出辭呈，租一間畫室。

他朦朦朧朧地嚮往一種新的懶散生活，這些夠他去想一整天，一直到下班。長廊上的這家店鋪，他根本沒放在心上。傍晚，他悵悵然地走出辦公室，雖則他從早上起就等著下班。他又沿著堤岸返回，心裡有點亂，也有點不安，走得再慢也無濟於事，他總歸要回到店鋪裡去的，在那裡，恐怖正等著他。

泰蕾絲的心情也差不多。只要勞倫特不在身邊，她就舒暢些。她已把女傭辭掉了，說店鋪和臥室裡弄得既亂又髒，她希望整潔些。實際上，她需要行走、做事、活動活動她那僵硬的四肢，整個早上，她忙個不停，打掃、撣塵、擦拭房間、洗碗盞盤碟，做一些往日使她厭惡的種種雜事，她跑來跑去，家務事一直忙到中午，默默地幹，勁頭十足。她一會兒想到天花板上的蜘蛛網，一會兒想到盤子上的污垢，不讓自己有餘暇想到別的事情。

她親自上廚房準備飯菜，上桌後，拉甘太太看見她不時站起來去端菜，心裡很不好受，她看見姪女手腳不停，既心疼又生氣，她責備她了，而泰蕾絲只回答道，能省就省些。飯後，少婦換了衣服，準備和她姑媽一塊去坐櫃台。坐上櫃台後，她瞌睡了，她晚上睡不好，使她無精打采、精神頹喪，一旦定下來，就禁不住打起盹來。她只是小睡片刻，迷迷糊糊地感到很舒服，神經也鬆弛下來了。

她不再想卡米耶，病人的痛苦突然消失後，心情特別平靜，她現在也嘗到了這個滋味。她感到肉體得到休憩，靈魂自由了，心裡懶洋洋的，精神又慢慢恢復了元氣。倘若她沒有一段時間的鎮靜，她的神經就會始終過於緊張，這樣會出事的。白天，她積聚了一些必要的力量，以便夜晚用來繼續受罪和擔驚受怕。再說，她並沒有眞正入睡，她只是稍稍垂下眼皮，沈溺在平和的夢幻之中罷了。

每當有女顧客光臨，她就睜開眼睛，賣出幾個蘇的商品，接著，又迷糊起來。她就這樣度過三、四個鐘頭，確實十分安逸，間或回上她姑媽幾句話，她什麼也不想，一任自己消沈下去，靈魂得到安息，她也從中獲得眞正的享受。她有時也茫然地朝長廊瞥上一眼，特別在陰天的天黑後，她待在暗處不讓人察覺到她的倦容時，就更加感到自由自在。

陰濕的長廊污穢不堪，三三兩兩濕漉漉的窮鬼穿街而過，雨水從他們的雨傘上滑落下來，滴在石板路面上。她感到這是一條烏煙瘴氣的小街，一條藏垢納污的骯髒的過道，在這條街上，誰也不會來找她和給她帶來麻煩。有時她看見一些幽幽的燈火在她眼前晃動，又嗅到一股刺鼻的濕腥味兒，她以爲自己被活埋了；她想像自己被埋在地裡，被人扔進一個公共墓穴裡，裡面擠滿了死人。想到這兒，她得到慰藉，平息下來了。她心想，現在她很安全，她馬上就會死去，再也不會受罪了。

還有時，她得把眼睛睜著，蘇姍娜來看她，整個下午都坐在櫃台旁繡花，陪著她。奧利維埃的妻子雖然臉上無光、動作緩慢，現在也能討泰蕾絲的喜歡了；她看著這個愁眉鎖眼的可憐女人，得到一種說不出的安慰。她和蘇姍娜成了好朋友，她喜歡看見她坐在自己身旁，淺淺地微笑著，她那種半死不活的樣子，越使店堂增添了死氣沈沈的味兒。每當蘇姍娜一對晶瑩透亮的藍眼睛注視她時，她連骨頭裡都會感到一絲寒氣，但心裡卻是舒服的。

泰蕾絲等著午後四點鐘到來，到了四點鐘，她又上廚房找事做，並多少帶點狂熱勁兒，爲勞倫特準備晚餐。過一會，當她丈夫走進店門時，她的喉嚨梗塞，重新陷入極度的不安之中。

每天，這對夫婦的感覺都大同小異。白天，當他們不在一起時，彼此精神得到休息，心裡感到舒暢；晚上，一旦他倆碰面了，卻又感到渾身不對勁兒。

應該說，夜晚還是很安寧的。泰蕾絲和勞倫特想到遲早要進臥房就忐忑不安，於是他們在晚上就盡量拖延時間。拉甘太太埋在一張大安樂椅裡，似睡非睡的介於他倆之間，心平氣和地閒聊著。她說到了凡爾農，老是忘不了她的兒子，不過不好意思直呼其名罷了。她對這兩個親愛的孩子微笑著，爲他倆的未來操心。燈光在她蒼白的臉上投下了白花花的光芒，在沈寂的氣氛裡，她的話顯得格外溫和。

在她的兩旁，這對殺人犯一動不動地默不作聲，彷彿在必恭必敬地聽著。說實在的，這好心的太太喋喋不休地說些什麼他們倒不在乎，他們只是喜歡聽她的柔聲細語，這樣，他們就聽不見自己頭腦裡的反響了。他們不敢相對而視，只是看著拉甘太太免得尷尬。他們從不提出去睡覺，倘若婦女服飾用品店老板娘自己不講要睡覺，他們就會聽她絮絮話語，沈浸在她周圍的靜謐氣氛中，一直待到天亮。實在拖不下去了，他們才離開餐室，絕望地回到臥室，其心情就好像要跳崖自盡似的。

不要多久，他們就寧願在禮拜四，度過一個熱熱鬧鬧的夜晚，也不願自家人守夜了。當他們單獨與拉甘太太在一起時，他們不能使自己分心，他們的姑媽那輕柔的嗓音、那含蓄的喜悅，都窒息不了使他們痛苦萬分的內心呼喊聲。他們老是感到睡覺的時刻慢慢挨近了，偶爾當他們的目光接觸到臥房門時，他們就渾身打顫；晚上一秒一分地過去了，他們想到馬上就要在一起，心情也隨之越加緊張。

每到禮拜四就恰好相反，他們逢場作戲和自我陶醉起來。他們都忘記了自身的存在，心裡好受些了。泰蕾絲本人最後也非常盼望這一天到來。萬一米歇爾和格里維沒來，她也會去找他們。只要有外人在餐室，介於她和勞倫特之間，她就感到平靜些；她甚至希望家裡始終有客人、有響聲，或是什麼能減緩她的痛苦、把她隔絕起來的東西。在眾人面前，她興奮得有點過分；而勞倫特也像往日那樣開著農民的粗魯的玩笑，笑得齜牙咧嘴的，又表演了以前那個蹩腳畫家的鬧劇。聚會的氣氛從來沒有像這樣熱烈、喧鬧過。

也就是說，每周有一次，勞倫特和泰蕾絲可以面對面待著，用不著心裡顫顫的。

不久，他們又多了一份心事。拉甘太太漸漸癱瘓了，他們料到會有這麼一天，他像被釘在安樂椅上，呆頭呆腦的不得動彈。好心的太太說起話來已經開始囁囁嚅嚅、前言不搭後語，她的聲音微弱，她的四肢也越來越不中用了，她成了一個包袱。

泰蕾絲和勞倫特驚恐地看著拉甘太太慢慢離開人間，她一直夾在他倆中間，她的柔和的聲音也能把他們從惡夢中喚醒。一旦她失去了理智，僵坐在安樂椅上說不出話時，他們就剩下兩個人了，晚間，他倆必須單獨在一起，眞是可怕極了。到了那時，他們的恐懼就要從六點鐘開始，而不是從半夜開始，他們都會發瘋的。

他們想方設法維持拉甘太太的健康，這對他們來說太重要了。他們請來一些醫生，對她無微不至地關懷，他們甚至在護理時忘卻了自我，從中得到了慰藉，這使他們對她加倍的虔誠。他們不願失去一個第三者，她能使他們把晚上熬過去，他們不願使餐室和整幢房子也像他們的臥房那樣成爲一個殘酷、可怕的地方。

拉甘太太對他倆殷勤的照料十分感動，她流著淚慶幸自己撮合了這門親事，並且把她那四萬幾千法郎的私蓄交給他們，自她兒子死後，她還從沒指望過在餘生還會享受這樣的深情厚愛，她的兩個親愛的孩子的深情使她感到晚年非常溫暖。她的癱瘓是無法治癒的，不論如何治療照料，她也是一天不如一天，但她本人卻感覺不到。

然而，泰蕾絲和勞倫特卻過著雙重生活。他倆似乎都有雙重的人格：每當黃昏降臨，他們成了一個神經質的、杯弓蛇影的人；而一當太陽升起，他們又變成了一個麻木不仁、健忘的、心情舒坦的人了。他們過著兩種生活，他們單獨相處時，便直喊煩惱；但有外人在場時，他們又會和顏悅色。在公共場合下，他們的臉從不露出痛苦的神色，但就在前不久，當他倆單獨在一起時卻爲痛苦所折磨。他們顯得很安詳、幸福，本能地掩飾了他們的隱痛。

在白天，看見他倆如此平靜的人，怎麼也想不到，每天夜裡，幻覺會把他們折磨成什麼樣子。人們會把他們當成天生的一對佳偶，生活是十全十美的。格里維俏皮地稱他倆是「一對鴛鴦」。每次熬夜後，他們的眼眶現出一道黑圈時，他就拿他們開玩笑，詢問何時應得貴子。於是，在場的人都大笑一通，勞倫特和泰蕾絲臉色微微變白，只是硬著頭皮笑笑，他們對老職員放肆的玩笑早習已爲常。

只要大伙待在餐室裡，他們就還能控制住自己的恐懼心理，而一旦他倆關在臥室時，任何人也猜不出在他們身上發生的可怕變化。特別在禮拜四晚上，這種變化總是十分明顯，彷彿沒有回天之力是不能完成此舉的。他們夜晚的悲劇，就其奇特性和原始衝動性而言，超過了任何宗教信仰，並且深深地隱藏在痛苦的內心深處。即使他倆說出隱衷，別人也認爲他倆是在發神經。

「這對情侶多麼幸福啊！」老米歇爾經常這麼說，「他們不大談心，但不等於他們不在想。我敢打賭，我們不在時，他們會如膠似漆的。」

這就是外界的看法。有時，泰蕾絲和勞倫特甚至被看成是一對模範夫婦。整個新橋長廊的人都慶賀這對夫婦情深意篤、生活美滿，有過不完的蜜月。只有他倆才知道，卡米耶的屍體橫臥在他倆之間，也只有他倆才感受到，他們的臉表面上是平靜的，內心卻在痙攣著，一到夜裡，他們就會變得面目猙獰，那種安詳、寧靜的表情，就會變成了一張醜陋而痛苦的臉譜。

第二十五章

四個月後，勞倫特想撈取他結婚時自許的一些好處了。倘若不是爲了自身的利益才羈絆在長廊的這家店裡的話，他可能在婚後第三天就會拋棄他的妻子，逃避卡米耶幽靈的糾纏了。他之所以能熬過一個個恐懼的夜晚，讓自己受盡煩悶之苦，就是爲了保持他犯罪帶來的一些利益。倘若離開泰蕾絲，他又會陷入貧困，不得不保留職務；反之，倘若待在她旁邊，他就能滿足好吃懶做的慾望，靠著拉甘太太放在她姪女名義上的一些年息，飽食終日而無所用心。

可以設想，倘若能取得這四萬法郎，他是會攜款潛逃的，可是，太太聽從了米歇爾的勸告，多了一個心眼，在契約裡維護了她的姪女的利益。因此，一根強有力的紐帶把勞倫特和泰蕾絲連繫在一起了。他想至少要讓自己過上一種悠閒愜意的生活，吃得好、穿得暖，袋裡有足夠的錢可任其揮霍，以此來抵消那些夜晚的痛苦。也僅爲此，他才同意與溺死鬼共睡一床。

一天晚上，他向拉甘太太和他的妻子宣布，他已提出辭呈，兩個禮拜後，他就要離開他的機關了。泰蕾絲做了一個驚慌的手勢。他又趕忙補充說道，他即將去租一個小畫室，再重操舊業。他長時間地申訴理由，說他對他的工作如何厭惡，藝術將會給他打開多大的眼界。現在，他手頭上有點錢了，他可以試試運氣，他想看看自己能否幹出一番事業來。他就這個話題說了一大串獨白，其實內心只是掩蓋了他想恢復原有的畫室生活方式的放縱慾望。

泰蕾絲噘起嘴，一言不發，她不能同意勞倫特依靠她自己的這點私蓄坐吃山空，這點錢能保證她獨立的人格。她的丈夫不斷向她提出問題，逼迫她同意，她卻回答得很乾脆。她讓他懂得，倘若他不去上班，他便身無分文，也就是要完全依賴於她了。她說話時，勞倫特目光銳利地逼視著她，她有點兒慌亂了，拒絕的話到了嘴邊也沒能說出來，她彷彿從她同謀的眼神裡看出了這個殺氣騰騰的想法：「假如你不同意，我把一切都說出來。」便開始打結吧了。

這時，拉甘太太大聲說道：她的好兒子的要求是絕對正確的，應該讓他有成才的機會。好心的太太寵慣勞倫特，就如她以前寵慣卡米耶一樣；小伙子對她的一片深情使她感動至極，她已被他擄獲，她將永遠聽他的話。

於是，事情就這樣定下來了：勞倫特去租用一間畫室，他將領取一百法郎用於各項雜費開支。家用帳分配如下：店鋪做生意的贏利就付店鋪和住家的房租，餘下的支付日常開銷將在兩千幾百法郎的年息裡支取，年息所餘的錢款作爲公用資金。這樣安排就無需動用本錢了。泰蕾絲稍稍放心一些。她讓她的丈夫發誓決不把開支用過頭；再則，她心想，勞倫特沒她的簽名是拿不到四萬法郎的，她暗下決心不在任何字據上簽字。

翌日，勞倫特在瑪扎里納街的下沿租了一間小畫室，他早在一個月前就看中了。他想遠離泰蕾絲，安安靜靜度過白天，所以他在找到一個安身之所前不願離開他的職位。兩個禮拜後，他向他的同事道別了。格里維對他離職很不理解。照他的說法，一個前途無量的年輕人，工作才四年，掙的工資就與已有二十年工齡的他掙得一樣多了，怎麼會離職！當勞倫特告訴他，他就要以全部精力投入繪畫之後，他更加大惑不解了。

這位藝術家終於在他的畫室落腳了。這間畫室是一間幾乎呈正方形的閣樓，長與寬均在五、六公尺左右，頂棚是傾斜的，坡度很大，斜坡上開了一個大大的窗口，一束強烈的白光從窗外射進來，照在地板和黑乎乎的牆壁上。街上的嘈雜聲傳不上來，房裡靜悄悄的。灰白色的房間朝天開了一個天窗，就像一個洞穴，一個用灰色粘土包裹著的地窖。

勞倫特好歹在這地窖裡放了幾件家具；他帶來了兩張沒有草墊的椅子，一張桌子，他把它靠著牆，否則便會倒下來，一個舊碗櫥，還有顏料盒和他以前的畫架。屋內唯一的奢侈品，便是一張大沙發，那是他花了三十法郎在一個舊貨商那裡買下的。

他在屋裡度過了兩個禮拜，一次也沒想過動用他的畫筆。他在八、九點鐘時到達，抽著煙，躺在沙發上，等著中午到來，上午他還挺高興的，心想天還長著呢。到了正午，他去吃午飯，飯後又匆匆忙忙返回，獨來獨往，省得看見泰蕾絲蒼白的臉。到了畫室，他靜靜地讓胃消化著，一直睡到天黑。他的畫室成了一個安樂窩，他身居其中不會發抖。

一天，他妻子向他提出要看看他偏愛的那個窩。他沒答應，但是，她不顧他的拒絕，還是去叩門了，他並沒開門。晚上回去他對她說，他在羅浮宮整整待了一天。他擔心泰蕾絲會把卡米耶的幽靈也帶進來。

他終於也閒得發慌，他買了一塊畫布和一些顏料開始作畫了，他既然沒有錢雇用模特兒，就決定隨意畫畫，考慮不到自然美了，他畫一個男人的頭像。

再說，他也不是成天待在畫室裡，每天上午，他工作兩、三小時，而整個下午則在巴黎和市郊遊蕩。有一次，他長途散步回家時，在法蘭西研究院門口遇到了他以前的一個同學，這同學在最近的畫展上得到了巨大的成功。

「啊哈，是你！」畫家驚呼道，「唷！可憐的勞倫特，我簡直認不出你來了。你瘦了。」

「我結婚了。」勞倫特窘迫地回答道。

「結婚了！怪不得你完全變樣了……你現在幹什麼呢？」

「我租了一間小畫室，我上午畫一會兒。」

勞倫特三言兩語把結婚前後敘述了一遍，接著，他又激動地說了一通對未來的打算。他的朋友驚訝地看著他，使勞倫特有些迷惑和不安。事實是畫家在泰蕾絲的丈夫身上已找不到他以前認識的那個笨拙而平庸的小伙子的形象。他似乎覺得，勞倫特的舉止高雅了，臉瘦削下來，並且變得嫩白，身體也顯得更神氣、輕盈些。「你變成一個漂亮的小伙子啦，」藝術家不禁大聲說，「你倒像個大使，這是最時髦的。那麼你屬於哪一家畫派呢？」

畫家對勞倫特認眞打量了一番，使他很不自在，但他又不敢驟然離開他的朋友。

「你願到我的畫室去坐會兒嗎？」他最後看見他的朋友沒有告別的意思就提出了邀請。

「非常樂意。」那朋友答道。

畫家對他方才觀察到的變化並沒聯想到什麼，他很想去看看他老同學的畫室。當然，他爬六層樓可不是去看勞倫特新的傑作的，可肯定地說，這些作品會使他噁心。他唯一的願望是滿足自己的好奇心。

他登上他的畫室後，只是朝掛在牆上的油畫掃了一眼，他更奇怪了。牆上掛著五幅習作中兩幅是女人的頭像，三幅是男人的頭像，畫筆遒勁，色彩凝重而堅實，在淡灰色的底面上，每一筆都塗得十分精彩。藝術家快步走過去，驚呆了，他甚至沒想掩飾他的驚奇。

「是你畫的嗎？」他問勞倫特。

「是我，」勞倫特答道，「我將要畫一幅大油畫，這些都是小樣，先作些準備。」

「哎呀，別扯遠啦，眞是你畫的嗎？」

「啊，是呀！怎麼不是我呢？」

畫家沒敢把話直說。他心想：「因爲這些畫是出於藝術家之手的，而你僅是一個蹩腳的學徒罷了。」他在習作前默默地看了良久。不言而喻，這些習作尙幼稚，但很有些新意，特徵也很明鮮，說明作者有強烈的藝術感染力。彷彿這些畫都是有生命力的。勞倫特的朋友從見過這樣有前途的草圖。等他認眞觀察了這些油畫後，他轉身對勞倫特說道：「坦率地說吧，我以前可沒想到你能畫得這樣好。你的才華是哪兒學的呢？一般來說，這是學不會的。」

說完，他又仔細端詳起勞倫特來。他覺得勞倫特的嗓音變得柔和，姿態也優雅了。這人身上多了一些女人的氣質，感覺也靈敏、細膩了。他猜不透是什麼神奇的力量使這人發生這麼大的變化。毫無疑問，殺害卡米耶的凶手身上產生了一種奇異的現象。理智的分析是達不到如此深度的。勞倫特的身心經受了巨大的生理失調的衝擊後，如同他能變成一個膽小鬼一樣，或許也能變成一個藝術家。

以前，他的身體笨重，呼吸時粗聲粗氣的，體魄健狀，血氣方剛，不能做到心明眼亮；眼前他瘦了，變得易受驚嚇，動輒驚惶不安，感覺靈敏而銳利，並且變得神經質了。他過了一段恐懼的生活，思想正處於極度興奮的狀態中，並且出神入化，迸發出天才的火花。某種道德上的病症，以及他身心的神經上的病症，都奇異清晰地發展了他身上的藝術官能。

自從他殺人後，他的肉體彷彿變輕了，他昏亂的頭腦彷彿變得開闊多了，他的思維突然延伸出去，奇妙的構思，詩人的幻想都不期而至了。這樣他的動作敏捷作品變美；驀地，畫面也具有了個性和生命的活力。

勞倫特的朋友也不想多琢磨這位藝術家是如何產生的，他迷惑不解地告別了。走前，他又看了看油畫，對勞倫特說：

「我只是挑剔你一處，就是所有這些頭像彷彿是一個臉譜。這五個人頭很像。女人臉上的線條太有力了，倒有點兒像整過容的男人……你得明白，倘若你想藉用這些草圖來創作一幅油畫，必須得改畫幾張臉，你的人物都是親兄弟，這要讓人笑話的。」

他走出畫室，在樓梯口又笑著補充說：「說實在的，我的老兄，看見你很高興。現在，我眞要相信奇蹟了……上帝啊！你成了一個溫文爾雅的人啦！」

他下了樓，勞倫特回到畫室後心裡很亂。剛才當他朋友向他指出，習作上所有的人頭像都是一個臉譜時，他曾猛地轉過身子把變色的臉藏起來。這是因爲他本人早已感覺到這點，雖然那是無心的。他又慢吞吞地走到畫像前，看看這些頭像，一個個審視著，從他的脊梁背上沁出了一顆顆冷汗。

「他說得對，」他喃喃地說道，「他們都很相似……都像卡米耶。」

他倒退了一步，坐在沙發上，始終不能把眼睛從這些頭像上移開。第一個人頭像畫的是個老頭兒，長著長長的白鬍鬚，藝術家覺得在白鬍鬚裡隱藏著的下巴頦和卡米耶瘦削的下巴一模一樣。第二幅畫的是個金髮女郎，這個少女用溺死者的一對藍眼睛注視著他。另外三個人頭像都有著溺死者臉上的某些特徵。卡米耶彷彿化裝成了老頭、少女，雖說由畫家任意打扮，但始終保留著原來面目的基本神態。

在這些人頭像中，還存在著另一種可怕的相像之處：他們一個個都表現出痛苦和恐懼的神色，彷彿在同一種恐怖的情緒下，他們都變得魂不附體了。每個頭像的嘴的左角上都有一條淺淺的皺紋，牽動著嘴唇，使每張嘴變得十分不自然。勞倫特還記得，他在溺死者痙攣的臉上曾看過這條皺紋，現在它成了這一張張臉的共同的醜陋的標誌。

勞倫特明白他在陳屍所把卡米耶看得太久了，屍體的形象在他心中已深深打上了烙印。現在，這個形象到處跟隨著他，即使在無意識中，他的手也會勾勒出這張猙獰的臉上的線條。

畫家仰躺在沙發上，他慢慢地覺得這些頭像在動了。忽然，他面前出現了五個卡米耶，是他親自用那五根手指強有力地勾勒出來的五個卡米耶，並且，更爲驚奇和怪異的是，這五個人中有男有女，年齡不一。他站起來，撕碎了畫布扔到門外。他心想，倘若在他畫室裡去親手畫出無數個他的受害者的肖像的話，他會嚇死在裡面的。

恐懼攫住了他的心，他害怕從此以後，他畫的每張人頭像，都將是溺死者的頭像。他即刻想知道他能否控制住自己的手。他把一塊空白畫布放在畫架上，而後，他用一段木炭只幾筆就勾勒出一張臉譜來。這張臉又像卡米耶。勞倫特刷地把這張草圖抹去，想試畫另一張。他的手指執拗地自作主張，他抗爭著，折騰了個把小時。在每次新的嘗試中，他都畫出了溺死者的頭。他打起精神，竭力想避免畫出自己已熟記在心的線條，但都無濟於事。他還是不由自主地勾勒出這些線條，不得不畫出他的那些掙扎著的肌肉和筋骨。

一開始他飛快地把輪廓一蹴而就，然後再仔細運用炭筆，但結果都是一樣的：卡米耶那猙獰而痛苦的臉始終出現在畫布上。藝術家先後勾勒出一張又一張不同的人頭像。他們之中有天使、帶光圈的貞女、頭戴鐵盔的羅馬武士、長著一頭金黃色頭髮和臉上紅撲撲的孩子、傷痕累累的老強盜等等，然而，溺死鬼總是一再重現，他也先後變成了天使、貞女、武士、孩子和強盜。

這時，勞倫特乾脆去畫漫畫。他誇大了特徵，勾勒出嚇人的輪廓，創作出粗陋不堪的頭像，其結果，他只是把那受害者的一個個驚魂攝魄的畫像變得更可怕了。最後，他就畫一些動物，貓狗之類，連貓和狗也多少有些像卡米耶。

勞倫特內心狂怒了。他想到了那幅大油畫，絕望之中，一拳把它捅破。眼前，再也沒什麼傑作可想了，他心裡明白，此後，他除卡米耶的腦袋外什麼也畫不成了，正如他朋友對他說的那樣，只能畫出大同小異的臉譜，讓人看了發笑，他想像出他的所謂傑作會是什麼樣子，他看見，在這些人物中——無論是男女，肩膀上都安著一顆溺死者蒼白而驚恐的臉；他幻想出來的怪異景象非常可笑，不堪入目，他傷心極了。

因此，他不敢再工作，生怕一動畫筆就讓他的被害者復活。倘若想在畫室裡平平安安地度過，他就得永遠不在裡面作畫。當他想到，他的手指總是無意識地、不可避免地不斷再現卡米耶的肖像時，他更恐怖地看著自己的手。他覺得，這隻手不再屬於他的了。

第二十六章

拉甘太太身上潛伏著的危機爆發了。幾個月以來，麻木沿著她的四肢發展，始終在壓迫著她，突然，一直麻木到她頸脖，她全身癱瘓了。一晚上，正當她和泰蕾絲、勞倫特安靜地閒聊時，話說到一半，她的嘴張得大大地停住了；她好像覺得有人扼住她的脖子，她想呼喊叫救命，但是她只能斷斷續續吐出一些嘶啞的音節。她的舌頭變成一塊石頭，她的雙手、雙腳僵硬了。她成了啞巴，全身也不得動彈了。

泰蕾絲和勞倫特站起來，看見婦女服飾用品店老板娘在幾秒鐘之內變成這樣，如雷轟頂，嚇壞了。她僵硬了，用哀求的目光注視著他們，他們就向她問這問那，想知道她痛苦的原因。她答不出來，仍然以極惶恐的目光看著他們。這時，他們明白他們面前只剩下一具活屍，她看著他們，聽他們說，但自己卻說不出來。這個突如其來的變化使他們絕望了，實際上，他們並不怎樣擔心病人的苦痛，他們是爲自己傷心，因爲此後，他們將永遠單獨相處了。

從這天起，這對夫婦的生活變得不可忍受了。他倆守著一個殘廢老人，度過了一個個極其難堪的夜晚，她不再能用她那喋喋不休、顛三倒四的話來平息他們恐懼。她癱在單人沙發裡，像一個包裹或一件東西，而他倆各據餐桌一頭，尷尬而不安。這具活屍不會再離開他倆了，有時，他們竟然把她忘記，把她當成一件家具。這時，夜裡的恐懼又攫住他們，餐室就像臥房一樣變成一個可怕的地方。那裡也有著卡米耶的鬼魂，這樣，每天他們要多受四、五小時的罪。

黃昏一到，他們心裡就開始顫慄，把燈罩往下拉，免得互打照面，並且一個勁地想，拉甘太太就要同他們說話了，她要表示她的存在。倘若說，他倆還把她留在身邊，沒把她除掉，這是因爲她那眼珠還在活動，當他們看見這對眼珠還能轉動和在閃亮時，他們有時還能得到些安慰。

他們總是把殘廢老太太安置在油燈的光亮處，把她的臉照得亮亮的，讓他們抬頭就能看見她。這張蒼白、憔悴的臉在別人看來也許是不忍目睹的，但是他們迫切需要個伴兒，看著她眞是又驚又喜。她像是個死人，臉面已經腐爛，只是有人在這張臉的中間嵌了一對眼珠，只有這對眼珠靈活地在眼眶裡滾動著，而臉頰和嘴都彷彿石化了，紋絲不動，令人望而生畏。

倘若拉甘太太打盹把眼皮垂下時，她的臉就完全變成白色，毫無生氣，與死人無異。泰蕾絲和勞倫特覺得沒有人與他們在一起了，便使勁弄出一些響聲來，直到病人又抬起眼皮，看著他們爲止。他們就這樣逼迫她始終醒著。

他們把她當成一件消遣物，使之不陷入惡夢之中。自從她癱瘓後，他們就像護理一個孩子那樣照料她了。他們對她關懷備至，強迫自己分心散神。大清早，勞倫特幫她起床，把她抱到單人沙發裡；晚上，他又把她安排上床，她的身體還很重，他得用盡全力，雙臂把她小心地抱起來，再移到別處。轉動沙發椅子的活兒也由他幹。別的事就由泰蕾絲負責：她替病人穿衣服，餵她吃飯，想方設法猜透她想要幹什麼。

頭幾天，拉甘太太的手還能動動，還能在一塊石板上寫出她的需求。不久，她雙手壞死了，不可能再舉手握住鉛筆，自此以後，她只能用目光代替言語，她的姪女必須猜出她需要什麼。少婦承擔了護士的工作，她必須身心並用，這對她反而更好。

這對夫婦為了避免單獨相處，從大清早就把好心老太太的單人沙發推到餐室裡。他們把她放在中間，彷彿他們的生活少不了她。他們讓她與他們一起進餐，並讓她參加他倆的談話。倘若她表示想進自己的臥室，他們就裝做不懂她的意思。她只有在破壞他倆單獨晤談時才是受歡迎的，她沒有權利獨自相處。

上午八點，勞倫特去他的畫室，泰蕾絲下樓去店堂，癱瘓病人就一個人在餐室裡待到正午。午飯後，她還是一個人待到晚上六點。白天，她的姪女也常上樓來，圍著她忙一陣，看看她需要些什麼。家裡的一些老世交都不知用什麼詞兒來讚美泰蕾絲和勞倫特的德行。

禮拜四的聚會照常進行，拉甘太太照樣參加。他們把她的沙發移近餐桌，從晚上八點到十一點，她一直睜大著眼睛，目光銳利，在客人們的臉上逐一打轉。最初，老米歇爾和格里維看見這位半死不活的太太在場，有點兒窘迫和手足無措，不知如何是好。他們只是微微地表示憂傷，但心裡卻在盤算，有什麼辦法能使自己的悲傷恰到好處。該對這個半死不活的人說些什麼，還是完全不去管她？

慢慢地，他們決定對待拉甘太太像平常一樣，就像什麼也沒發生似的。他們裝成根本不知道她的病。他們與她交談，該問的問，該答的答，不論對她還是對他們自己，該笑的還是笑，決不因這張臉表情麻木而有所氣餒。這是一個古怪的場面，看這些人的神情，就像是在有條有理地與一具雕塑講話，就如小姑娘在和她們的玩偶談心一樣。

癱瘓著在衆人面前直僵僵的，也不說話，大家也照舊閒聊，他們加倍地運用手勢來表示和她談得十分投機。老歇爾和格里維對他們出色的舉止暗自得意，他們這樣做自以爲禮義周全了。再則，他們還避免表達那些惋惜之類的俗套話。拉甘太太看見他們把自己當成一個健康的人，大概受寵若驚了，從此，他們就當她的面尋開心，一點顧忌也沒有。

格里維有一個癖好。他認定他與拉甘太太默契得很好，只要她望他一眼，他就立即明白她想要什麼。這又是一個微妙之處。不過，每次格里維都猜錯了。他常常中斷打牌，認眞注視著她，病人的眼睛雖說始終平靜地看著牌局，但他卻聲稱，她想要這個或那個。經過證實，拉甘太太什麼都不要，或要的完全是另一樣東西。格里維毫不洩氣，他擺出一副得勝者的姿態：「我不是早就對您說了嗎！」幾分鐘後，他又重新開始了。

倘若病人明確表示一個願望時，這便又是另一碼事了，泰蕾絲、勞倫特和客人們都先後說出她所希望的東西，格里維還是嘩衆取寵，猜得根本不對。他腦子裡想起什麼就說什麼，他猜的總是和拉甘太太所期望的相反。但是，他仍然大言不慚地一說再說：

「我嘛，我看她的眼神就如我看書一樣清楚。聽著，她對我說，我猜得對……對嗎？親愛的太太……是啊，是啊！」

應該說，要猜中好心的太太想要什麼也不是一件簡單的事，只有泰蕾絲掌握了這門學問。太太雖還活著，但已活埋在這具死亡的軀殼裡了，她那深藏不露的想法，泰蕾絲猜起來還是駕輕就熟的。這位可憐的太太活得夠長的，雖說已退出了人生舞台，但對生活還是熟門熟道的，那麼在她身上究竟發生了什麼事呢？

她看得見，聽得見，判斷事理大概還很清晰、明瞭的，不過，她不會動，說不出話，表達不出她內心的想法。也許種種想法會把她窒息。就算她做個動作，說句話就能決定人類命運的話，她也不會把手舉起來，把嘴張開來了。她的靈魂就像那些因誤會而被人活埋的人，到了晚上，他們在地下兩、三公尺處又醒了，他們叫喊和掙扎，但人們在他們身上踩過，聽不見他們悲慘和掙扎的呼叫聲。

勞倫特常常看著拉甘太太，只見她緊抿著嘴，雙手平攤在膝上，整個生命只在她那對活躍而敏銳的眼神裡表現出來。這時，勞倫特心裡總是想：「誰知她一個人在想些什麼……在這個半身入土的女人的腦子裡，大概演過什麼悲劇吧。」

勞倫特猜錯了。拉甘太太是幸福的，她那兩個親愛的孩子對她精心的照料和深情厚意使她深感幸福。她早就夢想過像這樣了此殘生，在眞誠和溫暖的感情中慢慢死去。當然啦，她更希望能說話，感謝她這兩位幫助她平靜死去的朋友。但是，她還是順從地接受了命運的擺布。她一生過著平靜、隱居的生活，她的稟性又溫和，這些都使她沒有過分強烈地感受到沉默和癱瘓所帶來的痛苦。她又成了個孩子，過著無憂無慮的日子，眼睛看著前面，思想回憶著過去。她像個小姑娘似的乖乖地坐在沙發椅子裡，她甚至還回味著其中的樂趣哩！

她的眼神一天比一天溫和且敏銳。她始終能運用自己的眼睛替代手和嘴來要求什麼或表示感謝。她以這種獨特、有魅力的方式來取代失去功能的器官。她臉上的肉鬆軟下來，怪難看的。但在她這張臉上，眼睛卻放出天使般的光芒，異常美麗。自從她那兩片扭曲、不會動的嘴唇笑不出來以後她就用眼睛來笑，目光柔和而親切，在她的雙眸裡掠過一道濕潤潤的光後，黎明的曙光便會升起。世上什麼也比不上她那對眼睛更神奇了，它們就像在這死寂般的臉上微笑著的兩片嘴唇。臉的下半部蒼白無光，全無生氣，上半部卻閃發出神聖的光輝。特別是對她那兩個可愛的孩子，她在平時刹那間的目光裡傾注了她靈魂的全部感激和深情。清晨和傍晚，當勞倫特雙手抱著她移到別處時，她的目光中盈溢著溫情，對他表示出深深的謝意。

就這樣，她又過了好幾個禮拜，等著死神召喚，以爲不會再有什麼不幸降臨到她頭上了。她想她已贖清了她前世的罪孽，但是她錯了。

一天晚上，她挨了致命的打擊——

泰蕾絲和勞倫特把她放在他倆之間的耀眼處，其作用也有限，她的存在並不足以把他倆隔開和解除他倆的苦惱。一旦他們忘記她在場和忘記她在看著他們、聽他們說話時，他們的神經又不正常了，以爲看見了卡米耶，於是便想方設法把他趕跑。這時，他倆嘴裡就嘰里咕嚕的，不知不覺地吐露出一些眞情，久而久之，等於向拉甘太太和盤托出。勞倫特在神經發作時，說話就像幻想症患者似的。突然，瘋癱老太太什麼都明白了。

拉甘太太的臉上現出一陣痙攣，可怕極了，她的面部變化太明顯了，泰蕾絲以爲她即刻就會蹦跳起來，大喊大叫。不一會兒，她的神色又變得像鐵板一樣。更可怕的是，這種類型的衝擊似乎使一具屍體觸了電。在刹那間爆發出來的感覺消失後，女癱瘓病人比以前顯得更頹喪，臉色更蒼白。她的眼睛曾是那麼溫和，現在變得黑森森地異常嚴峻，猶如兩塊金屬。

人間所遭遇的精神上的打擊也莫過於此了。罪孽的現實像閃電般地在癱瘓病人的眼裡掠過，並以迅雷般的速度在她腦中炸開。倘若她能站起來，把積壓在喉頭的憤怒痛痛快快地發泄出來，咒罵殺死他兒子的凶手的話，也許她不會如此痛苦的。但是，當她全聽見了，一切都明白過來之後，她卻仍然不得動彈，說不出話，並且要把痛苦往肚子裡呑咽。她彷彿覺得，他倆把折磨她視爲樂事，堵住她的嘴，不讓她哀號之後，又不斷向她重複著：「我們把卡米耶殺了！」

恐懼和憎恨在她全身瘋狂地奔騰著，但找不到出處。她拚足力氣想把自己從重壓下解脫出來，想放開喉嚨、滔滔不絕地傾吐自己的怨恨，但一切都無用。她感到自己的舌頭冰涼地貼在她的上顎，她終於不能從死亡中自救。她像具屍體，始終僵硬在那裡，她感覺自己已經麻木遲鈍了，被活埋在地下，爲自身所束縛，只是聽見頭頂上一下下沉悶的鏟沙聲。

她內心的劫難就更爲可怕。她有天崩地裂似的感覺，自己完全垮了。她整個一生是悲慘的，她的全部愛、善良以及真情實意驟然都被摧毀並被踩在腳下。她一輩子都過得平平和和的，到了風燭殘年，眼看著就要帶著安寧、幸福的生活信念撒手人寰時，陡然，卻有一個聲音對她吼叫著：「一切都是假的！一切都是罪惡！」她一直以爲看見的盡是愛情和友誼，結果帷幕拉開，讓她目睹了一幅血淋淋的、寡廉鮮恥的場景。

倘若她能大聲詛咒的話，她甚至會罵上帝。上帝把她欺騙了六十多年，把她當成一個溫和、純潔的女孩子，用安寧歡愉的虛假場景使她娛目。因此，她始終是個孩子，傻乎乎地輕信一切，完全看不見現實生活在情慾的血腥污泥裡爬行。上帝的心也不善，他早該把真相告訴她，或者讓她離開人世時仍然天真無知，蒙在鼓裡。眼前，她只有一種選擇，就是死時對愛情、友誼和忠誠全盤否定。世上除了殺戮和奢靡之外，什麼也不存在了。

啊！什麼！卡米耶是在泰蕾絲和勞倫特的合謀下死亡的，而他倆是在無恥私通時蓄謀了這次罪孽的！對拉甘太太而言，她的思想裡有一個深淵，她無法清晰、具體地理順思路，把這件事的來龍去脈搞清楚。她只有一個感覺，就是不斷往下墜落，可怕極了，她彷彿覺得自己墜入了一個陰森森、寒氣逼人的洞穴裡，而她的心卻在想：「我就要在洞底撞得粉身碎骨了。」

首次衝擊之後，在她看來，罪孽太大，似乎不像是眞的。過後，當她回想起以前她無法解釋的一些現象，相信通姦和謀殺確有其事時，她害怕自己快瘋了。泰蕾絲是她一手撫養成人的。勞倫特則是她像慈母般一心一意愛著的，他倆居然就是殺死卡米耶的凶手。這件事好像一個巨輪在她腦子裡旋轉著，發出轟轟的聲響。她想像著一些不堪入目的細節，設想人居然會墮落到如此虛僞的地步，又回憶起他倆的種種假面，簡直成了極其殘忍的諷刺，這時她寧願去死也不願再想下去了。

只有一個天生的、堅定的想法，以磐石般的重量和執拗，碾磨著她的腦袋。她老在思忖：「殺死我的孩子的是我的另外兩個孩子！」因爲她找不到別的想法來表達她的絕望。

她在心理上產生了突變，她盲目地想對自己作一番重新認識，但再也認不清了，在突如其來的報仇雪恥的強烈願望下，她一生中的善心德性已蕩然無存，她只想著報仇。她已經判若兩人，內心一片漆黑，她感到在她那垂死的肉體上一個新的人脫穎而出，此人無情而殘忍，她甚至可以撕咬她兒子的凶手。

她全身癱瘓，完全動彈不得，她明白她是無法跳到泰蕾絲和勞倫特的頸脖子上把他倆掐死的。這時，她只得歸於靜止和沉默，大顆大顆的淚珠慢慢地從她眼睛裡淌下來。還有什麼比靜止和沉默的絕望更令人傷心的呢？她的淚珠一滴滴地順著這張失去生命的臉往下淌時，沒有一條皺紋在活動。這張蒼白無助、死氣沉沉的臉不能盡情地哭泣，只有眼睛在嗚咽，這幕景象眞讓人痛心疾首。

泰蕾絲嚇呆了，憐憫心油然而起。

「讓她睡覺吧！」她指著她的姑媽對勞倫特說。

勞倫特趕忙把病人的坐椅推到她的臥室裡。過後，他又彎下腰用雙臂把她抱起。這時，拉甘太太希望有一根有力的彈簧能把她扶正，她作了最大的努力。上帝也不該允許勞倫特把她摟在他懷裡哪，她想，倘若他果真如此厚顏無恥、無地不容的話，雷也會把他劈死的。但是，既沒有彈簧支撐她，上天也沒讓雷打下來。她像一包內衣似的，仍然有氣無力地任人擺布。她任憑殺人犯抓住、抱起，再移動位置，她像散了架似的，軟綿綿地由卡米耶的凶手抱著，她感到非常恐慌。她的頭側枕在勞倫特的肩膀上，她恐懼地睜大了雙眼注視著他。

「行啊，行啊，好好看著我吧，」他輕聲說道，「你的眼睛總不會把我吃掉吧……」

說著，他猛地把她摔在床上。病人倒在床上便暈過去了。她最後一剎那的想法是恐怖和厭惡的。從此以後，她早晚都要忍受勞倫特用雙臂邪惡地摟抱她。

第二十七章

這對夫妻在極度的恐懼心理下，才當著拉甘太太的面吐露心聲和道出眞相的。他們兩個都不是殘忍的人，倘若他們無需保持緘默也能確保安全的話，他們本來也應出於人道，避免像這樣把事情洩露出來的。

禮拜四又到了，他倆都感到異常不安。早上，泰蕾絲問勞倫特，晚上把拉甘太太留在餐室裡是否安全，因爲她什麼都知道了，會傳出去的。

「算了吧！」勞倫特答道，「她動個小指頭都不可能，怎麼會說這事？」

「也許她能想出個辦法來，」泰蕾絲答道，「自從那晚以後，我從她眼神裡看出她有個既定的想法。」

「不會的，你看，醫生對我說她一切都完了。倘若她還能再次開口的話，就是她臨終前咽下最後一口氣的當兒……她活不多久了，算了吧。要我們動腦筋，阻止她今晚和我們在一起，才叫傻瓜哩……」

泰蕾絲顫慄了。

「你不理解我的意思，」她大聲說道，「哦！你講得對，已經流過那麼多血了……剛才我想對你說，我們可以把我的姑媽關在她自己的臥室裡，並且藉口說她不舒服，睡下了。」

「我沒錯，」勞倫特接著說道，「不管怎樣她總是這個笨米歇爾的老朋友，他一定會走進她臥室去看看的……這才是眞要我們送命哩。」

他猶豫了一下，想裝得鎭靜一些，但內心又不安，說話支支吾吾起來。

「最好……聽其自然吧。」他繼續說道，「這些人笨得像頭鵝，她說不出話，再有個失望的表示，他們肯定也不會懂的。而且，他們不會疑心什麼，因爲連個蛛絲馬跡都沒發現。一旦證明沒事了，我們以後也不必這次失誤愁眉不展……你看著吧，什麼事也沒有的。」

晚上，當客人們到齊後，拉甘太太還是坐在壁爐和餐室之間的老位置上。勞倫特和泰蕾絲用和顏悅色的樣子來掩飾他們的恐懼心理，焦慮地等待著那段不可避免要來的插曲。他們把燈罩壓得非常低，只有桌面上的漆布被照著。

來客三三兩兩地閒聊了一陣，這照常是開牌的前奏曲。格里維和米歇爾少不了要向癱瘓老人詢問健康狀況，他們自問自答，十分動聽，這些都是他們講慣的套話。問候之後，這伙人就顧不上這位好心的太太了，大家高高興興地一頭軋進牌局裡。

自從拉甘太太知道了這件驚人的秘密之後，她就萬分焦急地等待這天晚上到來。她早已積蓄了最後的力量，準備揭發這兩個罪人。直到最後，她都在擔心不能參加這次牌會，她想勞倫特要把她消滅掉，有可能把她殺了，最低限度會把她關在臥室裡的。當她看見他們把她安置在餐室裡，和客人待在一起時，她心裡高興極了，心想她就要動手爲她兒子報仇了。她知道她的舌頭沒用，就想試用一種新的語言。

她以驚人的意志力，終於使她的右手多少能活動一些，能把它從她膝蓋上微微抬起一點，平時，她總是把手平放在膝蓋上，一點也不能動。之後她又把手慢慢地沿著前面餐桌的一隻腳往上移，終於放到餐桌的漆布上了。她在桌上無力地晃動著手指，彷彿是爲了引起別人注意似的。正當牌友們發現在他們之間有隻毫無血色、毫無生動、軟綿綿的手之後，都感到十分驚詫。格里維得意洋洋地要出一張雙六牌時，臂膀懸在半空停住了。自從病人受到那次打擊以來，她就再也沒有挪動過雙手。

「噫！您看哪，泰蕾絲，」米歇爾大聲叫道，「拉甘太太在搖動手指頭了……她大概想要什麼東西吧。」

泰蕾絲沒有回話，她和勞倫特的目光一直緊隨著癱瘓者艱難的動作，她看著她的姑媽這隻手在強烈的燈光下顯得特別地蒼白，就像一隻即將會開口說話的復仇的手。兩個兇手氣喘吁吁地等待著。

「當然啦！是啊，」格里維說，「她想要什麼東西……哦！我們彼此都十分了解……她想玩骨牌……喂！是嘛，親愛的太太？」

拉甘太太做了一個否定的手勢。她拚足了力氣伸出一個手指，把其餘的手指彎起，然後開始艱難地在餐桌上勾劃字母。還沒等她勾出幾筆，格里維又神氣活現地叫起來：

「我懂了，她說，我出雙六這張牌是對的。」

拉甘太太向老職員狠狠瞪了一眼，又自顧自寫下去。可是，她每勾一劃，格里維就打斷她，大聲說她不用再寫了，他早就懂了，於是又出了一次洋相。最後還是米歇爾制止了他。

「活見鬼！您就讓拉甘太太寫下去嘛。」他說道，「說吧，我的老朋友。」

說完，他認眞地看著漆布，彷彿在側耳恭聽別人說話一樣。但是，癱瘓病人的手指沒勁了，每個字，她要寫上十幾次，即使寫成了也是東歪西倒的。米歇爾和奧利維埃俯下身子，認不出來，又逼迫她再重寫頭幾個字母。

「啊！行了，」奧利維埃突然大聲說道，「這一次我能讀了……她剛才寫了您的名字，泰蕾絲……看吧！『泰蕾絲和……』寫下去，親愛的太太。」

泰蕾絲恐懼極了，差一點要喊出聲來。她看著她姑媽的手指在漆布上移動，好像覺得這幾個手指用火一般的字母勾勒出她的名字和罪行。勞倫特嗖地站起來，心裡盤算著是否向拉甘太太撲過去，把她的胳膊擰斷。他以爲一切都完了，他看見這隻手又復活了，並正在披露卡米耶慘死的眞相，他頓時感到自己受到了懲罰，全身發冷，身子在往下沉。

拉甘太太一直寫下去，不過動作越來越遲緩了。

「很好，我看得很清楚，」過了會兒，奧利維埃看著這對夫婦接著說道，「您的姑媽寫了你倆的名字：泰蕾絲和勞倫特……」

太太不住地點頭，向殺人犯瞥了幾眼，把他倆嚇昏了。隨後，她想寫完。但是，她的手指僵直了，她憑她那堅韌無比的意志曾使她的手指動起來，現在力氣已消耗殆盡，她感到麻木症狀沿著她的胳膊在向上蔓延，又重新控制著她的手腕。她加快速度，又寫了一個字。

老米歇爾大聲說道：

「泰蕾絲和勞倫特曾經……」

奧利維埃趕緊問道：

「他們曾經什麼，您那兩個親愛的孩子？」

這兩個殺人兇手嚇瘋了，幾乎要替她大聲把話講完。他們以專注和迷茫的目光盯著這隻復仇的手，突然，這隻手痙攣了一下，癱倒在餐桌上，繼而，向下滑，順著病人的膝蓋又垂落下來，就像一堆死肉。她又全身癱瘓了，懲罰已停止。米歇爾和奧利維埃又坐下來，非常洩氣，泰蕾絲和勞倫特興奮至極，他們感到血在胸膛裡洶湧著，有點支持不住了。

格里維很生氣，因爲別人不信他的話。他想，他要把拉甘太太沒說完的話說完，以挽回他的威信。他看見衆人紛紛在猜測這話的含意，便說道：

「這已很清楚了，我從拉甘太太的眼神裡便猜出整個句子。我嘛，我根本不需要她在桌子上寫字，我只要看一眼就夠了……她想說：『泰蕾絲和勞倫特對我可好啦！』」

這下格里維大概該慶幸他的想像力了，因爲所有的人都同意他的看法。客人紛紛對這對夫婦頌揚一番，他們對這位好心的老太太委實太好了。

「這倒是無疑的，」老米歇爾一本正經地說，「拉甘太太的兩個孩子對她的關懷是無微不至的，她想在此表示感謝，全家都有光彩啊！」

說完他拿起骨牌，又補充了一句：

「行了吧，繼續玩牌。我們打到哪兒啦？我想是格里維打出雙六吧。」

格里維打出了雙六。於是大家又痴痴呆呆、神情痲木地繼續玩牌。

拉甘太太看著她自己的手，陷入絕望的恐怖中。剛才她的手背叛了她，現在，她感到她的手重得像一塊鉛，再也提不起來。上天不讓卡米耶復仇，他的母親原本可以讓大家了解他被害眞相的，但上天把他母親唯一的手段都剝奪了。不幸的太太心想，她別無他路，只有到九泉之下與她兒子相會了。她垂下眼皮，覺得此後，自己是完全無用了，恨不得自己已被打入到地獄中才好。

第二十八章

泰蕾絲和勞倫特婚後兩個月來，心情始終是焦慮不安的，他們無法擺脫出來，他們相互折磨著。因此，他倆心中的仇恨在慢慢地增長著，最後，他們各自向對方惡狠狠地瞪眼，目光裡影影綽綽地潛伏著殺機。

仇恨不可避免地來到了。以往，他倆像原始人般相愛著，感情激烈，熱火朝天；接著，他們因犯罪而神經過分緊張，愛情變成了懼怕，他們親吻時都感到陣陣的恐懼。眼前，他們的婚姻，共同的生活只是徒增痛苦，於是怒不可遏地反抗了。

這是一種深仇大恨，具有極其可怕的性質。他們明顯地感到相互妨礙著，他們心想，倘若他倆不是老待在一塊的話，會過上安安穩穩的日子的。當他們在一起時，覺得有塊巨大的石頭把他們壓得喘不過氣來，他們早就想把這塊石頭搬走，消滅掉。他們緊抿著嘴，暴力的思想在他們亮閃閃的眼睛裡掠過，他們都渴望把對方吞食了。

實際上，折磨著他們的是因爲他們對自己的犯罪行爲生氣，他們的生活將永無寧日而感到傷心絕望。他們感到禍根是根除不了的，因爲害死了卡米耶，他們會痛苦終生，想到要終身受苦，便怒氣衝衝了。他們不知道向誰洩恨，於是便相互怨怪，彼此憎恨。

他們不願公開承認他們的結合就是對謀殺的致命的懲罰，他倆的內心都在訴說眞言，把他們的過去一一展現出來，可他們拒絕傾聽心聲。不過，在他激動、狂怒的時刻，他們都非常明白發怒的原因何在，他們出於極端自私幹下的殺人勾當是滿足一己的私慾，然而，殺人只能給們帶來一種絕望而無法忍受的生活，他們猜得出自身狂怒的緣由。他們記憶猶新，知道他們所期望的奢靡而平靜的幸福生活是不切實際的，這是造成他們悔恨的唯一根由。

倘若他們眞能親親熱熱、過上和和平平的日子，他們就決不會老惦記著卡米耶，犯罪後也會舒坦了。但是，他們害怕地想著恐怖和厭惡將把他們帶向何方？他們只看見一個痛苦、可怕的前景，一個不祥、狂暴的結局。於是，他們便像兩個將被人捆綁在一起，而自身又掙脫不了對方的仇敵，肌肉和神經都處於緊張狀態，他們僵持著，終於不能解脫出來。

後來，他們明白他們永遠也擺脫不了對方的擁抱，捆綁著他們的繩索在切割著他們的皮肉，他們挨在一起彼此都感到噁心，並且厭惡感每分鐘都在增長。他們忘記了把他們捆綁在一起的是他們自己，於是，再也忍受不住了，彼此猛烈地指責，相互咒罵著，以叫喊和責備來痲醉自己，以爲這樣心裡便好受些，並能醫治他們自己撕破了的傷口。

每天晚上，他們都要吵鬧一番，好像這兩個兇手在尋找時機發作一番，鬆懈一下各自繃緊了的神經。他們相互窺伺著，用目光相互打量，探索著對方的傷口，尋找每個傷口的最痛處，強烈地渴望對方發出痛苦的吼叫聲。他們就像這樣，永遠激動著、憤怒著，對自己厭倦了，每當聽到對方的一句話，看到對方的一個手勢、一個眼神，都要痛苦、狂怒一陣。

他們的全部身心都準備著施行暴力，對方稍有急躁時，哪怕是最一般的矛盾，都會在他們紊亂、失調的思想裡異常地擴大開來，而且突然變得非常強烈。一件無足輕重的事也會掀起一場風暴，並且持續到次日。菜燙了一點，窗子被打開了，否認一件什麼事，或表示了一點異議都足以使他們發作、瘋狂一陣。

而每當他倆爭吵時，他們總是把溺死者提在前頭。你一句我一句，最後，他們也總是指責對方要對聖烏昂地區淹死人的事負責，這時，他們面紅耳赤，亢奮上升至癲狂。這些場面外人是看不下去的，他們氣急敗壞地捶胸頓足、亂叫亂嚷，厚顏無恥地濫施淫威。

平常，泰蕾絲和勞倫特是在飯後發作的，他們把餐室門關著，不讓他們的狂叫聲傳出去。這間屋子就像一個地窖，燈火下泛著淡黃色的光。他們待在裡面，可以隨心所欲地折磨對方。在安寧、靜謐的氣氛裡，他們的叫聲顯得更加冷酷、驚心動魄。只有在他們累垮時才偃旗息鼓，也僅僅到了那時，他們才能去享受幾小時的休息。對他們來說，爭吵變成了一種需要，彷彿成了一種麻醉神經、進入睡眠的手段了。

拉甘太太聽著他倆鬧。她自始至終坐在沙發椅子裡，雙手搭在膝蓋上，頭伸得筆直，面部毫無表情。她什麼都聽進去了，她那麻木的肉體沒牽動一下子，她的一對眼睛死死盯在這兩個兇手身上。她的犧牲大概也是慘重的。她就這樣一點一滴地了解到卡米耶溺死前後的全部經過，漸漸地，她也認識到這兩人居然是如此骯髒卑鄙、罪孽深重，她以前還把他們稱為親愛的孩子哩。

這對夫婦間的吵架使拉甘太太了解到所有的細節，並且把這個惡性案件的所有情景都一幕幕地在她受到驚嚇的思想裡展現出來。她在這血腥、骯髒的勾當裡陷得愈深，就愈是忍受不了，她以為恥辱也莫過於此了，可是好戲還在後面。每天晚上，她都了解到一些新情況。這恐怖的故事總是在她眼前延伸出去，她彷彿覺得自己墮進一個沒完沒了的惡夢中。

最初的眞相是突然披露出來的，已經讓她受不了，可是，這對夫婦在衝動時，又不斷透露出細節，慢慢地把犯罪經過全部烘托出來了。她就這樣承受著一次次的打擊，使她更加痛不欲生。每天，這位母親會聽到一次兒子被殺的經過，而每過一天，故事就變得更恐怖、更詳盡，聲音傳到她耳朵裡時，就顯得更加殘酷和刺耳。

大顆大顆的淚珠，無聲無息地從這張蒼白的臉上淌下來。有時，泰蕾絲看見這張臉，產生悔疚之意。她向勞倫特指指她的姑媽，用目光懇求他別再說下去了。

「哦！隨她去！」他粗暴地大聲叫喊道，「你很清楚，她不能把我們的事捅出去的……我嘛，難道我比她更好過嗎？我們拿到她的錢了，我不需要拘拘束束的。」

接著，爭吵又繼續下去，激烈、刺耳，彷彿又把卡米耶殺了一次。他們也有憐憫的時候，但當他倆吵鬧時，泰蕾絲也罷，勞倫特也罷，都不敢把心軟下來，去把拉甘太太關在她的臥室裡，別讓她再聽他倆敘述犯罪經過。倘若他們之間不夾著這個半死半活的人的話，他們擔心會把對方殺掉的。與憐憫相比，膽怯占了上風，於是他們就把這無聲的痛苦都強加給拉甘太太，因爲他們需要她在場，靠她保護來對付幻覺。

他們的爭吵都是大同小異的，彼此指責的內容也是相仿的。只要卡米耶的名字一旦說出來，只要他倆之中的一個指責另一個殺了他之後，就會爆發一場劇烈的爭鬥。

一天吃晚飯時，勞倫特正在尋找發火的藉口，他發現玻璃瓶裡的水是溫的，就大聲說，溫水會使他噁心，他要喝涼水。

「我找不到冰塊，」泰蕾絲冷冰冰地答道。

「那好，我就不喝了，」勞倫特接著說。

「這水挺好嘛。」

「水還是熱的，有爛泥味，好像是河水。」

泰蕾絲重複了一句：

「是河水。」

接著，她就嚎啕大哭起來。她又聯想到另一件事了。

「你爲什麼要哭？」勞倫特問道，他料到對方會如何回答，臉色變白了。

「我哭，」少婦抽抽泣泣地說道，「我哭，因爲……你很明白……哦！我的上帝！我的上帝！是你把他殺了。」

「你撒謊！」殺人犯聲嘶力竭地叫道，「你得承認，你在撒謊……倘若說是我把他扔到塞納河裡的話，那是因爲你唆使我去害人的。」

「我！我！」

「對，是你！別裝蒜啦，別逼使我強迫要你承認事實啦。我要你對你的罪行懺悔，並且要你承擔你的一部分罪責。這樣我就安心和寬慰些。」

「可是淹死卡米耶的不是我。」

「是你，不折不扣是你，就是你！啊！你裝成莫名其妙和健忘的樣子。那我可以馬上幫你回憶一下。」

他從餐桌旁站起來，朝少婦傾下身子，臉漲得通紅，衝著她的臉大叫道：

「你在河邊上，記得嗎？我輕聲對你說：『我要把他投到河裡去。』那時，你同意了，你走進小船裡……你看，你不是夥同我一塊把他害了嗎？」

「這不是眞的……我那時瘋了，我不知道我幹了些什麼，可是，我從沒想把他殺了，只有你一個犯了罪。」

這些否認使勞倫特苦惱極了。剛才他說過，當他想到自己有一個同謀心裡就寬慰些，倘若他有膽量的話，他都幾乎想說服自己把謀殺的全部罪責一古腦兒推給泰蕾絲。他甚至想打那少婦，讓她招認她的罪魁禍首。

他開始在房裡徘徊，亂叫亂嚷，神志不清，拉甘太太直勾勾地盯著他看。

「哦！死不要臉的！死不要臉的！」他上氣不接下氣，結結巴巴地說，「你簡直把我逼瘋了……啊！有天晚上，你不是像個妓女一樣，上樓走進我的房裡嗎？你不是把我灌足了迷魂湯才讓我下決心幹掉你的丈夫嗎？你不喜歡他，他像個病歪歪的孩子，每當我到這兒來看你，你不是對我這樣說的嗎？三年前，難道我，我會想到這些嗎？難道我是個拈花惹草的小人嗎？我本來一向過得安安穩穩的，我是個正派人，對誰也沒使過壞。我連個蒼蠅也不打的。」

「就是你殺死卡米耶的，」泰蕾絲也絕望了，執拗地反覆說著這句話，這使勞倫特更加無可奈何了。

「不對，是你，我對你說，就是你，」他狂怒地接口說，「……你看，別叫我惱火了，這樣沒有好結果的……你這個小人，你怎麼不記得了？你像個妓女一樣委身於我，就在那兒，在你丈夫的臥室裡，你煽動我極度縱慾，使我神魂顛倒。你得承認，這是你早就有的安排，你恨卡米耶，你早就存心要殺死他。毫無疑問，你讓我做你的情夫，要我和他發生衝突，把他幹掉。」

「你說得不對，你說的話都是極可怕的……你無權責備我的短處。照你的話，我也可以對你說，在認識你前，我是個守規矩的女人，對誰也不存壞心。倘若說我把你逼瘋還不如說你把我逼得更加失去了理智。我們別爭啦，你聽到沒有，勞倫特……我要責備你的事就更多了。」

「你有什麼可責備我的呢？」

「不，沒有……我沒有把我從自身中解救出來，你利用了我的自暴自棄，你把我的生活糟蹋成這樣反而高興……這一切，我都原諒你……不過，求求你，別指控我殺了卡米耶吧。你的罪惡自己承擔，別再想嚇唬我了。」

勞倫特抬起手想打泰蕾絲的嘴巴。

「打我吧，這樣更好些，」她接著說道，「我反而好受些。」說著，她把臉湊過去。勞倫特忍住了，他端了張椅子坐在少婦的身旁。

「聽著，」他說道，努力使自己的聲音平靜些，「你拒絕承擔自己的一份罪責，這是膽怯的表現。你完全明白，這件事我們是一塊幹的，你也知道我們罪責相當。爲什麼你把自己說成是無辜的，而加重我的責任呢？倘若說你是清白的，你也不會同意嫁給我的。你想想那件事發生後的兩年裡，你是怎麼過來的吧。你要想試試嗎？我馬上把一切都告訴給檢察官聽，你就會看到我們哪個會受到懲罰的。」

他倆都打了一個寒噤，泰蕾絲接著說：

「別人也許會懲罰我，但是卡米耶卻很清楚一切都是你幹的……夜裡，他不會像折磨你那樣折磨我。」

「卡米耶讓我睡得挺安穩，」勞倫特說道，他臉色變白，全身都在發抖，「你才老做惡夢看見他哩，我聽見你在叫喊的。」

「別說這些了，」少婦勃然大怒，大聲說道，「我沒叫喊，我不想讓鬼進來。啊！我明白了，你想方設法把他從你身邊移……我是無辜的！我是無辜的！」

他們四目相視，心驚肉跳，感到非常疲倦，又害怕把溺死鬼引進來。兩人的爭吵總是這樣不了了之，彼此都開脫自己的罪責，千方百計矇騙自己，想趕跑惡夢。他們終於堅持把罪責推給對方，像在法庭上受審似地爲自己辯護，最有趣的是他們始終不能矇騙住自己，謀殺的全部過程都記憶猶新。他們嘴上否定，眼神裡卻表現出心虛。說的都是幼稚的謊言和滑稽的論斷，這兩個壞蛋明明在撒謊，卻又不能掩飾自己的謊言，他們的爭吵無異是痴人說夢。

他們輪番充當原告的角色，雖說他們訴訟從來得不到結果，但每天晚上都要吵一架，而且愈演愈烈。他們懂得這是徒勞的，永遠也抹煞不了過去的事實，但他倆因痛苦和恐懼始終處在亢奮的精神狀態下，鐵面無情的現實又使他們未上陣就敗下來了，但他們樂此不疲、百折不撓。他們從爭吵中得到的最大實惠就是吵鬧一陣子，這樣，至少可以稍稍麻木一下自己的神經。

只要他們在發脾氣和相互指控時，拉甘太太就目不轉睛地盯著他們。當勞倫特舉起那雙大手要打泰蕾絲的腦袋時，她的眼睛裡就閃爍著得意的光芒。

第二十九章

一個新階段開始了。泰蕾絲害怕到極點，她不知道哪兒能找到一個寄托，於是便當著勞倫特的面，爲卡米耶的亡靈嚎啕大哭起來。

她突然感到疲軟無力，她那處於高度緊張的神經鬆弛了，她原是心狠、又易衝動的，現在也變得柔軟乏力了。在新婚的最初日子裡，她的心已經有點軟了。感情就像一股必然的，不可避免的反衝力似的被彈回來了。幾個月來少婦的神經高度緊張，竭盡全力與卡米耶的幽靈進行鬥爭，她一直在暗暗生氣，爲自己所忍受的痛苦憤憤不平，想以自己的意志來治癒內心的創傷。陡然，她心力交瘁，屈服了，並且認輸了。

於是，她又成了一個女人，甚至變成了一個小姑娘，她感到自己沒有勇氣再堅強起來，再狂熱地同恐懼進行對抗，於是就頓生憐憫與悔疚之心，淚水淌淌的，希望在懺悔中求得寬慰。她想在身心的薄弱處中尋找出路，溺死者在她怒火中燒時沒有退縮，也許在她的眼淚面前會讓步吧。她是出於心計才懊悔的，她心想，大概這是安慰卡米耶，並使他滿足的最好辦法了。

泰蕾絲像有些虔誠的信徒一樣，口頭上祈願，態度上裝成可憐兮兮的悔改樣子，心裡卻只想欺騙上帝，從上帝那兒騙得寬宥。她會顯得很謙恭，捶打自己的胸脯，說些反悔的話，內心卻是恐懼和卑怯在作怪。再則，她也願意顯得氣餒、軟弱、精疲力竭和甘受痛苦的樣子，想從中得到一些生理上的快感。

她在拉甘太太面前傷心絕望，哭哭啼啼的，拉甘太太成了她日常的需要，從某種意義上說，她成了泰蕾絲祈禱用的跪凳和器物，泰蕾絲在她面前可以無所畏懼地承認自己的過失，並請求她饒恕。一旦她想哭，或是以啜泣作爲消遣時，他便跪在病人面前又叫又嚎，常常鬧得上氣不接下氣，爲自己演出一場懺悔劇，她演累了心裡就會舒坦些。

「我是個壞人，」她抽抽噎噎地說，「我不配得到寬恕。我欺騙了您，我讓您的兒子去死的。您永遠也不會饒恕我……不過，倘若您看見我是如何悔恨交加、痛心疾首的話，倘若您知道我是多麼痛苦的話，您也許會大發慈悲的……不，別對我憐憫了。我情願在恥辱和痛苦的折磨下，死在您的腳下。」

她一連幾小時地這樣自言自語，從絕望又轉爲希望，自己遣責自己，接著又原諒自己。她說話的聲調就像個多病的小姑娘，時而激奮，時而悲傷，她惱中不斷閃過屈辱、自豪、後悔、反叛等種種想法，因此她隨心所欲地一會兒坍倒在地板上，一會兒又挺得筆直。甚至有時，她忘記自己是跪在拉甘太太的面前，繼續在夢幻中獨白。

她要夠了，便神情呆板地站起來，搖搖晃晃地下樓到店堂裡去。她心裡平靜多了，再也不用擔心會在女顧客面前像發神經似的痛哭流涕了。她若又需要懺悔的話，便急急忙忙地上樓，跪在拉甘太太面前。如此往返每天不下十次。

泰蕾絲從沒想過她的眼淚和斷斷續續的懺悔會給她的姑媽帶來多麼巨大的痛苦。事實是，倘若有人想發明一種酷刑來折磨拉甘太太的話，那麼可肯定說，世人再也找不到一種比她姪女演的懺悔戲更爲可怕的刑罰了。她猜出泰蕾絲在傾訴痛苦中所隱藏著的自私的動機。泰蕾絲總是是時時刻刻強迫她去聽那沒完沒了的獨白，翻來覆去對她說的就是謀殺卡米耶的事，她聽了眞是痛苦萬分。

她不能寬恕，她只有一個堅定不移的想法，就是復仇，正因爲她無能爲力，這個想法就更加強烈，但現在，她整天卻要去聽泰蕾絲祈求她寬恕，聽她卑謙而怯懦的懺悔，這眞是難以容忍。她本來是會回答的，聽了她姪女說的有些話，她眞想狠狠地回敬她幾句，但她不得不沈默，只得讓泰蕾絲爲自己的罪行辯解，永遠也不會去打斷她。

她既不能叫喊，又不能塞起耳朵，她的內心承受著難以形容的磨難。少婦的話慢吞吞地，如怨如訴地一句句鑽進她的腦門，就像在唱一支不堪入目的歌。有時她會想，這對凶手莫不是又生出個什麼殘忍的想法，故意給她施加酷刑吧。她唯一自衛的方法就是當她姪女跪在她面前時合上眼睛，這樣她即使聽得見，但可看不到。

泰蕾絲膽子越來越大，終於發展到去擁抱她的姑媽了。一天，她懺悔到了高潮，她裝作似乎在病人的眼神裡發現了一絲憐憫，便跪著移動上前，邊站起來，邊失魂落魄似的大聲喊道：「您饒恕我了！您饒恕我了！」接著，她又吻了吻可憐的拉甘太太的前額和雙頰，老太太只能把頭往後稍仰些。泰蕾絲的雙唇碰到了一塊冷冰冰的肉，心中大為不快。泰蕾絲想，這種反感也像眼淚和悔恨一樣，是使她的神經鎮靜下來的一種絕妙方法，於是，她每天都抱著悔疚的心情吻抱她的姑媽，以此來寬慰自己。

「啊！您是多麼善良啊！」有時她大聲說道，「我看得很清楚，我的眼淚使您感動……您的目光充滿了憐憫……我得救了……」

說著，她對拉甘太太又疼又愛，把老太太的頭放在自己的膝蓋上，吻著她的雙手，幸福地對她微笑，殷勤地照料著她。過了段時間，她居然相信假戲真做了，她想，既然得到了拉甘太太的寬宥，便和拉甘太太一個勁地談論著，她感到得到她的寬容是多麼幸福。

這對病人可眞是太慘了，她差點沒被氣死。勞倫特早晚都要把她從床上抱起或放下，她心裡已夠厭惡和煩躁的，現在她的姪女來吻她時，她有著同樣的感受。這個壞女人背叛和殺害了她的兒子，現在又恬不知恥地撫愛她，她不得不忍受下來，甚至都不能用手把這個女人留在她雙頰上的吻痕擦掉。總要好長時間，她會一直感到這些吻灼燒著她。

她就這樣成了卡米耶兩個兇手的玩偶，他倆替玩偶穿衣服，擺來擺去，隨心所欲。她在他倆的手掌裡毫無生氣，彷彿她的五臟六腑裡只有一些木屑充塡著，然而，她的內心卻是活的，只要泰蕾絲或勞倫特稍稍觸碰她一下，她就會反抗，肝膽俱裂。最使她痛苦的是那少婦無情的嘲諷，她居然聲稱在她的眼神裡能看出她在發善心，事實上，她都想用目光把這個罪惡的女人殛斃。她經常拚足力氣大叫一聲以示抗議，把所有的仇恨都集中在眼睛裡。

但是，泰蕾絲有自己的打算，她每天要重複無數次說她已受到寬恕，她不願再胡思亂想，只是對她更加盡心。拉甘太太不得不違心地接受這片心意和感激之情。她那變得溫順的姪女把她稱之爲菩薩的化身。爲了報答她，就千方百計對她親熱體貼。此後，拉甘太太和這麼一個變得溫和的姪女相處，心裡有說不出的反感和苦惱，但又無可奈何。

每當勞倫特看見他的妻子跪在拉甘太太面前時，他就粗暴地拉她起來。

「別演戲啦，」他對她說，「我哭了沒？難道我，跪了……你這樣幹只有叫我心裡更亂。」

泰蕾絲的反悔攪得他六神無主，他自己也說不出所以然。他的同謀在他面前拖著步子，哭紅了眼睛，老是苦苦地哀求著，從此以後，他就更加痛苦了。他看見她聲淚俱下，懺悔不迭，內心就更加害怕，越加感到不是滋味，彷彿屋裡老是響著控訴聲；再則，他也擔心有這麼一天，他的妻子在痛悔之餘，把一切向外泄露。

他寧願他仍然是冷冰冰、氣勢洶洶的，氣急敗壞地對他的指責進行辯解。但她已改變了戰術，現在她心甘情願地承認自己的一份罪責，她怨恨自己，樣子既軟弱又膽怯，在這基礎上，以極端謙卑的心情乞求贖罪。她的這種態度激怒了勞倫特，每晚，他們的爭吵就變得更加激烈，更加可怕。

「聽著，」泰蕾絲對她丈夫說，「我們是罪大惡極的人，倘若我們想過幾天安逸的日子，就得懺悔……看吧，自從我哭泣後，我平靜多了。照我的樣子學吧。我們一齊去想，我們犯了一件不可饒恕的罪行，我們罪有應得。」

「呸！」勞倫特惡狠狠地答道，「你愛怎麼說就怎麼說，我知道你詭計多端，又很虛僞。倘若哭能使你寬慰的話，那你就哭吧。不過，我只求你要哭時別妨礙我。」

「哦！你眞壞，你拒絕懺悔。你膽怯，你對卡米耶背信棄義。」

「你想說我是唯一的罪人嗎？」

「不，我不是說這個。我的罪比你的更大。我本該從你手上把我丈夫救出來的。啊！我知道我的罪過有多麼嚴重，可是，我想求得寬恕，並會成功的。勞倫特，你呢？你繼續在絕望中度日……甚至還對我那可憐的姑媽濫發淫威，你從來沒對她說過一句悔疚的話。」

說完，她就去抱吻拉甘太太，後者閉上了眼睛。她圍著拉甘太太轉，把她頭上枕頭墊高些，對她百般疼愛。勞倫特怒形於色。

「啊！讓她去吧，」他吼著，「你沒看見你在場和對她的照料也使她厭惡至極嗎？倘若她能舉起手來，她會打你耳光的。」

他的妻子說得不快不慢、悲悲戚戚的，舉止神情又是那麼溫順謙恭，漸漸地使他莫名其妙地發起火來。他是看透她的用意的，她不願和他牽扯在一起，只想置身界外，用一心一意的懺悔來擺脫溺水鬼的糾纏。

他有時想，也許她是對的，眼淚或許能治癒她的恐懼症。但想到以後自己要獨自受罪和害怕時就不寒而慄。他也想懺悔了，至少逢場作戲試試看，可他既哭不出，也想不出合適的詞；這時他就靠武力來動搖泰蕾絲，激她光火，引誘她與他一塊發瘋。少婦沈溺在自我之中，她不動聲色；他愈粗暴，她就愈做出謙卑愧疚的樣子。就這樣，勞倫特氣得發瘋了。泰蕾絲爲了火上加油，還把卡米耶的德行頌揚一番。

「他的人多好呀，」她說道，「這個好心人對我們從來沒安過壞心眼，我們對這麼個好人眞是殘忍。」

「他是好人，對，我知道，」勞倫特獰笑著說道，「你想說他是呆子，對嗎？你難道忘了你曾說過，他的每句話都讓你生氣，他只要一張口就會說出蠢話來的。」

「別嘲諷啦……你就差再把你親手殺害的人辱　一番了……你一點也不解女人的心理，勞倫特，卡米耶愛我，我也愛他。」

「你愛他，哈哈！這眞新鮮……大概就因你愛你的丈夫才把我當作情人的吧……我還記得有一天，你枕在我的懷裡對我說，你的手指戳進卡米耶的肉裡就像戳進粘土裡一樣，他讓你噁心極了……哦！我明白你爲什麼愛上我。你需要一副比這可憐蟲強壯得多的胳膊。」

「我像個妹妹那樣愛過他，他是我恩人的兒子，具有懦弱的人的一切稟性，他高尚、慷慨、肯幫助人，也溫情……而我們卻把他殺了，我的上帝！我的上帝！」

她痛哭了，變得顛狂起來。

拉甘太太瞪了她幾眼，她聽見對卡米耶的頌詞出自這麼一張嘴，氣憤極了。勞倫特拿這個哭得死去活來的淚人也沒辦法，只得在屋裡橫衝直闖的，想著用什麼良方妙策把泰蕾絲的懺悔壓下去。他聽見別人頌揚卡米耶內心就惶恐不安，十分難受。有時，他聽著他妻子聲嘶力竭的叫喊聲，自己也會上當受騙，眞的相信起卡米耶的美德來，結果就更加恐懼。然而，最讓他生氣和引得他動武的，就是這個寡婦老拿她的前夫與他作比較，而且總說前夫好。

「不錯！是的，」她大聲說道，「他比你強，我眞希望他還活著，而你代他長眠在地下。」

勞倫特開始只是聳聳肩。

「你說也沒用，」她繼續說道，情緒愈加激動，「在他生前，也許我不愛他，但現在，我想起來我還是愛他……我愛他，而我恨你，你不知道嗎？你，你是個殺人凶手……」

「你快住嘴！」勞倫特吼著說。

「他呢，他是個被害者和正直的人，一個無賴把他殺了。哦！我不怕你了……你很清楚，你是一個壞蛋，一個粗暴的人，沒有良心，沒有靈魂。現在，你身上沾滿了卡米耶的血，我怎麼會愛上你的呢？卡米耶對我太好了，倘若殺了你能使卡米耶復活並讓他再愛我的話，我寧願把你殺死，你聽見沒有？」

「你快住嘴，混蛋！」

「我爲什麼要住嘴？我說的都是事實。我用你的血來求得他寬恕。啊！讓我哭吧，讓我去受罪！倘若這個惡棍殺了我的丈夫，這是我的過錯……我得選一個夜晚去吻他安息的土地。這就是我最後的樂趣了。」

勞倫特神志不清了，泰蕾絲在他眼前描繪出一幅幅難以忍受的景象，他氣憤至極，向她撲去，把她翻倒在地，用膝蓋頂著她，把拳頭舉得高高的。

「好嘛，」她大叫道，「打我吧，殺死我吧……卡米耶從沒把手舉在我的頭上，而你呢，你是個惡魔。」

勞倫特被這些話刺痛了，死命地搖她、打她，拳頭往她身上捶。有兩次，他差一點沒把她扼死。泰蕾絲經他一打就癱軟下來，她挨了打，卻嘗到了無限的快感，她聽之任之，湊上去讓他打，想激他打得更重些。這又是緩解她生活中痛苦的一帖良藥，傍晚，假如她被他狠狠揍過了，夜裡，她就睡得好些。當勞倫特把泰蕾絲在地板上拖來拖去，用腳一下下踩在她身上時，拉甘太太就感到無比的快樂。

自從泰蕾絲鬼迷心竅，別出心裁地轉而懺悔並哭悼卡米耶的亡靈後，勞倫特的生活就變得非常的可怕。從此以後，這個壞蛋就和被害人結下不解之緣，只要有機會，他每時每刻都會聽見他的妻子誇耀、懷念她的前夫。卡米耶做過這，卡米耶做過那，卡米耶什麼地方好，卡米耶又是如何愛她的。泰蕾絲的嘴離不開卡米耶，盡說些傷心話，對卡米耶的死痛惜不已。

泰蕾絲使出各種方法來解救自己，盡可能把勞倫特折磨得難受些。她甚至談到與卡米耶卿卿我我的一些細節，敘述她年輕時的種種零碎的往事，又是嘆息，又是惋惜，把日常生活的每件事情都和溺死者聯繫起來。這個死人本來已經常常光顧這個家，這下更是公開進門來了。他坐在椅子上和餐桌前，躺倒在床上，隨意使用散亂四處的家具雜物。勞倫特每動一把叉子、一把刷子或無論什麼東西，泰蕾絲都會讓他感到在他之前，卡米耶已經動過了。

殺人犯老是與他殺死的人衝撞，久而久之就產生一種怪異的感覺，差一點使他發瘋。泰蕾絲老把他與卡米耶進行比較，使他產生了幻覺，以爲自己用的東西，卡米耶早就用過了，以爲自己就是卡米耶，兩者化爲一體了。他的腦袋要炸了，這時，他就向他的妻子猛撲過去，讓她住口，他再也不想聽見這些刺激得他發狂的話語了。每一次爭吵都以毒打而告終。

第三十章

拉甘太太曾有過絕食餓死的想法，免得再遭活罪。她看見這對殺人犯在場心裡就憤慨，她再也不能長期忍受下去，她幻想以死來求得最終的解脫。每天，當泰蕾絲吻她，當勞倫特把她摟進自己的懷裡，並像孩子似地抱著她時，她就更感到苦惱不堪。她決心迴避他們的撫愛和擁抱，這些都使她厭惡至極。既然她沒足夠的能耐爲兒子報仇，就寧願一死了之，讓兩個凶手去玩弄一具屍體。人死了無知無覺，隨他們如何擺布去吧。

她有整整兩天拒絕進食，用盡最後一點力氣把牙關咬得緊緊的，他們把任何東西送進她嘴裡都被吐出來。泰蕾絲絕望了，她心想，萬一她的姑媽歸天了，她對誰去哭、去懺悔呢？她對拉甘太太進行沒完沒了的說教，向她表明她應該活下去。她哭著，甚至動怒了，悔恨又湧上心頭，把拉甘太太的雙顎扒開，就像有人撬開不馴服的野獸的牙床一樣。拉甘太太堅持住了，這是一場可憎的爭鬥。

勞倫特完全保持中立，漠然處之。泰蕾絲像發瘋似地阻止拉甘太太的自殺行爲，使他非常驚詫。眼前，老太太活著毫無用處，他希望她死去。他想把她殺死，但是，既然她自己想死，就沒必要阻止她使用某些手段去死。

「哦！讓她去吧，」他對他的妻子厲聲說道，「丟了一個包袱有什麼不好……她不在了，我們也許日子好過些。」

他在泰蕾絲面前把這句話重複了好幾遍，拉甘太太聽了產生種奇異的感覺。她擔心勞倫特的願望成爲現實，擔心她死後，這對小夫妻眞能過上安逸、幸福的日子。她心想，她要死是怯懦的行爲，在看到這件罪惡的結局之前她沒有權利離開人間。只有當她看見結局後才能入土，在冥冥之中對卡米耶說：「我替你報仇了。」

她突然想到，她倘若自殺，進墳墓時她還是茫然無知的，這時，她的心情就異常沈重；果眞如此，在寒冷和寂靜的九泉之下，她躺在那兒，不知道這兩個劊子手是否受到懲處，來世豈不還要受到磨難嗎？爲了能死得瞑目，她應該享受復仇的無上快樂，應該帶走一個消仇解恨的美夢。於是，她又接受她的姪女送給她的食物，她同意再活下去。

再說，她已看出結局也不太遙遠了。這對夫婦的感情每況愈下。摧毀一切的總爆發已迫在眉睫。泰蕾絲和勞倫特隨時都會暴跳起來，一個比一個氣勢凶。他們不僅在晚上待在一起難受，就是在白天，他們也是在不安和暴躁的心情裡度過的。對於他們，一切變得恐怖和痛苦。他們如生活在地獄裡，相互碰撞得鼻青眼腫，自己的所言所行都是彆扭和冷酷的；他們都感到腳下如臨深淵，彼此都想把對方推入深淵裡去同歸於盡。

他倆都產生了分手的想法，彼此都想過逃跑，遠離新橋長廊，到什麼地方休息一下，這條長廊濕漉漉、粘乎乎的，彷彿就是爲他們絕望的生活作陪襯的。但是，他們不敢、也不能一走了之。相互不再折磨了，不待在老地方受罪和找罪來受，在他們看來也是不可能。仇恨和殘忍已成了癖好。他倆既是相斥又是相吸的，吵架後想分手，但又老湊在一起大吵大罵。

此外，他們如要逃跑也會遇到現實的障礙，如不知怎麼安置病人，也不知對禮拜四聚會的那幫客人如何交待。倘若他倆跑了，他們也許會猜疑出什麼。這時，他們又胡思亂想起來，彷彿看見別人在追　他們，把他們絞死。因此，他們出於膽怯仍留了下來，人雖留下來了，不過是在恐懼之中苟且偷生，境遇是悲慘的。

勞倫特白天不在家時，泰蕾絲就在餐室和店堂之間來回跑著，心情煩躁，神志不清，她一天比一天感到空虛，不知如何使生活充實些。她若不在拉甘太太的腳下慟哭，或她的丈夫不再打她罵她時，她就會無所用心。只要她一人待在店鋪時心裡就悶得慌，她木然地看著人們在骯髒、發黑的長廊上走來走去，她坐在這個黯淡的、散發著棺材味的地窖裡面，眞是愁腸百結。末了，她哀求蘇姍娜白天來和她作伴，她希望這個臉色蒼白、性情溫和的可憐人在自己身旁，也許她會平靜些。

蘇姍娜高高興地接受了邀請，她像個朋友那樣尊敬和喜歡泰蕾絲，很久以來，當奧利維埃去上班時，她就想和她一塊工作。她把手上的針線活帶來了，並在櫃台後面原先拉甘太太坐的空位子上坐下。

打這天起，泰蕾絲就對她的姑媽放鬆些了。她不像往常那樣頻繁地上樓，在太太的膝下痛哭一番，去吻她那張死氣沈沈的面孔。她另有所好。她竭力使自己耐心聽著蘇姍娜不快不慢、嘮嘮叨叨的家常話，聽她說些她那單調生活的瑣碎事。這樣，她就可忘掉自我。有時，她自己也驚奇怎麼會對這些無聊的話感興趣，接著她就會淒涼地一笑置之。

漸漸地，一些老主顧都不上門來了。自從她的姑媽在樓上的沙發上躺倒後，她對店鋪的事不聞不問，貨品蒙灰受潮她也不管，到處瀰漫著霉味，蜘蛛網從天花板上掛下來，地板幾乎從來不擦。此外，讓顧客望而卻步的，還是泰蕾絲的待客的態度。

每當她在樓上挨勞倫特揍或受到驚嚇後，只要店堂上的門鈴拉響，她就急忙地下樓，也無暇把頭髮理一理或把眼淚擦乾。這時，她對等候在樓下的女顧客就特別粗暴，有時甚至不願答理她們，只是在樓梯上回答說她們所要的東西缺貨。她不能以禮待人，當然也就留不住顧客。附近這些女工，平時對拉甘太太和善、親熱的態度習已爲常了，現在看見泰蕾絲生硬的、喪魂落魄的眼光，自然避而遠之。

自從泰蕾絲把蘇姍娜帶著和她一起坐櫃台後，店鋪更是門可羅雀。這兩個年輕女人爲了能嘮嘮叨叨暢談下去，表現出來的架勢就像要把上門來買東西的少數幾個女顧客趕走似的。自此以後，這家婦女服飾用品商店的生意清淡到非但不能貼補一分錢的家用，而且必須動用四萬幾千法郎老本的境況了。

有時，泰蕾絲一出門就是整整一下午，誰也不曉得她在哪兒。她把蘇姍娜召來，大概不僅是爲了有個伴兒，而且還打算在她出門時由她看管店堂。晚上，她回到家裡時疲憊不堪，累得眼圈都變黑，她發現奧利維埃的小個兒妻子仍沒精打采地坐在櫃台後面，微微地笑著，其神情與她五個小時前離開時完全一樣。

泰蕾絲婚後的將近五個月有了件大心事，她可以確定自己懷孕了。她想到要和勞倫特生個孩子，心裡就發慌，但她說不出所以然。她朦朦朧朧地擔心自己會生下一個溺死的孩子。她感到一具支解的腐爛的屍體在她的腹內散發涼氣，無論如何她也要把這孩子流掉，這孩子使她全身冰涼，她不能要他。她什麼也沒對她丈夫說。有一天，她無情地把勞倫特激得冒火，正當他把腳抬起要踢她時，她把肚子挺上去。於是，她的肚子上挨了一腳，差點被他踢死。

次日，她流產了。

勞倫特的日子也很不好過。他覺得白天簡直長得無法忍受，每天他都心神不定、厭倦無聊，而且這種情緒都是一陳不變、有規律性地壓迫著他。他艱難度日，每天晚上，他總會想想白天的一切和不可逃避的明天時，此刻總是顯得憂心忡忡。他心裡明白，從此以後，他的日子不會得到改變，每天都重複著同樣的痛苦。他料想到往後的日子都將是鬱鬱寡歡、無法變更，而且日復一日，年復一年地熬過去，慢慢地窒息而死。

既然他對未來已不抱希望，眼前就更顯得辛酸和醜態。勞倫特已毫無反抗精神，變得灰溜溜的，對一切都抱著虛無的態度，感到萬事皆空。懶散的生活已把他坑了。每天早上，他就出門，不知去哪兒，想到再重做昨天的事情心裡就噁心，然而又被迫重演一遍。

他出於慣性和固執，才去畫室的。這間房間四周的牆都是灰色的，裡面只能望見一塊四方的廣漠的天空，他身臨其境，內心充滿了悲哀和憂傷。他橫臥在長沙發上，兩臂垂著，腦子空空的，他眞的不敢再去握畫筆了。他又曾做過幾次嘗試，每次卡米耶的面容就會在畫布上獰笑。爲了不讓自己發狂，他終於把彩畫盒扔到角落裡，乾脆什麼也不幹了。他徹底的懶惰是被逼出來的，所以心情也沈重得難以想像。

下午，他焦慮地問自己究竟該去幹什麼。他在馬扎里納街的人行道上徘徊了半個鐘頭，苦苦思索，老是不能決定究竟如何去打發時光。他不想再去畫室，最後總是決定往下走，到蓋內戈街去，然後再沿著堤岸蹓躂。

他神情木然，漫無目標地往前走，每當他看到塞納河時，就會打一陣哆嗦，一直捱到天黑。無論他在畫室或大街上，他的心情都是同樣沈重的。翌日，他照做一遍，上午在畫室的沙發上度過，下午就在河邊蹓躂。這樣的生活已過了好幾個月，也許還要拖上幾年。

有時，勞倫特心裡也想，他原本就是什麼也不想幹才殺死卡米耶的，現在，他如願後卻仍要受這樣的罪，眞是百思不解。他逼迫自己去想他是身在福中不知福。他自忖自己不應受罪，他剛剛獲得了最高的享受，可以逍遙度日，不去安安穩穩地坐享現成的快樂才是傻瓜哩。但在事實面前，他內心深處不得不承認，遊手好閒的生活只能讓他終日去想那些不愉快的事，並且使他對這無可挽救的局面更加痛心疾首，這只能更使他苦惱。

懶惰是他以前朝思暮想的野蠻人的生活標準，現在變成對他的懲罰。他偶爾又急切地想找件事來幹幹，讓他分分神，接著，他又聽之任之，無形的命運爲了徹底壓垮他，就捆住他的手腳，結果他又屈從於命運的擺布。

說實在的，只有在晚上，當他毆打泰蕾絲時，他還能感到某種安慰。這時，他才能從麻木的苦痛中自拔出來。

他引以爲最痛苦的事，即肉體和精神上最痛苦之處，還是卡米耶在他的頸脖上留下的傷痕。有時，他居然會想到這個傷疤覆蓋了他的全身。偶爾，倘若他忘記過去的事時，他似乎又感到針扎般的灼痛，於是他在肉體和精神上又勾憶起那次謀殺。他每次照鏡子時，都看見這件事的重演，他以前常常想到這回事，直到現在它還使他心有餘悸，激發之餘，血湧上了他的頸脖，染紅他的傷疤，嚙咬著他的皮肉。

這類傷痕在他身上是有生命的，他的情緒稍激動一下，傷口便會甦醒、變紅，噬咬他，讓他恐懼，也折磨著他。久而久之，他以爲溺死者的牙齒已牢牢長在一頭吞噬他的野獸身上了。他頸上長著傷疤的那塊肉彷彿不是屬於他的，好像是一塊外來的肉，別人把它貼在那裡的；又像是塊有毒的肉，在腐蝕他自己的筋骨。他無論到哪兒，這塊肉就會使他生動而痛苦地讓他想起那件罪孽來。

每當他打泰蕾絲時，她就想方設法搔這處傷疤，有時，她把指甲陷進去，讓他疼得嗷嗷直叫。通常，只要她看見這傷疤，她就假裝嗚咽起來，目的就是讓勞倫特更覺得這塊地方不堪忍受。對勞倫特的暴行，她復仇的唯一辦法就是用這塊傷疤來折磨他。

有好幾次剃鬍子時，他曾想把頸上溺死者的齒痕也剃平。每當他照著鏡子，抬起下巴，看見肥皂的白泡沫下的這塊紅疤時，他會突然發起瘋，迅速移近剃刀，幾乎要削去一塊鮮肉。但是，每當貼在他皮膚上的剃刀寒光一閃，他就清醒了。他感到渾身發軟，只得坐下來，直到他定下心，可以安安穩穩地剃完鬍子爲止。

到晚上，他像孩子那樣大發無名火時，才從懵懵懂懂的精神狀態中擺脫出來。他與泰蕾絲吵累了，把她打夠後，又像孩子似的往牆上亂踢一氣，再找些什麼東西摔摔，這樣他心裡好受些。他對虎斑貓弗朗索瓦更是恨之入骨，只要他到了，那貓就鑽到拉甘太太的膝下躲起來。勞倫特還沒把牠宰了，實在是因爲他不敢抓他。那貓總是睜著兩隻圓滾滾的大眼睛，虎視眈眈地盯著他看。使小伙子沮喪絕望的也就是瞪著他看的這對眼睛。他揣摩著這對須臾不離地盯著他看的眼睛，末了，他眞的懼怕起來，想入非非了。

無論在餐桌上，在激烈的爭吵或在長時間的沈默中，他只要一回頭，偶爾與弗朗索瓦的目光相碰時，他總看見這隻貓陰沈沈地、定睛地注視著他。他的臉色陡變，暈頭轉向地幾乎要衝著貓大聲喝斥道：「啊呀！你就直說吧，告訴我，你究竟想拿我怎樣！」只要他能踩到貓的一隻爪子或是尾巴，他總是帶著沾沾自喜的心情猛踩牠一下，於是，這頭可憐的畜牲便慘叫一聲，他心裡又無端地充滿了恐懼，彷彿聽見一個人在痛苦呻吟。

勞倫特確實怕弗朗索瓦。這貓蹲在拉甘太太的膝上時，就像是躲在一座不可攻克的堡壘裡似的，牠置身其中，可以肆無忌憚地用那綠色的眼珠虎視著牠的仇敵。就在這時，卡米耶的凶手更覺得這隻動怒的畜牲和拉甘太太有某些相像了。他心想，這隻貓與拉甘太太一樣，是洞悉這件罪行的，萬一有一天牠能開口說話，就會揭穿他的。

終於在一天晚上，正當弗朗索瓦直愣愣地盯著勞倫特看時，後者憤怒至極，決定把這事了結掉。他把餐室的窗子開得大大的，走去抓住貓的頸項。拉甘太太明白了，兩顆大大的淚珠順著她的腮幫子淌下來。貓嚎叫著，繃直了身子，試圖轉過頭來咬勞倫特的手。但勞倫特緊抓著牠不放，他讓牠轉了兩、三圈之後，便使勁把牠朝對面巨大的黑牆上扔去。弗朗索瓦猛撞上去，腰斷了，落在長廊的玻璃頂棚上。

整個夜間，可憐的畜生沿著檐槽爬行著，牠的脊骨斷了，發出嘶啞的吼叫聲。這一夜，拉甘太太一直在爲弗朗索瓦哭泣，幾乎與她爲卡米耶哭泣的情形相仿。泰蕾絲的神經受到極大刺激。貓的悲叫聲從窗下的陰暗處傳來，凄涼極了。

沒多久，勞倫特又有新的不安了。他發覺他妻子的舉止言行又有某些變化，他又嚇壞了。

泰蕾絲變得神情憂鬱，沈默寡言。她不再對拉甘太太傾注她那滿腔悔疚的感情，也不再帶感激的心情吻她了。她對癱瘓老人又擺出冷峻、漠不關心的神色。彷彿她曾嘗試過反悔這一著，但反悔並未使她的心裡好受些，她轉而又求救於另一種藥方了。她沒有能力使自己的生活安靜下來，這大概是她的悲哀所在。她把拉甘太太輕蔑地看成是件無用的東西，她很少給她一些慰藉，至多給她一些必要的照料，不致餓死就是了。從那後，她默默地、沮喪地在家裡踱來踱去。她出門的次數增多了，每個禮拜能外出四、五次。

這些變化使勞倫特大惑不解，並引起他的警覺。他以爲泰蕾絲又採取了另一種反悔的方式。現在，他發現她表現爲憂鬱和厭世了。她這種厭世的態度，比起以前折磨著他的那些婆婆媽媽的悔疚更使他不安。她什麼都不說，也不再與他絆嘴，好像把一切都深藏心中。他寧可看見、聽見她絮絮叨叨地發洩痛苦，也不願看見她自我反省。他擔心，有朝一日她會苦悶得窒息，這時，爲了讓自己鬆口氣，她會把一切都告訴給一個教士或是一個預審法官聽的。

因此，在他的心裡，泰蕾絲頻繁外出的意義就非同小可。他想，她在外面找一個知己人準是準備背叛了。有兩次，他想盯稍，但在大街上，她一閃就不見了。他又開始監視她。他的腦裡只有一個固定的想法：泰蕾絲因太痛苦而被逼到絕路上，她就會告密，而他應該把她的嘴堵住，叫她話沒說出口就咽回去。

第三十一章

一天上午，勞倫特沒去畫室，而是鑽進了一家酒店，酒店設在長廊對面的蓋內戈街的一個拐角上。他從那兒開始注視著在瑪扎里納街人行道奔走的人們。他在監視泰蕾絲。昨晚少婦就說過，她次日要一早出門，大概要到晚上才能歸家。

勞倫特等了足足半小時。他知道他妻子總會途經瑪扎里納街的，不過，他在瞬間又擔心她會取道塞納街，使他空等。他想回到長廊去，就在自己家的過道裡躲著。正等得不耐煩時，他看見泰蕾絲行色匆匆地從長廊出來。她身穿淺色綢緞衣裙，他第一次發現她穿的裙子還縫著垂裙，打扮得像個姑娘似的。她在人行道上扭動著身子，搔首弄姿地看著路人，她用手抓住前面的裙子，把它掀得高高的露出小腿、繫帶的短靴和她雪白的長襪。她走上瑪扎里納街，勞倫特緊跟在後。

陽光和煦。少婦慢悠悠地走著，腦袋微微向後仰，頭髮披在肩上。迎面而過的人都要回頭去望一下她的背影。她又走上「醫科學校」街。勞倫特愣然了，他知道附近有一個警察局。他心想，他妻子肯定就要把他出賣了。這時，他暗下決心，倘若她走進警察局的大門，他就向她衝過去，哀求她，打她，強迫她沉默。在街的拐角有個警察走過，他看見她走近這個警察時，嚇得全身發抖。他躲在一扇門的背後，駭怕自己萬一露面就立即會被捕。對他而言，這次差使眞是苦不堪言。

當他妻子曬著太陽，拖著長裙，搖搖晃晃、恬不知恥地行走在大街上時，他跟在後面，臉色蒼白，渾身顫慄，老在想，這下全完了，肯定要被人絞死。她走的每一步，在他看來都是向懲罰邁進一步。他心裡害怕，就誤以爲自己想得沒錯，少婦的每個動作都更堅定了他的這個想法。他跟在後面，她走到哪兒，他就跟到哪兒，彷彿一齊走向苦難的淵藪。

泰蕾絲走上聖·米歇爾舊廣場後，驀地向開在「親王先生」街的拐角上的一家咖啡館走去。街道上露天放著幾張餐桌，她挑了一張坐下，四周圍著一群女人和大學生。她親熱地向他們一一握手。然後，她要了一杯苦艾酒。

她顯得很自在，在與一個金髮的年輕人交談著，後者大概等了她一些時候。有兩個姑娘向她坐的那張餐桌俯下身子，並且用嘶啞的嗓子以「你」字稱呼她。在她周圍，女人抽香煙，男人公然面對著行人去擁抱女人，過路人連頭也不回。粗俗的話語，放蕩的笑聲一直傳到勞倫特的耳朵裡，他站在廣場另一頭的一扇大門下出神地看著。

泰蕾絲喝完苦艾酒後，站了起來，挽著金髮小伙子的胳膊，向豎琴街走去。勞倫特跟著他倆一直走到聖·安德烈藝術大街。到了那兒，他看見他們走進一家帶家具的客店裡。他站在路中央，舉目看著客房的正面。他的妻子在三樓的一扇打開的窗戶上閃現了一下。接著，他似乎看見那個長著金色頭髮的小伙子雙手摟住了泰蕾絲的腰身。「喀」地一聲，窗戶關上了。

勞倫特全明白了，他也不再等下去，放心地往回走。他鬆了口氣，心裡感到非常舒坦。

「呸！」他走向下面的堤岸時，心裡想，「這樣更好些。她有事情可做，就再也不會出壞主意了……活見鬼，她的心比我細心多啦。」

使他自己也吃驚的是，他居然沒立刻想到也去淫樂一番。玩女人是他對付恐懼的一種手段。但他沒想到過，因爲他的心已經死了，沒一點肉慾的興趣。他對妻子的不忠毫無反應；當他想到自己的妻子投身到另一個男人的懷抱中去時，他無動於衷。相反，他還覺得挺有趣，他彷彿覺得，方才跟蹤的是他一個老同學的妻子，他暗自好笑，這女人倒在玩弄她的丈夫哩。對他而言，泰蕾絲已是個陌生人，他心裡根本沒有她，爲了得到片刻的安寧，那怕出賣她、讓出她一百次，他也在所不惜。

他開始到處閒晃，心情也由恐懼轉爲平靜，回味著這突如其來的、愉快地變化。他本以爲他妻子是去警察局告密的，想不到她是去會情人，眞是求之不得。這次盯梢取得了意想不到的效果，他既驚又喜。在這件事裡，他看得最明白的就是他不該駭怕，而該去享樂一番，看看淫樂是否能平靜他的思想，給他些安慰。

晚上，勞倫特在返回店鋪的路上，決定向他妻子索取幾千法郎，他要耍弄一些手段得到這筆錢。他想，嫖女人是很費錢的，他暗暗忌羡那些能賣身的少女的命運。泰蕾絲還沒歸家，他耐心地等著。等她回來後，他裝成和氣的樣子，對上午跟蹤的事隻字不提。她有些昏昏沉沉，從她那不整的衣冠裡散發出一股強烈的、常能在小咖啡館裡聞到的煙酒味。她疲憊不堪，臉上印著一條條青痕，走路晃晃悠悠的，因白天淫樂過度，身子變得異常沉重。

他們靜靜地用晚餐。泰蕾絲一點也不吃，上點心時，勞倫特把臂肘擱在餐桌上，直截了當地向她要五千法郎。

「不，」她回答得很乾脆，「倘若我讓你任意揮霍的話，你會把我們的錢花得精光的……你難道不知道我們的處境嗎？我們已經窮了。」

「有可能吧，」他不動聲色地說道，「這與我沒關係，我需要的是錢。」

「不，你辭職不幹了，店鋪簡直沒有生意，靠我陪嫁的年息很難維持生活的。每天我都要貼老本來供你吃，每個月還要給你一百法郎。你不能再多用了，你聽見嗎？怎麼說也不行。」

「再想想吧，別像這樣回絕我。我對你說，我要五千法郎，不到手我是不會甘心的！」

他說話的口氣那麼沉著，說得又那麼肯定，泰蕾絲惱怒了，她有點頭昏腦脹。

「哦！我明白了，」她嚷嚷道，「你要像你起家那樣享受一輩子嗎？我們已養活你四年了。你來到我們家就爲了有吃有喝的，從那後，你就成了我們的負擔。閣下什麼事也不幹，照閣下的精心安排，現在可悠哉游哉地靠我的收入過日子……不，我不給你錢，一個蘇也不給……你想要我說什麼嗎？好吧！你是個……」

她果然把那個字說出來。勞倫特聳聳肩大笑了一陣。他只是回答道：

「這些話是從你現在活動著的小圈子裡學到的吧。」這是他影射泰蕾絲偷情的話。

泰蕾絲迅速把頭抬起來，刻薄地說道：

「不管怎麼說，我沒和殺人凶手混在一起。」

勞倫特的臉唰地變白了。他直勾勾地盯著他的妻子，沉默了一會兒，帶著顫抖的聲音說道：

「聽著，我的寶貝，我們別鬥嘴啦，這對你、對我都不值得。我已沒精力再鬧啦。倘若我們不想鬧出事來，還是客氣點好些……我向你要五千法郎是因爲我需要，我甚至可以對你說，我打算用這筆錢來保平安哩。」

他詭譎地笑笑，繼續說道：「行啦，再想想，就同意我吧。」

「我早就想好了，」少婦回答道，「我已經對你說過了，你一個蘇也得不到。」

她的丈夫霍地站起來。她怕挨打，縮成一團，暗下決心挨了打也不退縮。然而，勞倫特卻沒上去，他只冷冰冰地對她宣稱，他活夠了，他要把殺人的事向當地警察局和盤托出。

「你逼得我走投無路，」他說，「你不讓我活，我寧可同歸於盡……我們兩個一起上法庭受審判刑吧。」

「你以爲我怕嗎？」他妻子衝著他大聲嚷道，「我同你一樣厭世。倘若你不去，我倒要去警察局了。哦！好吧，我準備跟你去斷頭台，我不像你那麼膽小……走吧，一起去警察局。」

她站起來，逕自向樓梯走去。

「說得對，」勞倫特支支吾吾地說，「我們一塊去吧。」

當下樓走進店堂後，他倆彼此注視著，神情不安，面帶疑懼。他們彷彿覺得剛才有人把他們釘在地板上似的。他們走下木樓梯的幾秒鐘就足以使他們立即意識到招供的全部後果。在他們的眼裡同時出現了警察、監獄、重罪法庭和斷頭台，而且所有這些都在突然中清晰地顯現出來。事實上，他們是色厲內荏，眞想面對面跪倒，各自乞求對方留步，別把事情聲張出去。他倆既懼怕又窘困，有兩三分鐘沒吭聲，最後還是泰蕾絲先開口，並且作了讓步。

「說到底，」她說道，「我同你爭這筆錢也傻得很。你遲早要把這點錢花光的，還不如我馬上給了你省心些。」

她也不打算扭扭捏捏地不好意思下台。她在櫃台前坐下，簽署了一張五千法郎的支票，讓勞倫特到一家銀行去取。這天晚上，他們沒再提起警察局的話題。

勞倫特一旦有了錢，就飄飄然了，他出入妓院，沉溺在喧囂、狂熱的生活中。他在外面過夜，白天睡大覺，夜晚串門子，追求刺激，盡量逃避現實，然而，結果只是使自己更加心虧體虛。每當有人在他周圍大聲喊叫時，他只感到內心是死一般的靜寂；當一個情婦擁抱他或當他喝乾酒杯時，他在陶醉中只感到深深的悲哀。

他已不能奢侈和暴食，他的軀殼是冰冷的，心是僵硬的，在熱吻和饗宴中疲於奔命。他沒享樂就先噁心，絲毫不能激起自己的想像力，刺激自己的感官和食慾。他縱情享樂也是逼不得已，然而帶來的是更多的痛苦；再說，每當他拖著疲憊的身子回到家裡，每當他又看見拉甘太太和泰蕾絲時，他的神經又緊張起來，精神又處在極度的惶恐之中。於是，他發誓不再出門，寧願在家裡受罪，讓自己適應下來最終度過難關。

泰蕾絲出門次數越來越少了。她像勞倫特那樣，過了個把月以馬路和咖啡館為生的日子。晚上，她回家一會兒，服侍拉甘太太吃睡後，又出門到次日。有一次，她與她丈夫居然四天沒有互打照面。久而久之，她又厭煩了，她感到淫亂和演懺悔的把戲一樣已不奏效。她在拉丁區所有帶家具的旅店都走過一遭，成天在污穢、喧鬧聲中消磨時日都無濟於事。

她的神經崩潰了，淫蕩、肉體的歡愉都不能給她強烈的刺激，使她遺忘過去。她像醉漢那樣在酒精的強烈作用下，滾燙的舌頭已經毫無知覺。她對淫樂已沒有反應，她在眾多的情人前只能得到厭煩和倦怠。因此，她離開了他們，心想他們對她沒用處。她既沮喪又疏懶，死守在家裡，穿著骯髒的襯裙，頭髮散亂，連臉和手都是髒的。她邋里邋遢地過日子，把自己都忘掉了。

這兩個殺人凶手方寸已亂，用盡了一切拯救自己的手段後，又相會在一起。這時，他們方才明白，他們再也沒有力量搏鬥了。淫樂，他們無福消受，相反還使他們更加惶恐不安。他們又重新陷進長廊那陰暗、潮濕的住所裡，此後，他們就像被關進牢籠似的；他們有時也還想個解脫辦法，但從沒能掙斷連結他們的那根血腥的鎖鏈。他倆甚至不想再作一次無望的嘗試。一連串的事使他倆同時感到身不由己，既受到壓抑，又相互牽扯，他們終於意識到任何抗拒都是可笑的。他們又在一起共同生活了，但他們的仇恨變得更加瘋狂、暴虐。

夜晚的爭吵重新開始。此外，毆打聲、叫罵聲整天不絕於耳。繼仇恨而來的是猜疑，而猜疑又使他們神經錯亂。

他們相互提防著。勞倫特提出五千法郎的要求後所發生的那個場面，很快就不分晝夜地重演了。他們陷入這種思想裡不能自拔。當他倆中的一個說句什麼，或做個什麼手勢，另一個就會猜想他準備去警察局了。於是，他們又大打出手，或互相乞求。他們激怒時，大聲嚷嚷地說要跑去告發，但他們內心又怕得要命；接著，他們又顫慄了。他們卑躬屈膝，淌著辛酸的眼淚暗暗許願要嚴守秘密。

他們痛苦不堪，但他們又沒勇氣把一塊燒紅的烙鐵放在傷口上去祛除病毒。倘若說，他們相互威脅著要去交待罪行的話，這也僅僅是為了嚇唬對方和給自己打氣，因為他們在心靈上受懲罰時，永遠也沒勇氣公開悔罪和尋求和平的。

有二十來次，他們一前一後已經走到警察局的大門口了。有時是勞倫特想把罪行公開，有時是泰蕾絲想去自首。他倆總在街上會合。然後彼此咒罵一通，或是殷切的懇求，最後總是決定再等待一個時候。

每次新的危機後，他們相互就更加不信任，更加殺氣騰騰。

他倆從早到晚相互監視著。勞倫特待在長廊上的這所住房裡，足不出戶，而泰蕾絲也不讓他單獨出門。他倆相互猜疑著，又害怕各自去坦白自首，因此，命運又無情地把他們牽扯在一起了。自從他倆結婚以來，他們也從沒如此密切地生活在一起過，也從沒如此痛苦過。

不過，雖說是自尋煩惱，他們還是互相盯住不放，他們寧可忍受最難受的煎熬，也不願分開一小時。倘若泰蕾絲下樓到店堂去，勞倫特必定跟著，他怕她與一個什麼女顧客多嘴嚼舌，若勞倫特站在門口，看著在長廊上熙來攘往的人群，泰蕾絲就挨在他身邊，看看他會和誰說話。禮拜四晚上，客人們到齊後，這兩個殺人犯就互相傳送著哀求的目光，仔細傾聽著對方的聲音，恐懼萬狀，提防著同謀者會說出什麼話來，對對方的話，總按自己的想法去理解。

這種性質的爭鬥再也堅持不下去了。

泰蕾絲和勞倫特想的都一樣，他們想再次犯罪來逃避第一次作案所帶來的後果。他們之中的一個消滅後，另一個才能得到片刻的安寧。他們同時都想到這一點，兩人都迫切地感到需要分手，並且希望能永久分手。殺人的想法，在他們看來是自然的和命定的，是謀殺卡米耶後的必然後果。他們並未接觸到這話題，但都接受這個設想，認爲這是唯一的生路。勞倫特暗下決心要把泰蕾絲殺了，因爲泰蕾絲妨礙他，她隨便說一句就能把他毀掉，並能給他造成無法忍受的痛苦，基於同樣的理由，泰蕾絲也暗下決心要殺掉勞倫特。

他倆一旦決心要殺人，內心也稍許平靜些，並各自去作準備。不過，他們是在頭腦狂熱之下行事的，考慮得並不十分周到，他們只是朦朧地想到殺人可能帶來的後果，並沒有周密地籌劃逃跑和免受懲罰的退路。他們感到殺戮的需要是不可抗拒的，作爲狂怒的野蠻人，他們順從了這種需要。他們初次犯罪被隱蔽得如此巧妙，很可能瞞天過海了；但他們如再次作案就要冒上斷頭台的危險，因爲他們甚至已不想瞞著幹。這裡，他們在做法上的矛盾卻一點也沒意識到。

他們都在想，倘若眞能逃走，他們就要捲走所有的錢財，跑到國外去生活。在兩個禮拜前，泰蕾絲已把她的嫁奩裡所剩的幾千法郎取出來，鎖在一只抽屜裡，勞倫特也知道有這麼個抽屜。他們從沒問過自己如何安排拉甘太太的生活。

勞倫特在上學時有個老同學，他是個專門從事毒物學研究的著名化學家的助手。在幾個禮拜前，勞倫特和他邂逅相遇。這位同學讓他參觀了他工作的實驗室，並向他介紹了儀器，一一道出毒品的名稱。一天晚上，勞倫特看見泰蕾絲在喝一杯糖水，當時他已打定主意要殺人，於是就自然而然地想起在實驗室裡曾看過一小瓶沙岩顆粒，裡面含有氫氰酸。他想起年輕的助手曾對他說過，這種劇毒的藥頃刻能使人喪生，而且不留痕跡。他想這就是理想中的毒藥。次日，他伺機溜出門去看他的朋友，趁這位朋友轉身之際，把這一小瓶藥偷走了。

同一天，泰蕾絲趁勞倫特不在，叫人把廚房間那把有缺口的、平時敲糖塊用的大廚刀磨快後，就把刀藏在碗櫥的一個角落裡。

第三十二章

禮拜四又到了。

在拉甘太太家裡，來客像往常一樣邀請主人家的這對夫婦上牌桌，聚會顯得格外地歡暢。他們一直玩到晚上十一點半。格里維在告辭時大聲說，他從沒度過這樣愉快的時刻。

蘇姍娜懷孕了，她和泰蕾絲講個沒完，談她的苦與樂。泰蕾絲顯得興致勃勃地聽她說著，她的眼睛定著神，緊抿著嘴，頭不時地往下墜，眼皮下垂，睫毛的陰影蓋住了她整個臉龐。勞倫特也在耐心地傾聽老米歇爾和奧利維埃高談闊論。

這兩位先生沒完沒了地聊著，格里維想在這對父子間插上句把話是難上加難；再則，他對他倆也帶有某些敬意，覺得他們說得不錯。這天晚上，談話代替了打牌，他天真地嚷嚷道，退休警長的一番話幾乎和打牌一樣對他有吸引力。

將近四年來，米歇爾一家和格里維每個禮拜四晚上都在拉甘太太家度過，雖說他們的娛樂也挺單調，而且總是千篇一律叫人難以忍受，然而，他們卻沒有一次感到疲倦過。每當他們走進這個家時，裡面的氣氛是那麼安靜、和諧，他們從未懷疑過這裡正醞釀著一場悲劇。

奧利維埃開了一個警察行家常喜歡說的玩笑，說餐室有正人君子的味道，格里維也不甘示弱，稱它爲和平的殿堂。在最後的一些日子裡，有兩、三次，泰蕾絲解釋臉上的一條條傷痕時對客人們說，她是跌傷的。其實，他們中間沒有一個嘗過勞倫特的拳頭，他們相信，主人家的這對夫婦是模範夫婦，充滿了溫暖和愛情。

禮拜四晚上的聚會雖是沉悶而安寧的，但隱藏著罪惡的勾當。拉甘太太再也沒有嘗試當著衆人的面揭露他倆。她看到兩個凶手已經五臟俱焚，按事情發展的本身邏輯，也猜出危機遲早要爆發出來，她終於明白這事已無需由她插手。從此以後，她退避了，任憑危機的自身發展，最後，殺人者必自戕。她僅僅祈求上帝假以天日，在意料中爆炸性的結局發生時，讓她也在場。她的最終願望就是痛痛快快地親眼目睹泰蕾絲和勞倫特斃命時那極端痛苦的場面。

這天晚上，格里維過去坐在她身旁，與她聊了半天，並且像往常那樣自問自答。可他甚至連個眼神也沒能得到。鐘敲十一點半時，客人們都一下子站起來了。

「在你們家眞舒適，」格里維大聲說道，「我們都不想回家啦。」

「事實上，我在這兒從沒睏過，」米歇爾附和著說，「平常，我九點就上床了。」

奧利維埃認爲該插上一句戲謔話了，他說：

「你們沒看見，」他露了一口黃牙說，「這房裡有股正人君子的味道，所以待在裡面十分舒服。」

格里維感到受了奚落，有點不服氣，他做了個誇張的手勢，振振有詞地說道：

「這房間是和平的殿堂。」

在這當兒，蘇姍娜一邊在她的帽子上繫帶子，一邊對泰蕾絲說：

「我明天早上九點再來。」

「不用來，」少婦慌慌張張地回答道，「午後再來吧……我上午大概要出門。」

她說話的聲音有些怪異，而且是恍恍惚惚的。她把客人一直送到長廊上。勞倫特手裡提著盞油燈，也走下樓來。到了只剩他倆時，他們都深深地鬆了口氣，整個晚上，他倆都已等得急不可耐了。從前天起，當他們單獨相處時，他們的臉色都比往常更加陰沉，更加惶恐。他們避免目光相互接觸，只是各自悄悄地上了樓。他們的雙手都有些顫慄，勞倫特不得不把燈放在桌子上，他擔心自己抓不住，燈會掉下來。

通常，他倆要把餐室理一理，準備好夜裡喝的糖水，圍著拉甘太太忙來忙去，一直忙到一切準備就緒，才把她搬到床上去。

這天晚上，他倆上樓後都坐了一會兒，目光茫然，嘴唇發白。沉默了一會兒，勞倫特好像猛地從夢中驚醒似地問道：「怎麼，我們不睡嗎？」

「睡，睡，我們睡覺去，」泰蕾絲戰戰兢兢地回答道，彷彿她挨了凍似的。

她站起來，拿起了玻璃水瓶。

「放著吧！」她的丈夫驚呼道，並且竭力使聲音顯得自然些，「我來準備糖水……你管你的姑媽去吧。」

他從他妻子的手中把玻璃水瓶奪下來，把它灌滿。然後，他側轉身子，又把一小瓶砂岩顆粒摻進去，再加上一塊糖。在同時，泰蕾絲已經蹲在碗櫥前面，她取出那把大刀，準備把它放進掛在腰帶上的一個大口袋裡。

這時，夫婦倆都產生一種奇異的感覺，意識到危險在即，兩人同時本能地回過頭來。他倆四目相注。泰蕾絲看見勞倫特手裡拿著小瓶子，勞倫特則看見泰蕾絲裙子的皺褶裡閃爍著刀刃的寒光。丈夫站在桌旁，妻子蹲在碗櫥前，他倆對視了好幾秒鐘，目光冷峻，默不作聲，彼此心裡都清楚了。當他倆分別猜出彼此的想法是一致時，又都怔住了。他們各自在對方的驚惶不定的臉上看出了陰謀，不禁都動了憐憫之心，同時又驚恐萬分。

拉甘太太感到事情快了結了，目光銳利直愣愣地注視著他倆。

突然，泰蕾絲和勞倫特嚎啕大哭起來。他倆在極度的恐慌下，精神崩潰了，他們虛弱得像兩個孩子，各自投入到對方的懷抱中去。他們覺得心裡有某種柔軟的東西在躁動。他倆默默地流淚了，想著他們過去那卑污的生活，他們想，倘若他倆再屈辱地生活下去，過的將仍是這種日子。

這時，他們想起了過去，對自己的生活感到如此疲倦和憎惡，於是彼此都強烈地需要安息和幻滅。

他倆面對著刀和毒汁，互換了最後一眼，目光中充滿著感激之情。泰蕾絲端起酒杯，喝了一半，遞給勞倫特，勞倫特一口氣把它喝乾了。這只是瞬間發生的事情。他們像被雷殛似的，各自倒在對方的身上，終於在死亡中找到了慰藉。少婦的嘴正巧碰撞在她丈夫頸脖的傷疤處，那是卡米耶的牙齒留下來的。

整個夜裡，這兩具僵曲的屍體橫臥在餐室的地板上，油燈透過燈罩，在他倆身上投下淺黃色的昏光。直到次日正午，在將近十二個小時裡，拉甘太太僵直地、默默地注視著她腳下的這對夫婦，貪婪地看著，凝滯的目光彷彿欲將他倆吞噬了……

〈全書終〉

國家圖書館出版品預行編目資料

紅杏出牆／左拉／著 -- 二版 -- 新北市：
新潮社文化事業有限公司，2021.06
面； 公分
譯自：Thérèse Raquin
ISBN 978-986-316-798-3（平裝）

876.57 110005090

紅杏出牆

左拉／著

【策　劃】林郁
【出版人】翁天培
【譯　者】韓滬麟
【企　劃】天蠍座文創
【出　版】新潮社文化事業有限公司
電話：(02) 8666-5711
傳真：(02) 8666-5833
E-mail：service@xcsbook.com.tw

【總經銷】創智文化有限公司
新北市土城區忠承路 89 號 6F（永寧科技園區）
電話：(02) 2268-3489
傳真：(02) 2269-6560

印前作業　菩薩蠻、東豪印刷事業有限公司

二　版　2021 年 09 月